O LADO OBSCURO

TARRYN FISHER

O LADO OBSCURO

Algumas verdades são muito difíceis de encarar.

Tradução:
Fábio Alberti

COPYRIGHT © 2014 MUD VEIN BY TARRYN FISHER
COPYRIGHT © FARO EDITORIAL, 2019

Todos os direitos reservados.
Nenhuma parte deste livro pode ser reproduzida sob quaisquer meios existentes sem autorização por escrito do editor.

Diretor editorial **PEDRO ALMEIDA**
Preparação **LUIZA DEL MONACO**
Revisão **RAQUEL CRISTINA RUDIGER DORNELLES, MARIANA C. DIAS, MARIA CELESTE MENDES, ANA CLARA TEIXEIRA CARYBÉ E CRISTIANE CASTRO**
Capa e Diagramação **OSMANE GARCIA FILHO**
Imagens de capa **ROBERT ROKA | SHUTTERSTOCK**

Dados Internacionais de Catalogação na Publicação (CIP)
Angélica Ilacqua CRB-8/7057

Fisher, Tarryn
 O lado obscuro / Tarryn Fisher ; tradução de Fábio Alberti. — São Paulo : Faro Editorial, 2019.
 288 p.

 ISBN 978-85-9581-069-3
 Título original: Mud Vein

 1. Ficção norte-americana 2. Suspense I. Título II. Alberti, Fábio

19-0478   CDD-813.6

Índice para catálogo sistemático:
1. Ficção norte-americana 813.6

1ª edição brasileira: 2019
Direitos de edição em língua portuguesa, para o Brasil, adquiridos por **FARO EDITORIAL**

Avenida Andrômeda, 885 – Sala 310
Alphaville – Barueri – SP – Brasil
CEP: 06473-000 – Tel.: +55 11 4208-0868
www.faroeditorial.com.br

Para Lori,
que me salvou quando eu estava me afogando.

PARTE UM
CHOQUE E NEGAÇÃO

I

DIA I

ESCREVI UM LIVRO. ESCREVI UM LIVRO QUE FOI publicado. Escrevi um livro que foi parar na lista dos mais vendidos do *New York Times*. Esse livro virou filme e fui vê-lo no cinema, com um enorme saco de pipocas no colo. *Meu livro! O livro que escrevi.* E fiz tudo sozinha, porque é assim que gosto de trabalhar. E se o resto do mundo está disposto a pagar para dar uma espiada na minha mente desnorteada... que assim seja! A vida é curta demais para escondermos nossos erros. Então, quem se esconde sou eu.

Hoje é meu aniversário de trinta e três anos. Acordo suando frio. Sinto calor. Não, sinto frio. Muito frio. As cobertas em volta das minhas pernas parecem estranhas — macias demais. Eu as puxo, tentando me cobrir. Meus dedos parecem grossos e gordos ao segurar o tecido sedoso. Talvez estejam inchados. Não sei dizer com certeza se estão, porque meu cérebro está letárgico, meus olhos parecem ter sido grudados com cola, e agora estou com calor de novo. Ou talvez seja frio. Paro de lutar com as cobertas, e deixo a mente vagar... caindo... caindo...

O quarto está iluminado quando acordo. Posso perceber a luz através das pálpebras. Mesmo para um dia chuvoso em Seattle está escuro. Tenho janelas panorâmicas no meu quarto; volto-me na direção delas e abro os olhos com dificuldade, mas tudo o que vejo na minha frente é uma parede. Uma parede feita de troncos de madeira. Não tenho nada parecido com isso na minha casa. Deixo os olhos percorrerem toda a extensão dos troncos, desde o chão até o teto, e então acordo de vez, sentando-me na cama.

Não estou no meu quarto. Olho ao redor, chocada. *De quem é esse quarto?* Procuro me lembrar da noite anterior. *Será que eu... Não, sem chance.* Nem mesmo olhava para um homem desde...

Não era possível que eu tivesse ido para a casa de alguém. Além do mais, na última noite, jantei com minha editora. Bebemos algumas taças de vinho. *Chianti* não faz uma pessoa apagar. Respiro com nervosismo enquanto tento me lembrar do que aconteceu depois que deixei o restaurante.

Gasolina. Sim, parei para abastecer o carro no Posto Red Sea, nas proximidades de Magnolia e Queen Anne. *O que houve depois disso?* Não consigo me lembrar.

Olho para o edredom que estou apertando com força entre os dedos. Vermelho... de plumas... não consigo reconhecê-lo. Ponho as pernas para fora da cama, e o quarto começa a se mover e a se inclinar. Sinto-me mal na mesma hora. Era como uma ressaca após uma noite de bebedeira. Respiro fundo, tentando sorver ar suficiente para vencer a náusea. *Chianti não causa esse tipo de sensação*, repito.

— Estou sonhando — digo em voz alta. Mas não estou. Sei que não estou. Fico de pé e sinto vertigens por pelo menos dez segundos antes de conseguir dar o primeiro passo. Então me curvo e vomito... bem no chão de madeira. Meu estômago está vazio, mas mesmo assim parece pesado.

Ergo a mão para limpar a boca e noto algo de errado com meu braço — está pesado demais. *Isso não é uma ressaca. Alguém me drogou.* Fico curvada por um longo momento antes de me recompor e endireitar o corpo. Sinto como se estivesse na roda-gigante de um parque de diversões. Caminho aos tropeções, tomando consciência do que há ao meu redor. O quarto é redondo. E muito frio. Há uma lareira — apagada — e uma cama com dossel. Não há porta. *Onde está a porta?* Entro em pânico e começo a correr desajeitada em círculos. Quando sinto as pernas fraquejarem, termino me agarrando à cama para me equilibrar.

— Cadê a porta?

Consigo ver o ar que sai da minha boca como um vapor. Foco minha atenção nisso, observando o vapor se expandir e se dissipar. Depois de algum tempo, volto a prestar atenção ao ambiente. Não sei por quanto tempo fiquei parada no lugar, mas meus pés começam a doer. Olho para os dedos dos pés. Mal posso senti-los. *Preciso tomar uma atitude. Fazer alguma coisa. Escapar.*

Há uma janela na parede diante de mim. Vou até lá e percebo uma cortina frágil. A primeira coisa que reparo é que estou no segundo andar.

A segunda coisa que noto me deixa estarrecida. *Ah, Deus!* Um calafrio percorre meu corpo da cabeça aos pés. É o meu cérebro me enviando um alerta: *É o fim da linha pra você, Senna. Você já era. Está morta. Pegaram você.* Minha boca demora a responder, mas, quando o faz, engolindo em seco, posso até me ouvir ingerindo o ar, tão monumental é o silêncio em torno de mim.

Não acreditava que as pessoas realmente engolissem em seco até o momento em que me ouvi executando esse movimento. Um momento sufocante, angustiante — o momento em que meus olhos veem apenas neve e mais nada. Neve e mais neve. Tudo está tomado pela neve. Toda a neve do mundo, amontoada logo abaixo de mim.

Ouço meu corpo se chocar contra o piso de madeira e então mergulho na escuridão. Estou deitada no chão quando acordo, deitada sobre uma poça do meu próprio vômito. Solto um gemido... Praguejo... Sinto uma forte pontada de dor no pulso ao tentar me levantar. Grito e cubro a boca com a mão. Se houver mais alguém aqui, não quero que me ouça. *Bem pensado, Senna*, reflito. *Mas devia ter pensado nisso antes de ficar desmaiando e fazendo tanto barulho pelo lugar todo.*

Agarro o pulso com a outra mão e me encosto à parede em busca de apoio. É então que percebo o que estou vestindo. Não são minhas roupas. Estou usando um pijama branco de linho — um artigo caro. Fino. Não é à toa que estou morrendo de frio.

Meu Deus!

Balanço a cabeça, perdida. *Quem tirou a minha roupa? Quem me trouxe para cá?* Minhas mãos estão rígidas quando toco meu corpo para me examinar. Apalpo o peito e, em seguida, abaixo as calças. Não há sangramento nem machucados, mas a angústia de estar usando uma calça branca de pijama que alguém colocou em mim permanece. Alguém me despiu. Alguém tocou meu corpo. Fecho os olhos ao pensar nisso, e começo a tremer. Tremer muito e incontrolavelmente. *Não, por favor, não.*

— Ah, meu Deus — digo em voz baixa. Preciso respirar. Respirar fundo, com calma.

Você está congelando, Senna. E está em choque. Recomponha-se. Pense.

A pessoa que me trouxe aqui, seja ela quem for, deve ter planos mais sinistros do que somente me deixar congelar até a morte. Há madeira na lareira. Se esse filho da puta doente deixou madeira, talvez tenha deixado também alguma coisa com que eu possa fazer fogo para queimá-la.

A cama em que acordei está no centro do quarto. É uma cama de quatro colunas de estrutura rústica. O tecido pendurado nas colunas é de seda fina. É lindo, e isso me dá nojo.

Faço um levantamento das coisas que há no resto do quarto: uma cômoda pesada de madeira, um armário, uma lareira e um grosso tapete de pele.

Escancaro a porta do guarda-roupa e vasculho... são muitas peças. *São para mim?* Minha mão se detém em uma etiqueta. A constatação de que elas são todas do meu tamanho me atordoa. *Não* — digo. *Não, elas não podem ser minhas. Isso tudo é um grande engano. Isso não pode ser meu. As cores estão erradas. Roupas vermelhas... azuis... amarelas...*

Mas minha mente sabe que não se trata de um engano. Minha mente está familiarizada com o sofrimento, e meu corpo também.

Comece a agir, Senna.

Noto uma caixa prateada na prateleira mais alta do armário. Pego a caixa e a balanço. É pesada e diferente. Dentro dela encontro uma caixinha de isqueiros, uma chave e uma faca prateada pequena. Minha intenção é examinar esses objetos que acabo de descobrir. Olho para eles, toco-os — mas não tenho tempo a perder, tenho de agir rápido. Uso a faca para cortar uma tira de tecido da parte de baixo de uma camisa e, então, usando os dentes e minha mão boa, amarro as pontas da tira e faço um laço. Depois, com cuidado, acomodo o punho nessa tipoia improvisada.

Guardo a faca e mexo nos isqueiros. Minhas mãos passeiam pela caixa. Oito isqueiros *Zippo* cor-de-rosa. Eu sentiria mais calafrios se meu estoque deles não tivesse se esgotado. Ignoro essa sensação. Não consigo ignorá-la. Sim, consigo. Na verdade, preciso ignorá-la, porque estou congelando. Minha mão está tremendo quando a estendo na direção do isqueiro. *É uma coincidência.* Dou risada. *Será que algo ligado a um sequestro pode ser coincidência?* Vou pensar nisso mais tarde. Neste exato momento, preciso me aquecer. Os dedos das mãos estão dormentes. Preciso de seis tentativas até conseguir girar a roda do *Zippo* e fazê-lo acender. Esse processo gera marcas no meu polegar.

Não consigo colocar fogo na madeira. *Está úmida! Será que ele a trouxe para cá recentemente?* Procuro alguma coisa que possa alimentar as chamas, algo que eu possa queimar e que depois não me faça falta. Não encontro nada.

Já estou pensando em sobrevivência, e isso me assusta. O que eu poderia usar para fazer fogo? Meus olhos vasculham o recinto em busca de alguma solução, até que vejo uma caixa branca no canto do armário, com uma cruz vermelha estampada na frente. Um estojo de primeiros socorros.

Corro até ele e abro a tampa. Ataduras, aspirina, agulhas — *Deus!* Acabo encontrando lenços com álcool, embrulhados um a um. Apanho alguns e corro de volta à lareira. Abro uma das embalagens e aproximo o isqueiro da ponta dela que se incendeia. Coloco o lenço em chamas numa tora e depois abro outra embalagem, repetindo o processo. Soprando gentilmente, rezo para que tudo dê certo e o fogo pegue.

A lenha pega fogo. Puxo a grossa manta da cama e me enrolo nela, agachando-me diante das chamas escassas. Não é o suficiente. Sinto tanto frio que desejo pular sobre o fogo e deixar que me queime até arrancar esse frio de mim. Permaneço assim, encolhida no chão, até parar de tremer.

Então, volto à ação.

2

EMBAIXO DO TAPETE HÁ UM ALÇAPÃO COM UMA grossa alça de metal. Ele está trancado. Com a mão boa, puxo a alça com força durante cinco minutos, até meu ombro doer, até sentir ânsia de vômito. Olho para o alçapão por alguns instantes antes de sair correndo para apanhar a chave na caixa prateada. *Que tipo de jogo doentio é esse? E por que levei tanto tempo para pensar na chave?* Não sei o que fazer.

Caminho descalça ao redor do alçapão, batendo a chave na minha coxa. É uma chave de bronze, antiga e excepcionalmente grande. O buraco da fechadura no alçapão parece grande o suficiente para acomodar a chave. Sinto calafrios novamente, mas agora sei que não é apenas por causa do frio. Paro de andar e examino a chave mais atentamente. Ela toma toda minha mão, das pontas dos dedos até o punho. No centro do cabo, há um ponto de interrogação, e o metal se arredonda em torno da figura num detalhe ornamental. Deixo a chave cair. Ela bate pesadamente no chão, próximo do local onde eu havia vomitado. Ando para trás até colar minhas costas na parede.

— Mas que diabos é isso, afinal? — Não há ninguém para responder minha pergunta, claro, a menos que eles estejam esperando logo abaixo desse alçapão para me dizer exatamente *o que* é isso. Estremeço, e na mesma hora meus dedos se fecham ao redor da faca no bolso. A lâmina é afiada. Isso faz com que eu me sinta bem, muito bem. Tenho uma queda por facas afiadas e com certeza sei como usá-las para fazer uns bons cortes em alguém. Se tenho uma chave, eles também têm uma. Posso esperar que subam até aqui, ou posso descer. Prefiro a segunda opção; sinto que ela me confere um pouco mais de poder.

Caminho rapidamente, evitando pisar no vômito, e pego a chave. Antes mesmo de pensar no que estou fazendo, eu me agacho sobre o alçapão e coloco a chave no buraco da fechadura.

Metal contra metal. Giro a chave, e então... clique. Uso a mão boa para levantar e abrir a porta do alçapão. É bem pesada. Tomo cuidado para não fazer barulho quando a abaixo até o chão. Espio lá embaixo. Está escuro. Há uma escada de mão. No final dela, há um tapete redondo e um corredor. Não consigo enxergar muito além disso. Tenho que descer. Prendo a faca entre meus dentes e conto os degraus enquanto desço.

Um... dois... três... quatro... cinco... seis. Meus pés tocam o tapete. O chão é frio. O frio passa para as minhas pernas. *Por que não lembrei de procurar calçados?*

Seguro a faca em posição de ataque, pronta para usá-la contra qualquer um que parta para cima de mim. Vou tentar atingir o olho e, se não for possível, vou acertar as bolas. Apenas um golpe para que eu possa fugir quando eles dobrarem o corpo. Agora que tenho um plano, olho à minha volta. Há uma claraboia acima de mim. Os finos raios de sol passam por ela e chegam ao chão de madeira. Caminho sobre eles, atenta a tudo para não ser surpreendida por algum agressor escondido.

Estou no final de um corredor: pisos de madeira, paredes de madeira, teto de madeira. Deparo-me com três portas: duas do lado esquerdo, uma do direito. Todas estão fechadas. Atrás de mim, há uma parede e a escada pela qual acabei de descer. Para além do corredor, é possível enxergar uma escadaria.

Decido que é para lá que vou em primeiro lugar. Uma vozinha no fundo do meu cérebro me diz que as coisas não serão tão fáceis assim. Passo pelas portas andando na ponta dos pés, e paro no topo da escadaria. Seguro a faca com firmeza, embora ela me pareça insuficiente para enfrentar a situação em que me encontro.

Estou obviamente dentro de um chalé. Posso ver uma cozinha ampla e aberta ao pé das escadas, à esquerda. À direita, há uma sala com um grosso carpete cor de creme. Tudo está misteriosamente quieto.

Desço as escadas pé ante pé, o coração aos saltos, as costas coladas à parede. Se eu conseguir chegar até a porta da frente, poderei fugir. Buscar ajuda.

Surge na mente a imensidão de neve que vi pela janela do quarto redondo. Trato de afastar essa imagem da cabeça. Deve haver alguém lá fora — uma casa, ou quem sabe uma loja. *Deus, por que não pensei em pegar calçados?* Sou uma pessoa que age antes de pensar. Agora serei obrigada a correr pela neve sem ter nada para proteger os pés.

A porta está em frente à base da escadaria. Olho para o andar de cima para me assegurar de que não estou sendo seguida, e então me lanço na direção da porta. Está trancada. Há um teclado numérico ao lado dela. Ela abre eletronicamente. Terei que encontrar outra maneira de escapar.

Começo a tremer de novo. Se alguém me atacar agora, não serei capaz de segurar a faca com firmeza suficiente para me defender.

Eu poderia quebrar uma janela. A cozinha fica à minha frente, à esquerda. Decido ir até lá. Ela é retangular, com reluzentes eletrodomésticos de aço inoxidável. Parecem novos em folha.

Meu Deus, onde estou? Há uma janela ao longo de toda a parede da cozinha; sua continuidade é quebrada apenas pela presença da geladeira. No canto, há uma pesada mesa circular com um banco curvo de cada lado.

Vou até as gavetas e começo a abri-las até encontrar onde as facas estão guardadas. Apanho a maior delas e testo seu peso na minha mão antes de abandonar a faquinha no balcão. Porém, penso duas vezes e decido levá-la comigo também.

Agora tenho uma arma de verdade. Eu me dirijo à sala de estar. Uma das paredes está coberta de livros; na outra, há uma lareira. Um sofá e uma poltrona para duas pessoas estão posicionados ao redor da mesa de centro.

Procuro alguma coisa para poder quebrar a janela. A mesa de centro é pesada demais para que consiga erguê-la, principalmente com o pulso machucado. Ao examinar mais de perto, percebo que a mesa está parafusada ao chão. Não há cadeiras.

Volto para a cozinha e abro todos os armários e gavetas. O risco de ser descoberta faz meu desespero aumentar a cada segundo que passa. Não encontro nada grande nem pesado o suficiente para quebrar uma janela.

Sentindo um grande desânimo, eu me dou conta de que terei de voltar para o andar de cima. Talvez isso seja uma armadilha. Talvez alguém esteja escondido atrás de uma das portas. *Mas por que me deram a chave do quarto em que eu estava trancada se me queriam presa? Será que estavam fazendo algum tipo de brincadeira?*

Subo as escadas novamente, com o corpo inteiro tremendo. Faz muitos anos que não choro, mas agora me sinto mais perto de derramar lágrimas do que jamais estive.

Siga em frente devagar, Senna, coloque um pé diante do outro, e se alguém aparecer e vier pra cima de você, use a faca para cortá-lo ao meio!

Estou entre as portas. Escolho a porta à esquerda, ponho a mão na maçaneta e giro. Consigo ouvir minha respiração: está irregular, pesada, cheia de terror.

A porta se abre.

— Ah, meu Deus...

Cubro minha boca com a mão e seguro minha arma com mais força ainda. Não abaixo a faca; pelo contrário, mantenho-a elevada e estou pronta para o que der e vier.

Piso no carpete, e os dedos dos pés se dobram sobre o material felpudo como se precisassem se agarrar a alguma coisa. Uma cama com dossel está encostada na parede mais ao fundo do quarto, voltada para mim. Sua aparência e *design* é de uma cama de criança, mas ela é maior que uma cama de adulto. Duas de suas colunas são réplicas de cavalos de carrossel, e suas pontas desaparecem entre as vigas de madeira do teto. Há uma lareira à esquerda, e vejo uma janela à direita. Está ficando difícil respirar. Primeiro os isqueiros, depois a chave, e agora... isso.

Saio do quarto o mais rápido que posso, fechando a porta depois de sair. A próxima porta parece mais assustadora que a última. *Será impressão minha ou existe uma enorme possibilidade de que meu sequestrador esteja escondido atrás dela?* Fico olhando para a porta por um bom tempo, com a respiração acelerada e os dedos gelados da mão boa apertando o cabo da faca. Estendo a mão machucada e seguro a maçaneta, mas, ao fazer o movimento para girá-la, meu braço é atingido por uma dor fulminante e, então, recuo.

Recomeço, abro a porta e espero. O quarto está escuro, mas até agora ninguém saltou em cima de mim. Dou um passo para a frente e procuro um interruptor. Então escuto algo. É o gemido de um homem — profundo e gutural. Dou um passo para trás e saio do quarto, apontando a faca na direção do som. Quero fugir, subir pela escada de mão e me trancar novamente no quarto redondo. Mas não faço isso. Se eu não for ao encontro de quem me trouxe para cá, ele virá até mim. *Não serei uma vítima. Não de novo.*

Meu coração está batendo forte, descompassado. Os gemidos param subitamente, como se a pessoa tivesse percebido minha presença. Posso ouvir a respiração do homem, e me pergunto se ele também pode me ouvir. Os ruídos começam novamente. Dessa vez são palavras abafadas, como se houvesse algo distorcendo a fala do homem. Essas palavras... elas parecem soar como "socorro!". Pode ser uma armadilha. *O que faço agora?* Vou na direção do som.

3

MEU CORPO ESTÁ TENSO E PRONTO PARA REAGIR ao menor sinal de perigo, mas ninguém me ataca. Os gemidos e lamentos se tornam mais profundos e persistentes, "O-corrrr, Ocoorrrr".

Preciso procurar um interruptor na parede, o que me obriga a passar a faca para a mão machucada. Mas não importa... se alguém tentar me atacar, nenhuma dor no mundo vai me impedir de revidar e cortar o agressor o máximo que puder.

Encontro o interruptor: um pino liso que tenho de puxar para baixo usando dois dedos. Transfiro a faca de volta para a mão boa, assim que as lâmpadas se acendem. O quarto é imediatamente banhado por uma luz amarela com tonalidade de urina. A luz tremula por um momento e então se estabiliza, e começa a zumbir. Leva alguns instantes para que meus olhos se acostumem à iluminação, e pisco várias vezes.

Golpeio o ar com a faca. Não há nada na minha frente — ninguém me ataca —, mas vejo uma cama. E há um homem nela, com braços e pernas amarrados às quatro colunas com trapos bem brancos. Ele está vendado e amordaçado com o mesmo tecido branco. Observo chocada o homem balançar desesperadamente a cabeça de um lado para outro. Os músculos dos seus braços estão tão distendidos que é possível perceber onde começa e termina cada um deles. Faço menção de ir até onde ele está para ajudá-lo, mas, então, paro. Pode ser que eu ainda esteja em perigo. Isso pode ser uma armadilha. O homem pode ser a armadilha.

Caminho com cautela, mantendo os olhos nos cantos do quarto, como se alguém pudesse surgir de repente das paredes de madeira. Então, giro o corpo na direção da porta pela qual entrei, para me certificar de que ninguém está se aproximando atrás de mim. Continuo me movimentando assim até me aproximar da cama, angustiada, com o coração batendo acelerado. Giro a faca que estou empunhando no ar, de forma ameaçadora.

Há uma porta ao lado da cama. Eu a abro com o pé, e o homem fica completamente imóvel, com o rosto inclinado na minha direção, e respirando com dificuldade. Seu cabelo é preto... Sua barba está crescida.

O banheiro está vazio, e a cortina do chuveiro está escancarada, como se raptor tivesse resolvido — no último minuto — deixar bem claro para mim que ele não estava ali. Saio do banheiro.

O homem não está mais se debatendo. Viro as costas para a parede, mas não totalmente, curvo-me sobre a cama e arranco a venda e a mordaça do homem. Ainda estou meio inclinada sobre ele quando olhamos um para o outro pela primeira vez. Posso ver a expressão de choque dele, e ele pode ver a minha. Ele pisca rápido, como se estivesse tentando enxergar melhor. Deixo a faca cair.

— Ah, meu Deus — digo mais uma vez. Não quero ficar repetindo isso, não quero fazer disso um hábito. Não acredito em Deus.

— Ah, meu Deus — volto a dizer.

Eu me abaixo até o chão, sem tirar os olhos do homem ou da porta até conseguir recuperar a arma. Dou um passo para trás. Preciso colocar alguma distância entre nós. Desloco-me na direção da porta, mas então percebo que posso ser surpreendida. Giro o corpo, estendendo a faca para a frente. Não há ninguém atrás de mim. Giro o corpo novamente e volto à posição de antes, apontando a faca para o homem na cama.

Isso não pode estar acontecendo. É loucura. Estou agindo como uma louca. Vou até a parede mais próxima e colo as costas contra ela. Só assim consigo me sentir relativamente segura, capaz de observar o quarto sem temer que haja alguém se escondendo de mim.

— Senna? — ouço meu nome. Olho para o rosto do homem. Espero acordar a qualquer instante desse pesadelo. Estarei na minha cama, debaixo da manta branca, vestindo meu pijama.

— Senna — repete ele com voz engasgada. — Me tire daqui... Me solte, por favor...

Hesito.

— Senna — insiste ele. — Não vou machucar você. Sou eu.

Ele inclina a cabeça para trás até repousá-la no travesseiro, fechando os olhos como se não pudesse suportar a dor.

Eu me aproximo dele e rasgo o tecido que prende seus braços, dando facadas. Mal posso respirar, e não consigo enxergar. Acabo ferindo a pele dele com a ponta da faca. Ele se retrai, mas não deixa escapar o menor ruído. Observo atônita o sangue brotar, antes de começar a correr pelo seu braço.

— Me desculpe — digo. — Minhas mãos estão tremendo. Não posso...

— Não faz mal, Senna. Você está indo bem.

Essa é boa, penso. *O cara está amarrado e mesmo assim tenta me tranquilizar.*

Corto as tiras que prendem a outra mão dele, e então ele pega a faca da minha mão e corta as amarras em suas pernas. O pânico começa a se instalar. Eu não devia ter deixado que ele pegasse a faca. *Ele pode ser... Pode ser a pessoa que...*

Isso não faz nenhum sentido.

Depois que se solta, ele pula da cama, massageando seus pulsos. Dou um passo para trás, afastando-me dele.... em direção à porta. A única coisa que ele está vestindo é uma calça de pijama. *Alguém colocou essa roupa nele também*, penso.

E então digo mentalmente o nome dele: *Isaac Asterholder.*

Ele olha para mim com uma expressão séria.

— Tem mais alguém aqui? — Isaac pergunta. — Você viu mais...

— Não — interrompo. — Acho que não há mais ninguém aqui.

Ele imediatamente se move na direção da porta. Eu me afasto quando ele passa por mim. Quero a faca de volta. Permaneço na porta do quarto, sem saber se devo ou não confiar nele. Então eu o sigo. Ele revista os quartos enquanto examino meu pulso e o ajeito na tipoia.

Se alguém resolvesse nos atacar agora, ele seria o alvo principal. Preciso ter na mão alguma coisa bem afiada. Descemos as escadas, e Isaac tenta abrir a porta da frente. Mas ela não abre, e ele se desespera, esmurrando a madeira e praguejando.

Noto que ele olha para o teclado, porém sem tocá-lo. Um teclado numérico dentro da casa. Quem nos colocou nessa situação nos deu a opção de sair daqui.

Depois de fazer uma busca completa nos dois andares, ele procura alguma coisa para poder quebrar uma das janelas.

— Podemos erguer esse móvel e usá-lo — proponho, indicando a pesada mesa de madeira que se encontra na cozinha. Isaac esfrega o rosto.

— Pode dar certo — responde ele. Mas quando tentamos levantar o móvel, descobrimos que estava firmemente preso ao chão por parafusos de bronze. Isaac checa o resto da mobília. Todas estão igualmente presas. Todos os objetos pesados o suficiente para quebrar uma janela estão parafusados ao chão.

— A gente precisa sair daqui — insisto. — Deve haver ferramentas em algum lugar para soltarmos os parafusos. Podemos encontrar ajuda antes que a pessoa que nos trancou aqui volte. Tem que haver alguma coisa perto daqui, qualquer lugar para o qual possamos ir...

Ele se volta na minha direção de repente, zangado.

— Senna, você acha mesmo que alguém se daria ao trabalho de nos sequestrar e nos prender em uma casa para depois deixar que fugíssemos com facilidade?

Essa palavra me atinge em cheio. *Sequestrados.* Tínhamos sido sequestrados.

— Não sei — retruco. — Mas ao menos temos que tentar!

Ele começa a abrir e fechar gavetas, vasculhando o conteúdo delas. Depois abre a geladeira, e seu rosto empalidece.

— O que é? O quê? — Vou até Isaac rapidamente para ver o que ele está vendo. A geladeira é grande, de tamanho industrial. Todas as prateleiras estão cheias de comida; não há espaço para colocar mais nada. O freezer também estava lotado: carne, vegetais, sorvetes, latas de suco congelado. Há comida para onde quer que eu olhe, suprimentos suficientes para meses.

Pego uma lata de tomates grande e a atiro na janela com toda a força. O medo me faz lançar a lata com tanta velocidade que fico impressionada com a força do meu arremesso. Com um baque surdo, a lata bate na janela e cai no balcão, rolando até cair no chão.

Ficamos ali parados por vários minutos, olhando para a lata amassada. Então, Isaac agacha-se para pegá-la e, projetando o braço bem para trás como se fosse um lançador de beisebol, ele usa toda a sua força para atirar a lata na janela. O baque é maior dessa vez, mas o resultado é o mesmo.

Corro novamente para a porta da frente e agarro a maçaneta, girando-a com desespero. Grito e começo a dar socos na porta, ignorando a dor crescente na mão machucada. Preciso sentir dor, quero sentir dor. Bato e chuto durante um longo minuto antes de sentir as mãos de Isaac nos meus braços, detendo-me e me chamando à razão.

— Senna! Senna! — Ele me sacode. Eu o encaro, com a respiração muito ofegante. Isaac me abraça com força, talvez por ter visto algo estranho no meu olhar. O contato com o corpo quente dele faz com que eu estremeça. Então, ele interrompe o abraço.

— Deixe-me ver seu pulso — diz, com gentileza. Eu lhe estendo a mão machucada, e sinto pontadas de dor quando Isaac apalpa delicadamente meu pulso com seus dedos frios. Com um movimento de cabeça, ele demonstra aprovação à minha tipoia improvisada. — Você torceu o pulso, Senna. Já estava assim antes de acordar?

— Não — respondo, balançando a cabeça numa negativa. — Caí... lá em cima.

— Onde você acordou?

Conto a ele sobre o quarto circular no topo da casa, ao qual se tem acesso pela escada de mão. E conto como encontrei a chave para sair de lá.

— Acho que fui drogada.

Isaac faz que sim com a cabeça.

— Acho que nós dois fomos, Senna. Vamos dar uma olhada nesse quarto. Só que precisamos nos aquecer. Se há energia aqui, então deve haver aquecimento. Temos de encontrar o termostato.

Então, começamos a subir as escadas rumo ao andar de cima.

Olho para o rosto dele. Seus olhos negros parecem turvos, como se ele tivesse consumido alguma droga — só que Isaac não consome nenhuma droga. Não toma nem mesmo remédio pra dor de cabeça. Conheço bem esse homem. Isso é o que mais me espanta nessa história toda. *Por que estou aqui? Por que estou aqui com ele?*

Isaac gira a cabeça para olhar para mim. É como se ele estivesse me vendo pela primeira vez. Consigo ver seu peito movendo-se para cima e para baixo enquanto ele se esforça para respirar. Eu também estava assim quinze minutos antes.

— Do que você se lembra? — Isaac pergunta, encarando-me.

— De quase nada — respondo, balançando a cabeça com desânimo. — Jantei em Seattle. Acabei de jantar por volta de dez horas. No caminho de casa, parei em um posto para abastecer. Isso é tudo. E você?

Ele olha para o chão, franzindo as sobrancelhas.

— Eu estava no hospital, no fim do plantão. O sol havia acabado de nascer. Eu me lembro de parar e olhar para o céu. E mais nada.

— Isso não faz sentido. Por que alguém nos sequestraria e nos traria para cá?

Penso nos isqueiros, na chave e no quarto dos cavalos de carrossel, mas logo afasto a ideia da cabeça. *É uma coincidência.* Mesmo assim, pensar nisso me dá vontade de rir.

— Eu não sei — Isaac responde.

Acho que nunca havia ouvido ele falar essas palavras antes. Chego até mesmo a me perguntar se ouvi direito o que Isaac disse. Porque, muitas vezes na minha vida, contei com ele para obter respostas. Na verdade, eu exigia respostas dele, e ele sempre me dava.

Mas isso era antes ...

Isaac passa a mão no queixo, alisando a sua barba por fazer, e noto as manchas roxas nos seus pulsos, na região onde as amarras foram apertadas em torno da sua pele. *Durante quanto tempo o deixaram amarrado à cama daquele modo? Por quanto tempo fiquei inconsciente?*

— Precisamos nos aquecer — Isaac diz.

— Acendi a lareira do quarto redondo.

Saímos em busca do termostato. Percebo que ele está segurando o cabo da faca com tanta força que os nós de seus dedos estão quase brancos. Encontramos o termostato no quarto da cama de carrossel, atrás da porta. Isaac liga o aquecimento.

— Se temos energia, então provavelmente estamos perto de algum lugar habitado — digo, animada, mas ele balança a cabeça em sinal de discordância.

— Não necessariamente. Pode ser energia de um gerador. Se for, não vai durar pra sempre.

Faço que sim com a cabeça, mas não acredito que ele tenha razão.

Subimos até o quarto redondo, para nos sentarmos diante do fogo e esperar que a casa se aqueça. Isaac me pede para subir primeiro. Quando chego ao quarto, ele espia ao redor uma última vez e, depois, sobe rapidamente até onde estou. Então, fechamos a porta do alçapão e a trancamos. Tentamos empurrar o armário sobre o alçapão, mas também está preso ao chão.

O fogo que eu havia acendido está quase se apagando. Há mais três troncos. Pego um tronco e o coloco sobre as chamas enquanto Isaac examina o lugar.

— Onde você acha que estamos? — pergunto, quando Isaac se senta no chão, ao meu lado. Ele coloca a faca no chão, entre nós dois, o que me deixa mais tranquila. Ainda não confio em ninguém. Saber que ele não está escondendo as armas de mim é uma coisa boa.

— Vai saber onde estamos, com essa quantidade de neve. Podemos estar em qualquer lugar.

Estamos no meio do nada, penso.

— Como você conseguiu se livrar das suas amarras?

— Quê? — Não entendo imediatamente o que Isaac está dizendo, mas logo me dou conta de que ele pensa que eu também estava amarrada.

— Eu não tinha nenhuma amarra — respondo.

Ele vira a cabeça e olha para mim. Estamos tão próximos um do outro que os vapores da nossa respiração se misturam no ar. Os pelos negros de sua barba por fazer cobrem seu rosto. Tenho vontade de tocá-lo apenas para poder sentir alguma coisa viva, real.

Os olhos dele, sempre tão intensos, são duas esferas negras perdidas em pensamentos. Isaac não costuma nem mesmo piscar. No início, quando nos conhecemos, isso costumava me irritar, mas, depois de algum tempo, passei a entender essa particularidade. Era como se ele não quisesse deixar nada escapar. Seus pacientes, que também sabiam dessa característica, costumavam dizer que apreciavam o fato de que ele não piscava durante uma cirurgia.

"Vocês sabem que o Dr. Asterholder jamais vai cortar uma veia", era o que se costumava dizer no hospital em tom de brincadeira.

Por que eu não estava amordaçada, vendada e com os braços atados às colunas da minha cama quando acordei?

— Porque, assim, você poderia me soltar — diz ele, como se pudesse ler meus pensamentos.

Sinto um calafrio na espinha.

— Isaac, estou com medo.

Ele se aproxima mais de mim, e coloca o braço sobre meus ombros.

— Eu também, Senna.

4

QUANDO A CASA ESTÁ MAIS AQUECIDA E SENTImos que podemos nos movimentar normalmente, destrancamos a porta do alçapão e descemos as escadas. Vamos até a cozinha e nos sentamos um em frente ao outro. Temos o olhar vago e vidrado de duas pessoas em estado de choque, mas não tenho a menor dúvida de que somos capazes de entrar em ação num piscar de olhos, caso seja necessário.

Seguro o cabo da faca. Agora, cada um tem uma faca, que fica bem visível sobre a mesa. A suspeita no semblante dele é evidente; ele não precisaria me dizer nada a respeito disso. A expressão no meu rosto não é diferente. Parecemos dois idiotas. Sequestrados e presos em uma casa, esperando a volta da pessoa que nos deixou aqui.

— Querem resgate — digo, com uma voz estridente que atravessa asperamente a garganta, antes que eu possa evitar. Engulo em seco e olho para Isaac.

Os olhos dele viajam rapidamente de um canto a outro do lugar. A perna dele está balançando para cima e para baixo, e consigo sentir as vibrações de cada movimento na madeira. A todo instante ele lança um olhar para a janela, e depois para a porta.

— Talvez...

Fico em silêncio depois do "talvez" de Isaac. Ele quer falar mais, mas não confia em mim. E se eu resolvesse examinar a fundo a teoria, veria que muito provavelmente é furada. Criminosos que sequestram para pedir resgate são apressados e brutais; apontam armas para a cabeça das vítimas e querem suas exigências atendidas de imediato. Não instalam teclado numérico na porta de entrada, nem deixam à disposição comida suficiente para alimentar seus prisioneiros durante meses e meses.

Coloco as mãos na mesa, com as pontas do dedo voltadas para baixo, e deito o queixo sobre elas. Meu dedo mindinho está tocando o cabo da faca.

Esperamos.

O chalé está tão assustadoramente silencioso que seria possível ouvir um carro ou uma pessoa se aproximando a um quilômetro de distância, mas, mesmo assim, continuamos atentos a tudo. *Esperando... Esperando...* Por fim, Isaac se levanta. Eu o ouço caminhando de um aposento a outro, e começo a me perguntar se ele estaria procurando alguma coisa ou se apenas sente necessidade de se movimentar. Acho que a segunda alternativa é a mais provável. Ele não consegue ficar sentado quando está nervoso. Quando Isaac volta à cozinha, quebro o silêncio.

— E se eles não voltarem?

Isaac leva um bom tempo para responder.

— Há uma despensa ali. — Ele indica com a cabeça uma porta estreita à esquerda da mesa. — Tem comida suficiente para nos manter por meses. Há um saco de farinha de vinte quilos. Mas o estoque de madeira não vai durar mais do que algumas poucas semanas. Mesmo que controlássemos o uso da madeira, teríamos o suficiente para quatro semanas, no máximo.

Não tenho muito interesse em pensar no monstruoso saco de farinha e, por isso, não dou atenção a essa informação. Entretanto, a questão da madeira me preocupa. Não me agrada a ideia de morrer congelada. Lá fora há árvores por toda parte. Se pudéssemos sair, é claro. Se pudéssemos sair, teríamos madeira.

— O quarto do carrossel — Isaac diz. — Você não acha aquilo estranho?

— A voz dele é clara, precisa, a mesma que usa com seus pacientes. Eu não sou um desses pacientes e não gosto que ele fale como se eu fosse.

— Sim — respondo simplesmente.

— O livro? — Agora há uma certa irritação na voz dele. — Não há nada no livro a respeito de um carrossel, há?

— Não — digo. — Não há nada.

Não era necessário que tivesse.

— Acha que algum dos seus fãs pode ter feito isso? Um fã obcecado?

Não gosto de pensar nisso, mas essa suspeita já havia passado pela minha cabeça. Não quero ser a única responsável por essa situação.

— É possível — respondo com cautela. — Mas isso não explica sua presença aqui.

— Você tem recebido ameaças, cartas estranhas ou algo assim?

— Não, Isaac.

Ele olha bem para mim ao ouvir seu nome.

— Senna, é importante que você pense bem. Isso pode fazer uma grande diferença.

— Estou pensando! — respondo, com irritação. — Não recebi nenhuma carta fora do normal, nem e-mails. Nada!

Ele faz que sim com a cabeça, e então vai até a geladeira.

— O que você vai fazer? — pergunto, girando no assento, a fim de observá-lo.

— Alguma coisa para comermos.

— Não estou com fome — digo sem hesitar.

— Não sabemos por quanto tempo ficamos desmaiados. Você precisa comer e beber alguma coisa para não ficar desidratada.

Isaac começa a tirar coisas da geladeira e colocá-las sobre o balcão. Ele encontra um copo, enche-o com água da torneira e traz para mim.

Pego o copo. Na situação em que estamos, não tenho vontade de comer nem de beber, mas faço um esforço para beber toda a água porque o Isaac está diante de mim, esperando.

Enquanto observo a neve lá fora, ele prepara algo para nós no fogão a gás que parece ser novo em folha.

Quando volta para a mesa, Isaac carrega dois pratos cheios de ovos mexidos. O cheiro me dá náuseas... Ele coloca um dos pratos à minha frente, e pego o garfo.

Temos muitas armas: garfos, facas... Isso me leva a pensar que se nosso sequestrador tivesse a intenção de voltar, não deixaria tantas armas disponíveis, pois correria o risco de ser atacado. Expresso essa observação em voz alta, e Isaac concorda.

— Eu sei, Senna.

Claro que ele já havia pensado nisso. Sempre dois passos à frente...

— O seu cabelo está diferente — ele comenta. — Não reconheci você imediatamente quando a vi... lá em cima.

Fico meio confusa. *Vamos realmente falar do meu cabelo?* Eu me sinto constrangida por causa da minha mecha branca, e trato de prendê-la atrás da orelha.

— Deixei o cabelo crescer.

Ponha comida na boca, mastigue, engula. Ponha comida na boca, mastigue, engula.

Não falamos mais nada sobre o meu cabelo. Quando termino de comer, aviso que preciso usar o banheiro e peço que ele me acompanhe até lá. O único banheiro na casa é aquele no quarto onde o encontrei. Ele espera do lado de fora, com a faca na mão. Isaac havia trocado sua faca anterior por outra ainda maior antes de sairmos da cozinha. Seria engraçado se não fosse trágico. Quanto maior a faca, maior o estrago. Optei por uma faca de carne, e me sinto bem com ela. Essas facas são fáceis de manejar e não poderiam ser mais afiadas.

Depois de me aliviar, lavo as mãos na pia. Há um espelho pendurado. Levo um susto ao ver minha imagem refletida nele. Meu cabelo está oleoso e sem vida, e a mecha grisalha que ganhei quando tinha 12 anos de idade caía em meu rosto com destaque. Tenho feito de tudo para tentar me livrar dessa mecha desde que ela surgiu: tentei pintá-la, cortá-la, escondê-la... Não adianta pintar cabelo grisalho. Já fui a dezenas de salões de beleza, e em todos eles os cabeleireiros me disseram a mesma coisa: "Não vale a pena... a cor não vai durar". Não importa o que eu faça, a mecha branca sempre volta, como erva daninha. Por fim, desisti de lutar contra isso. Se uma pequena parte de mim insiste em envelhecer mais rápido, então que seja — ela venceu.

Abro a torneira, que engasga por vários segundos antes de deixar escorrer um fio de líquido marrom. Lavo o rosto e bebo um pouco dessa água, que tem um gosto engraçado — parecido com sujeira e ferrugem.

Quando saio do banheiro, Isaac me entrega a faca de açougueiro. Tenho de soltar minha faca para pegar a dele, pois estou com um pulso fora de combate.

— Minha vez — diz ele. — Não deixe os bandidos pegarem a gente.

Dou risadas — dou risadas para valer — e ele fecha a porta do banheiro. O humor dele sempre aparece nos momentos mais estranhos. Achei que eu era um dos bandidos, jamais imaginei que estaria à mercê de um deles.

O rosto de Isaac também está lavado quando ele sai do banheiro, e seu cabelo está úmido. Há um filete de água escorrendo pelo seu rosto.

— E agora? — pergunto.

— Você está cansada? Podemos nos revezar na vigilância. Você gostaria de dormir?

— Não, de jeito nenhum!

— Tudo bem. — Ele ri. — Dá pra entender.

Um longo e pesado silêncio cai sobre nós.

— Eu gostaria de tomar um banho — digo. E penso: *Para me limpar, caso o doente filho da puta tenha tocado em mim...*

Ele faz um aceno afirmativo com a cabeça. Eu subo a escada de mão até o quarto redondo para pegar roupas limpas. A ideia de estar com algo que um desconhecido escolheu me enoja. Queria minhas roupas, mas nem mesmo o pijama que estou usando é meu.

Examino o conteúdo do guarda-roupa. Quase tudo são peças que eu mesma poderia ter escolhido, com exceção das cores. Há cores em excesso. De qualquer maneira, isso é assustador. *Quem me conheceria bem o suficiente para comprar roupas para mim? Roupas de que eu realmente gosto?* Retiro de um cabide uma camisa de manga longa para ioga, e, debaixo dela, encontro uma calça combinando. Em uma gaveta, há uma grande variedade de calcinhas e sutiãs.

Ah, meu Deus!

Decido não usar nenhuma daquelas peças íntimas. Não posso vestir *lingerie* que algum pervertido tenha comprado. Eu me sentiria como se estivesse sendo tocada... intimamente.

Fecho a gaveta com força.

Isaac me ajuda a descer a escadinha. Depois que despejei minha fúria contra a porta da entrada, o pulso ficou tão inchado que dobrou de tamanho.

— Mantenha-o elevado e fora da água quente — diz ele, antes que eu entre no banheiro.

Encontro sabonete e xampu debaixo da pia. São de marcas desconhecidas. O sabonete é branco e cheira a lavanderia. Fico debaixo do chuveiro por cinco minutos, mas, na verdade, gostaria de ficar por mais tempo. A água de tonalidade marrom nunca fica realmente quente e, além disso, tem um cheiro esquisito.

Saio do banho e me seco com a toalha cor de limão-siciliano pendurada no porta-toalhas. Que cor mais alegre. *Que cor mais irônica para uma toalha tão atenciosamente colocada aqui para o nosso uso.* Esfrego meus braços e pernas, tentando capturar todas as gotas. Amarelo para fazer esquecer a neve, a prisão e o rapto. *Será que a pessoa que nos trouxe para cá acredita que a cor dessa toalha possa afastar a depressão?* Solto a toalha no chão, enojada. Então dou risada — uma risada alta, estridente.

Ouço Isaac bater de leve na porta.

— Senna, você está bem? — pergunta ele, com a voz abafada.

— SIM. ESTOU — grito. Mas, em seguida, dou risadas tão altas e tão frenéticas que ele abre a porta e entra. — Estou bem — repito, ao ver a expressão preocupada dele, e então tento segurar o riso. Ponho as mãos na boca para sufocar a risada, e lágrimas começam a escapar dos olhos. Estou rindo tanto que me seguro na pia para me apoiar. — Estou bem mesmo

— insisto, engasgando. — Não é a coisa mais louca que você já ouviu na vida? Como se eu pudesse estar bem. Você está bem?

Vejo os músculos da face dele vibrarem. A cor dos olhos dele é metálica, como uma lata.

Ele faz menção de me tocar, mas eu afasto a mão dele com um tapa. Eu já havia parado de rir.

— Não me toque — aviso. Meu tom de voz é mais alto e ríspido do que pretendia.

Isaac crispa os lábios e faz que sim com a cabeça. Ele entende. Eu sou maluca. Não há nenhuma novidade nisso. Vou me sentar na cama com a faca, e fico de guarda enquanto ele toma seu banho. Se alguém entrasse no quarto agora, eu seria incapaz de me defender — com ou sem faca. A sensação que tenho é de que meu corpo está aqui, mas o resto de mim está num enorme buraco. Não consigo reconciliar os dois.

O banho de Isaac demora ainda menos que o meu. Estou quase dormindo quando ele sai do banheiro. Com uma toalha presa ao corpo, ele vai até o guarda-roupa. Eu o vejo examinar as roupas da mesma maneira que eu havia feito. Ele não diz nada, mas passa a mão no algodão de uma camisa preta, sentindo o tecido entre os dedos. Eu estremeço.

Mesmo que tudo isso tenha algo a ver com algum dos meus fãs, por que Isaac? Olho para a faca enquanto ele se veste no banheiro. Ela é novinha em folha; o brilho da lâmina é imaculado. *Comprada para nós*, penso.

Como não temos absolutamente nada para fazer, descemos as escadas e ficamos no andar de baixo. Isaac esquenta duas latas de sopa e coloca alguns pãezinhos congelados no forno. Estou realmente faminta quando ele me entrega o prato.

— Ainda há claridade lá fora. Já devia estar escuro a essa hora — comento.

Ele volta toda a sua atenção para o prato, evitando olhar para mim de propósito.

— Por que, Isaac?

Mas ele continua sem olhar para mim.

— Acha que estamos no Alasca? Mas como foi que os malditos conseguiram passar pela fronteira do Canadá com a gente?

Eu me levanto e começo a andar pela cozinha.

— Isaac?

— Eu não sei, Senna — responde secamente. Paro de andar e olho para ele, que continua com a cabeça abaixada na direção do prato, mas ergue os olhos e me olha. Por fim, suspira e abaixa sua colher no prato, girando lentamente o talher em sentido anti-horário até desenhar um círculo completo.

— Bom, é possível que estejamos no Alasca — diz. — Por que você não descansa um pouco? Vou ficar acordado, de olho em tudo por aqui.

Concordo com um aceno de cabeça. Não estou cansada. Ou talvez esteja. Deito-me no sofá e dobro as pernas em posição fetal. O medo que sinto é imenso.

5

NINGUÉM APARECE. DOIS DIAS PASSAM, E ENTÃO três — e nada. Isaac e eu mal nos falamos. Apenas comemos, tomamos banho, perambulamos de um quarto a outro como sombras atormentadas. Sempre que entramos em um quarto redobramos nossa atenção, com facas na mão. *Seremos obrigados a usá-las? Quando? Quem vai viver e quem vai morrer?*

A espera pela morte é a pior forma de tortura que uma pessoa pode imaginar. Isaac está aturdido, sem rumo... posso perceber isso nos círculos escuros que se formaram em torno dos olhos dele. Tem dormido menos que eu, mas sei que não estou muito melhor. Isso está devorando a gente por dentro.

Medo...
Medo...
Medo...

Aplacamos a nossa preocupação tomando providências inúteis: tentamos quebrar as janelas, tentamos abrir a porta da frente, tentamos não entrar em desespero. Estamos tão cansados de *tentar* que ficamos olhando para as coisas... por horas a fio: um desenho de dois pardais pendurado na sala de estar, a torradeira vermelha, o teclado numérico da porta da frente que guarda o segredo para a nossa liberdade.

Isaac gasta mais tempo contemplando a neve do que qualquer outra coisa. Posicionado diante da pia, ele fica olhando pela janela, observando a neve cair lentamente.

No quarto dia, estou tão cansada de olhar para as paredes que pergunto a Isaac sobre a esposa dele. Noto que ele não está com a aliança no dedo, e me pergunto se *ele* a tirou ou se *eles* fizeram isso. Quase instintivamente ele balança o dedo onde a aliança deveria estar, mas não está. *Eles tiraram a aliança,* penso.

Estamos sentados na mesa da cozinha, depois de consumir mingau de aveia no café da manhã. Minhas unhas — roídas quase até a carne — estão ardendo.

Instantes atrás, Isaac fez um comentário sobre a mesa, destacando o fato de ela ser enorme e tosca: um grande bloco de madeira redondo sustentado por uma base circular mais grossa que dois troncos de árvore.

No início, ele parece agitado por causa da minha pergunta sobre sua mulher. Mas logo algo se revela nos olhos dele. Ele não tem tempo para esconder isso. Eu vejo cada migalha de emoção que resta, e isso me magoa.

— Ela é oncologista — diz.

Balanço a cabeça num gesto afirmativo, sentindo a secura na boca. Esse é um bom arranjo para Isaac.

— Como ela se chama?

Já sei o nome dela.

— Daphne — responde. *Daphne Akela.* — Estamos casados faz dois anos. Você a viu uma vez.

Sim, lembro.

Isaac esfrega a cabeça, bem em cima da orelha, e depois alisa a região com a palma da mão.

— O que será que a Daphne está fazendo neste momento... quer dizer, agora que você desapareceu? — pergunto, sentando em cima das pernas na cadeira.

Ele tossiu com pigarro, antes de falar.

— Ela está transtornada, Senna.

Uma resposta óbvia para uma pergunta idiota. Não sei por que fiz essa pergunta; talvez tenha sido por maldade. Ninguém está procurando por mim, exceto a mídia, talvez. *Famosa escritora desaparece.* Com Isaac é diferente: ele é querido, muitas pessoas o adoram.

— E quanto a você? — indaga. — Você é casada, Senna?

Puxo a minha mecha de cabelo branca, enrolo-a no dedo e a acomodo atrás da orelha.

— Você precisa mesmo me perguntar isso?

— Não, acho que não — Isaac responde, rindo sem muito entusiasmo. — Está saindo com alguém?

— Não.

Isaac aperta os lábios e faz que sim com a cabeça. Ele também me conhece... mais ou menos.

— Mas o que aconteceu com aquele cara que vo...

— Não sei — digo, interrompendo-o. — Já faz um bom tempo que não falo com ele.

— Não se falaram nem depois que você escreveu o livro?

Coloco uma colher de mingau na boca e mastigo os grãos de aveia endurecidos.

— Nem depois que escrevi o livro — respondo, sem encará-lo. Quero perguntar se ele já leu meu livro, mas falta coragem. — Ele provavelmente já tem uma esposa também. *Você não é humano a menos que se case ou tenha alguém ao seu lado, não é? Encontre sua alma gêmea ou o amor da sua vida... ou seja lá o que for.* — Faço um gesto de desdém com a mão, como se não ligasse.

— As pessoas têm necessidade de criar vínculos com alguém — Isaac argumenta. — Não há nada de errado nisso. Mas se, por qualquer razão, uma pessoa não tem essa necessidade, também não há nada de errado.

Levanto a cabeça, indignada. *O que ele pensa que está fazendo?* Não me lembro de ter pedido conselhos!

— Eu não preciso de ninguém — afirmo com convicção.

— Eu sei.

— Não, você não sabe — insisto.

Sinto-me mal por ter perdido a paciência com Isaac, principalmente porque fui eu quem iniciou essa conversa. Mas não gosto do que ele está insinuando — que *me conhece* ou coisa do gênero.

Isaac abaixa a cabeça e olha para o seu prato vazio.

— Você é tão segura que, às vezes, eu me esqueço de verificar se está bem. Você está bem, Senna? Eu...

— Sim, Isaac, estou bem — eu o interrompo novamente. — Não vamos perder tempo com isso. — Eu me levanto. — Vou ver se consigo arrancar alguma coisa desse teclado.

Posso sentir os olhos dele sobre mim quando saio da mesa. Paro na frente da porta e começo a digitar combinações de números ao acaso no teclado. Temos nos revezado na tentativa de descobrir o código de quatro dígitos, o que é uma ideia bem estúpida, pois existem dezenas de milhares de combinações possíveis. Por outro lado, como não temos nada para fazer e muito tempo disponível — por que não tentar a sorte? Isaac achou uma caneta para escrever os códigos que foram usados ao lado da porta, para não repetirmos números.

Temos facas escondidas em todos os cômodos da casa: uma faca de carne debaixo de cada colchão; uma faca serrilhada — do tamanho do meu antebraço — debaixo das almofadas do sofá na pequena sala de estar; uma faca de açougueiro no banheiro sob a pia; uma faca de trinchar no peitoril da janela do corredor do andar de cima. *A gente precisa encontrar um lugar melhor para a faca no corredor do andar de cima*, não paro de pensar. Alguém pode pôr as mãos nela. *Alguém... pode... pode...*

Meu dedo está erguido sobre o botão que exibe o número 5. Posso sentir meu peito se apertando lentamente, como se uma jiboia estivesse enrolada em torno do meu corpo dando-me um abraço esmagador. Minha respiração está acelerada, cada vez mais acelerada. Viro e cambaleio até que minhas costas toquem a porta e, então, deixo meu corpo escorregar até me sentar no chão. Não consigo recobrar o fôlego. Estou me afogando num mar de oxigênio; há muito ar ao meu redor, mas não tenho ar suficiente nos pulmões para respirar.

Ao perceber que estou respirando com dificuldade, Isaac corre até onde estou e se agacha diante de mim.

— Senna... Senna! Olhe para mim!

Eu me deparo com o rosto dele, e tento fixar minha atenção nos olhos dele. Se pelo menos eu pudesse recuperar o fôlego...

Ele segura minha mão, e fala comigo em tom de súplica.

— Senna, respire. Com calma, sem pressa. Consegue escutar minha voz? Tente ajustar sua respiração à minha voz.

Tento. A voz dele é marcante. Eu seria capaz de reconhecê-la entre várias outras. É uma oitava acima do contralto, profunda o suficiente para embalar seu sono, animada o suficiente para manter você acordado.

Sigo os padrões da sua fala enquanto ele conversa comigo — as consoantes arrastadas, o tom ligeiramente agudo do seu "e". Observo a boca de Isaac. Seus dentes incisivos se sobrepõem levemente aos dois dentes da frente, que também se sobrepõem; um defeito perfeito.

Minha respiração começa a desacelerar aos poucos. Fixo o olhar nas mãos dele, que estão segurando as minhas. Mãos de cirurgião. Posso dizer que estou em boas mãos — na verdade, não poderia estar em mãos melhores. Acompanho as veias que correm pelas costas da mão dele. Com os polegares, ele massageia em círculos a pele entre meu polegar e meu indicador.

Isaac corta as unhas no formato quadrado. Um visual másculo. A maioria dos homens que namorei cortava as unhas no formato arredondado. O quadrado é melhor.

Sinto os pulmões se abrindo. Aspiro o ar avidamente. Isaac está me ajudando. *O quadrado é melhor*, digo mais uma vez, e mais outra. É meu mantra. *O quadrado é melhor.*

Estou exausta. Isaac não se afasta de mim em nenhum momento. Ele me levanta e me carrega até o sofá. Sabe cuidar das pessoas muito bem, dando o que elas precisam sem que elas tenham que pedir. Ele desaparece dentro da cozinha e, instantes depois, volta com um copo de água.

— Ele sabia exatamente o tamanho da roupa que deveria comprar para nós, mas não sabia que tenho asma?

Isaac franze as sobrancelhas.

— Talvez haja um inalador guardado em algum lugar. Você procurou em todas as gavetas?

— Sim — respondo. — Desde o primeiro dia.

Isaac abaixa a cabeça e olha para o chão.

— Talvez ele não queira que você tenha um inalador.

Eu fico bufando, irritada.

— Então esse maluco pervertido me sequestra e me traz até aqui para que eu morra deum ataque de asma? Não faz sentido.

— Não sei o que dizer, Senna. — É difícil para um médico dizer essas palavras. Ele já me disse isso uma vez. O que se espera dos médicos é que tenham respostas para tudo. — Nada disso faz sentido — diz. Por que alguém me traria... me colocaria aqui com você? Como conseguiram descobrir que há uma conexão entre nós?

Não tenho resposta para nenhuma dessas perguntas. Movimento a cabeça, olho em volta. Minha atenção se fixa no retrato dos pardais.

— Você precisa relaxar. Tem que...

— Isaac — digo, impedindo-o de continuar. — Estou bem. — Ponho uma mão em seu braço e imediatamente a retiro. Ele olha para o lugar onde eu o toquei, depois se levanta e sai da sala.

Junto minhas mãos e as levo ao rosto, cobrindo meus olhos, meus lábios e o vazio dentro de mim, que jamais voltará a ser preenchido.

— Isaac — sussurro. Mas ele não me escuta.

6

DEPOIS DA PRIMEIRA SEMANA, COMEÇO A DORMIR no quarto redondo. É mais quente lá em cima. Isaac me faz trancar a porta do alçapão assim que meus pés desaparecem na escadinha.

— Por que não? — diz. — Não custa nada. Eles também têm uma chave, mas você pode ganhar tempo se a porta estiver trancada.

Nossa. Que maravilha.

Ele confere a porta depois que giro a chave, para ter certeza de que está firme e ninguém entrará facilmente por ela. Sempre espero pelos ruídos dessa movimentação antes de ir dormir, e durmo com a faca de açougueiro na mão. É perigoso, mas não tão perigoso quanto o sequestrador entrando na prisão que ele mesmo preparou para você e...

Sinto medo todas as manhãs ao acordar, embora não saiba com certeza se é manhã, tarde ou noite. O sol brilha continuamente. Sou perseguida pelo medo de descer do quarto redondo e descobrir que Isaac desapareceu. Mas ele sempre está lá — despenteado e abatido, lidando com a máquina de café. Sempre há café fresco na garrafa, e posso sentir o aroma enquanto desço as escadas. E assim — só pelo fato de sentir o cheiro de café — constato que Isaac continua presente, está bem e ativo.

Certa manhã, não senti o cheiro de café. Corri para as escadas com tanta pressa que poderia ter caído e quebrado o pescoço ao descer pulando os degraus de dois em dois. Quando cheguei à cozinha, eu o encontrei dormindo na mesa, com a cabeça apoiada nos braços. Naquele dia, fiz o café. Minhas mãos permaneceram firmes, mas meu coração batia acelerado.

Um dia (ou tarde?), Isaac subiu até o meu quarto e se agachou perto de onde eu estava sentada, sentando-se de pernas cruzadas diante do fogo. Eu estava pensando em suicídio. Não no meu suicídio, mas em suicídio de maneira geral. Existem muitas maneiras de cometer suicídio. Não sei por que as pessoas são tão pouco criativas em matéria de se matar.

Não costumamos deixar a porta da frente sem vigilância, mas parece que ele precisava conversar. Descruzei as pernas e as estendi na direção do fogo, mexendo os dedos dos pés. Estamos ficando sem lenha. Isaac diz que não sabe qual é o tamanho do gerador, e que pode ser que o combustível dele também esteja acabando.

— Em que você está pensando? — perguntei, observando o rosto dele.

— O quarto do carrossel, Senna. Acho que significa alguma coisa.

— Não quero falar nesse quarto. Ele me dá nos nervos!

Isaac inclinou a cabeça em minha direção de modo brusco, com expressão séria.

— A gente vai falar sobre isso, sim! A menos que você queira ficar trancada aqui para sempre.

Balancei a cabeça numa negativa, e enrolei a minha mecha no dedo.

— É uma coincidência! Não significa nada.

Com clara impaciência, Isaac balançou a cabeça, cheio de determinação.

— Daphne está grávida.

Esse é um daqueles momentos em que você sente que seus olhos estão se enchendo de água. Toda a minha atenção se voltou para Isaac.

— Faz oito semanas que a vi pela última vez. — Ele umedece os lábios com a língua. — Foram três tentativas de fertilização *in vitro* para engravidar, e houve dois abortos. — Isaac esfrega a testa. — Daphne está grávida e preciso falar sobre o quarto do carrossel.

Fiz que sim com a cabeça, sem dizer nada.

Um sentimento ruim me invade. Tento evitá-lo. É indesejável.

— Quem sabe sobre o que aconteceu? — perguntou gentilmente.

Observo a lenha queimando na lareira. Por um instante não consigo saber com certeza a que acontecimento ele se refere. Foram tantos. *O carrossel*, recordo. É uma lembrança tão estranha. Não tem nada de especial. Mas é íntima.

— Só você. Por isso é que parece improvável que... — Olho bem para Isaac. — Por acaso você... você falou com alg....

— Não! Não, Senna, jamais. Aquele foi um momento só nosso. Eu nem ao menos quis pensar sobre esse assunto depois.

Acredito nele. Por um longo instante nos olhamos fixamente, olhos nos olhos, e o passado pareceu surgir como uma frágil bolha de sabão. Interrompo o contato visual e olho para baixo, para as meias. São meias com estampa, não brancas. Procurei por meias brancas, mas tudo que havia nas gavetas eram meias compridas com estampa. Um tipo de roupa que não costumava usar. Minhas novas meias coloridas estão por cima da calça. Hoje estou vestindo meias de cor roxa e cinza, com listras diagonais.

— Senna...?

— Hein? Ah, me desculpe. Estava pensando nas meias.

Isaac ri, uma risada abafada, hesitante, como se preferisse não rir. Eu também acharia melhor que ele não tivesse rido.

— Isaac, o que aconteceu no carrossel foi... pessoal. Não saio por aí contando coisas para os outros. Você sabe disso.

— Tudo bem, então não vamos mais tentar descobrir como essa... essa... pessoa ficou sabendo. Vamos considerar que ela sabe. Talvez seja uma pista.

— Uma pista? — digo, cética. — Para quê? Para obtermos nossa liberdade? Como se isso fosse um jogo?

Isaac acena que sim com a cabeça, e eu o observo com atenção, tentando entender a piada. Mas não há piadas nessa casa. Só há duas pessoas reduzidas a pó, segurando facas enquanto dormem.

— Juro que pensava que a escritora de ficção aqui fosse *eu* — comento para irritá-lo, porque sei que ele está certo.

Faço menção de me levantar, mas ele agarra meu pulso e me puxa de volta com cuidado. Algo na região ao redor do meu nariz atrai a atenção dele. Ele está olhando para minhas sardas. Isaac sempre fez isso, como se minhas sardas fossem uma obra de arte e não pigmentos indesejáveis.

Isaac não tem sardas. Ele tem olhos doces que se inclinam para baixo nos cantos e dois dentes frontais que se sobrepõem levemente. Ele tem uma aparência comum, mas, ao mesmo tempo, é lindo. Se você o olhar bem de perto, perceberá a intensidade dos traços de seu rosto. Cada um produz em você um impacto diferente. Ou talvez tudo isso não passe de divagações de uma escritora.

— Não estamos aqui por obra do acaso — Isaac insistiu. — Eles querem alguma coisa de nós.

— O que, por exemplo? — retruco, como uma criança petulante. Levo as costas da minha mão à boca e mordo de leve os nós dos dedos. — Ninguém quer nada de mim. A não ser mais histórias, talvez.

Isaac ergue as sobrancelhas. Penso em Annie Wilkes, a vilã do filme *Louca Obsessão* — fã transtornada e assassina furiosa. *Ah, sem essa.*

— Eles não me deixaram uma máquina de escrever — argumento. — Não me deixaram nem mesmo caneta e papel. Isso não tem relação com meu trabalho de escritora.

Ele não parece estar totalmente convencido. Resolvo que será melhor voltar nossa atenção para a questão do carrossel, principalmente porque assim, talvez, ele pare de acreditar que tenho uma solução mágica para nos tirar desse lugar.

— O carrossel me dá calafrios — digo. Isso é o suficiente para que a teoria dele ganhe força e volte a falar nela. Tento ouvir um pouco das suas suposições. Não, na verdade, não dou a menor atenção ao que ele está dizendo. Apenas finjo ouvi-lo, e, enquanto ele fala, fico contando os nós na parede de madeira. Num dado momento, escuto meu nome.

— Conte-me o que você lembra disso — ele me pede, ansioso.

— Não, Isaac — respondo, balançando a cabeça numa negativa. — O que isso pode nos trazer de bom?

Não tenho a menor vontade de relembrar esses acontecimentos da minha vida. Não gosto de brincar com algo que poderia me levar para o divã de um analista.

— Tudo bem. Vou preparar o jantar. Se você pretende ficar aqui em cima, tranque o alçapão.

Desta vez, ele não esperou para conferir se a porta estava trancada. Está aborrecido. Eu o odeio.

Comemos em silêncio. Ele descongelou hambúrgueres e abriu uma lata de feijões verdes. Está racionando a comida. E sei disso. Ponho os feijões de lado e como o hambúrguer, usando a lateral do garfo para cortá-lo em pedaços.

Isaac come com faca e garfo, cortando com um e espetando com o outro. Eu lhe perguntei uma vez por que ele fazia isso, e a resposta foi: "Existem ferramentas para todos os tipos de coisas. Sou médico. Uso a ferramenta mais apropriada para cada situação".

Isaac está irritado comigo. Olho para ele de vez em quando enquanto comemos, mas ele está sempre olhando para a comida. Assim que termino de comer, me levanto e levo o prato para a pia. Eu o lavo, enxugo e depois o coloco de volta no armário. Eu me posiciono atrás de Isaac enquanto ele termina sua refeição, e algo na parte de trás da cabeça chama minha atenção. Posso ver fios grisalhos no cabelo dele, principalmente na altura das têmporas. São poucos fios.

Ele não tinha fios grisalhos na última vez que o vi. Talvez eles tenham aparecido por causa da expectativa pelos resultados da fertilização *in vitro*. Ou por causa da mulher dele. Ou por causa do seu trabalho.

Nasci com os meus grisalhos, então... quem é que sabe? Quando ele se retira da mesa, disfarço rapidamente e começo a esfregar o balcão da pia com um pano. Após esfregar algumas vezes, sinto-me uma idiota. *Estou limpando a casa da pessoa que me sequestrou.* De certo modo soa como uma traição: *Viva na imundície ou limpe a sua prisão.* Eu devia colocar fogo nesse lugar todo. Termino de esfregar, lavo o pano, dobro-o com cuidado e o penduro na torneira. Antes de ir para o andar de cima, pego um pouco da lenha que temos estocada. Eu e Isaac nos esbarramos no pé da escadaria.

— Deixe comigo, levo isso pra você — ele se oferece.

Não entrego a madeira; em vez disso, agarro com mais firmeza.

— Você não tem de ficar de guarda na porta?

— Não vai aparecer ninguém, Senna. — Ele parece um pouco triste. Tenta tirar a madeira de mim, mas me recuso a entregá-la.

— Como pode ter certeza disso? — respondo.

Ele olha para minhas sardas.

— Ei, calma — diz com delicadeza. — A essa altura eles já teriam vindo se quisessem. Já se passaram catorze dias.

— Não. — Balanço a cabeça, discordando. — Não pode fazer tanto tempo que a gente... — Começo a fazer as contas mentalmente. Estamos nessa casa há... catorze dias. Isaac tem razão. *Catorze. Jesus Cristo. Onde estão os grupos de busca? Onde está a polícia? Onde estamos?* E o mais importante: *onde está a pessoa que nos trouxe para cá?*

Decido entregar a lenha que estou carregando, e Isaac sorri discretamente para mim. Eu o sigo escada acima e, depois, subo a escada de mão até o quarto redondo do sótão, para que ele me passe a lenha.

— Boa noite, Senna.

Olho para a janela atrás de mim, banhada pela luz do sol.

— Bom dia, Isaac.

7

ESTAMOS NO MEIO DO NADA.

Isaac está perdendo o juízo. Passa quase todos os dias andando devagar na frente da janela da cozinha, durante horas a fio, olhando para a neve com atenção, como se a neve estivesse falando com ele. Age como se estivesse vendo alguma coisa, mas não há nada para se ver — apenas montanhas brancas no meio de uma vastidão branca, tudo coberto por um branco infinito.

Estamos no meio do nada. E neve não fala. Eu me escondo dele em meu quarto no sótão... quando me canso disso, vou me deitar no chão do quarto do carrossel, e fico olhando para os cavalos.

Isaac não entra aqui, diz que o lugar lhe dá calafrios. Tento cantarolar algumas músicas como um dos meus personagens faria, mas isso me faz parecer uma pirada.

Não importa em que lugar esteja, posso sentir as vibrações dele dentro da casa. Isaac sempre foi intenso. Isso é o que faz dele um bom médico. Ele se esforça para tentar descobrir por que estamos aqui, por que ninguém aparece para nos resgatar.

Acho que também deveria estar fazendo isso, mas não consigo me concentrar. Sempre que começo a me perguntar por que alguém fez isso, minha cabeça começa a latejar. Se insistir em pensar nesse assunto, ela vai explodir. *Como um ovo no micro-ondas*, penso.

Quando estamos no mesmo recinto, posso sentir os olhos dele sobre mim. Eles me pressionam como dedos na minha carne — com mais e mais força até que me retiro, corro para o meu quarto e me escondo lá.

O Isaac já não sobe mais até o quarto no sótão. Ele não dorme mais no sofá; começou a dormir no quarto onde eu o encontrei todo amarrado. Isso aconteceu quando ultrapassamos a marca das seis semanas de permanência no cativeiro. Ele simplesmente se transferiu para o quarto uma noite e parou de vigiar a porta.

— O que você está fazendo? — perguntei, seguindo-o até o quarto. Ele tirou a camisa e, rapidamente, desviei meu olhar.

— Vou para a cama.

Eu o observei perplexa enquanto ele jogava a camisa de lado.

— Mas e se... O que vai acontecer com a...

— Ninguém vai aparecer — disse, afastando os lençóis e deitando-se na cama. Isaac evitava olhar para mim. Havia algo nos olhos dele que não queria que eu visse, e me perguntei o que seria.

Não discuti. Levei cobertores e a faca para o andar de baixo e me sentei no sofá, passando a vigiar a porta eu mesma. Isaac pode ter desistido de vigiar, mas eu não faria isso. Não iria relaxar num lugar que era nossa prisão. Não aceitaria que essa situação se tornasse permanente, posso garantir.

Preparei um pouco de café, peguei um pedaço de carne e fui vigiar a porta de entrada. Isaac ficou surpreso na manhã seguinte ao descer as escadas e me encontrar ainda acordada. Então, ele preparou uma xícara de café e mingau de aveia para mim e, depois, me mandou para a cama.

— Bom dia, Isaac.

— Boa noite, Senna.

Mas não dormi. Podia passar quantidades monstruosas de tempo sem dormir. Em vez de ir para a cama, puxei uma cadeira para perto da janela que ficava logo acima da cozinha e fiquei observando a neve.

Agora, uma semana depois desse dia, acordo com uma compreensão das coisas tão clara e fria quanto a neve que se acumula do lado de fora da janela. Às vezes, quando estou escrevendo um livro, vou dormir deixando um buraco no enredo da história que não sei como consertar. Quando acordo, tenho a solução. É como se a resposta estivesse ali o tempo todo e apenas precisasse do sono adequado para ter acesso a ela.

Levanto-me da cama num instante, saio correndo descalça pela porta do alçapão e desço a escada de mão sem nem tocar o último degrau. Desço voando a escadaria, de dois em dois degraus, e só paro quando chego à porta da cozinha.

Isaac está sentado na mesa, com a cabeça entre as mãos. Seu cabelo está todo bagunçado, como se ele o tivesse esfregado a noite inteira sem parar. Vejo debaixo da mesa os joelhos dele batendo um no outro em ritmo acelerado. Ele está passando pelos sete estágios do luto, só que adaptados para uma situação de sequestro. A julgar pelos olhos injetados, diria que ele agora se encontra no estágio de *Aceitação*.

— Isaac?

Ele olha para mim. Apesar da minha necessidade de saber o que ele está pensando, desvio o olhar. Já faz tempo que perdi o privilégio de saber o que se passa pela mente dele. Meus pés estão congelando; devia ter colocado meias antes de descer. Caminho até a janela e aponto para a neve.

— As janelas dessa casa — digo. — Estão todas voltadas para a mesma direção.

A sombra nos olhos dele parece diminuir um pouco. Isaac se levanta da mesa e vem até onde eu estou.

— É... — responde. Claro que ele sabia disso também.

Nunca havia visto tanta barba no rosto dele antes. Olhamos para a neve ao mesmo tempo. Estamos tão próximos um do outro que eu poderia tocar nele somente esticando o dedo mindinho.

— O que há atrás da casa? — pergunta.

Eu demoro um pouco para responder, e o silêncio se instala enquanto isso.

— O gerador... — digo por fim.

— Você acha...

— Sim, acho.

Olhamos um para o outro. Sinto arrepios percorrerem meus braços.

— Ele pode abastecê-lo, Isaac. Acho que ele irá reabastecer o gerador enquanto estivermos aqui dentro. Se descobrirmos o código e sairmos, vamos ficar sem energia e congelar.

Isaac parece se interessar pela minha tese, e fica pensando nela por um bom tempo. Parece fazer sentido, ao menos para mim.

— Por quê? — Isaac pergunta. — Por que você chegou a essa conclusão?

— Está na Bíblia — respondo, e, no mesmo instante, fico quieta.

— Você vai precisar decifrar isso para mim, Senna — diz, com expressão séria. Há pressa e tensão na voz dele. Isaac está perdendo a paciência comigo, o que não é nada bom, já que estamos afundando no mesmo barco.

— Já reparou no quadro pendurado perto da porta? — pergunto.

Ele faz que sim com a cabeça. Claro que havia reparado. Como poderia não ter reparado? Há sete gravuras penduradas nas paredes dessa casa. Quando você passa seis semanas trancafiado dentro de algum lugar, tem bastante tempo para examinar as pinturas que decoram as paredes.

— É um trabalho de F. Cayley. Acho que representa Adão e Eva quando percebem que terão de deixar o Éden.

Isaac balança a cabeça numa negativa.

— Pois, para mim, mais parecem duas pessoas bem deprimidas na praia, Senna.

Sorrio.

— Somos como essas duas pessoas — observo.

— Adão e Eva? — Ele já está tão cheio de descrença que até perco a vontade de contar o resto.

— Claro — digo, ficando de costas.

— Continue — pede.

— Deus os colocou no Jardim do Éden e lhes disse para não comerem o fruto proibido, lembra-se?

Agora é a vez de Isaac ficar de costas.

— É, acho que sim. Coisas básicas da escola.

— Depois que sucumbiram à tentação e comeram o fruto, os dois ficaram por conta própria. Deus os expulsou do Éden e retirou sua proteção. — Isaac não faz nenhum comentário, e prossigo. — Foram privados da perfeição e tiveram de cuidar de si mesmos — caçar, plantar, ter a experiência do frio, da morte e do parto.

Fiquei envergonhada depois que a última palavra saiu da minha boca. Foi estupidez da minha parte falar de parto, por causa de Daphne e dos bebês que ela perdeu. Mas Isaac não pareceu ligar para isso.

— Espere, vamos ver se entendi — diz, franzindo as sobrancelhas. — Você acha que, enquanto estivermos aqui dentro, no lugar que o sequestrador nos forneceu, ficaremos seguros e ele vai nos aquecer e alimentar sempre?

— É só um palpite, Isaac. Não dá pra provar nada.

— E o que seria então o fruto proibido?

Começo a bater no tampo da mesa com meus dedos.

— O teclado, talvez...

— Isso é doentio. E se uma simples pintura significa tanto assim, o que mais está escondido neste lugar?

Não quero nem ao menos pensar sobre esse assunto.

— Vou fazer o jantar esta noite — aviso.

Olho para fora, pela janela, enquanto descasco batatas sobre a pia. Em um certo momento, olho para as cascas, feias, empilhadas diante de mim. A gente devia comê-las. Provavelmente passaremos fome em breve, e vamos dar graças a Deus se tivermos um pedaço de casca de batata para comer. Recolho as tiras e as seguro na palma da mão, sem saber ao certo o que fazer com elas. Antes de escolher quatro das menores, contei as batatas que estão no saco de vinte quilos. Setenta batatas ao todo.

Quanto tempo podemos fazer isso durar? E a farinha, o arroz e a aveia? Parece haver bastante comida, mas não temos a menor ideia de quanto tempo ficaremos presos aqui. *Presos aqui!*

Como as cascas. Ao menos, assim, elas não serão desperdiçadas. *Meu Deus.* O gosto ruim da casca faz com que eu engasgue e faça careta. Então, jogo a batata que estou segurando na pia e colo a palma da mão na testa. *Preciso manter o foco. Pensar positivo. Não posso deixar que esse lugar me destrua.*

Minha terapeuta tentou me ensinar técnicas para lidar com o esgotamento emocional. Por que não lhe dei ouvidos? Eu me lembro de algo sobre um jardim... De caminhar por um jardim e tocar as flores. Foi isso que ela disse? Tento imaginar o jardim agora, mas tudo o que vejo são as sombras que as árvores fazem e a possibilidade de que alguém esteja escondido atrás de uma cerca viva. Estou completamente ferrada.

— Precisando de ajuda?

Olho para trás e vejo Isaac. Eu o havia mandado lá para cima, para que tirasse um cochilo. Ele parece refeito. Cirurgiões estão acostumados a dormir pouco. Ele havia tomado um banho, e seu cabelo ainda estava molhado.

— Sim, claro. — Aponto para a batata que falta, e ele pega uma faca. — Como nos velhos tempos — eu comento, e sorrio levemente. — Exceto que eu não estou catatônica e você não tem aquele olhar de perpétua preocupação em seu rosto.

— Não tenho? Essa nossa situação é no mínimo medonha.

Paro e abaixo a faca.

— Não, realmente não tem. Você parece calmo. Por quê?

— Aceitação. É melhor quando a gente se conforma.

— Está falando sério?

Percebo que Isaac está sorrindo. Ele está a um metro de mim e, entre nós dois, há uma pia que acaba de receber mais cascas de batata. Por um instante, sinto o peito apertar. Ele se afasta assim que termina de descascar a batata, levando junto seu cheiro de sabonete.

Tenho necessidade de saber onde uma pessoa está dentro de um ambiente o tempo todo. Eu o ouço mexer na geladeira, então ele anda pela cozinha e se senta à mesa. Pelos ruídos que Isaac está fazendo, parece que está manuseando dois copos e uma garrafa de alguma coisa. Lavo as mãos e me volto na direção dele.

Isaac está sentado à mesa, com uma garrafa de uísque nas mãos.

Meu queixo cai.

— Onde você achou isso? — pergunto.

Ele dá uma risadinha.

— No fundo da despensa, atrás de uma caixa de *croutons*.

— Odeio *croutons*.

Isaac faz que sim com a cabeça, como se eu tivesse dito algo profundo.

Bebemos a primeira dose enquanto a carne está cozinhando na frigideira. Acredito que seja carne de cervo. Isaac acha que é de vaca. Na verdade, isso não importa muito, uma vez que a situação em que nos encontramos rouba boa parte do nosso apetite. O gosto disso ou daquilo não tem muita relevância.

Fingimos que a bebida é divertida, sendo que na verdade só é necessária para nos ajudar a suportar o fardo. Brindamos de leve, evitando contato visual. Parece um jogo: brinde, beba o uísque, olhe para a parede sorrindo de maneira estranha.

Fizemos a refeição quase em total silêncio, com nossos rostos pendendo sobre os pratos de comida como girassóis pálidos. Puxa, quanta diversão. E assim lidamos com cada um dos nossos dias — preenchendo o tempo de maneira aleatória. Hoje nós nos entregamos ao uísque. Amanhã talvez a gente se entregue ao sono.

Quando terminamos, Isaac limpa a mesa e lava os pratos. Eu fico onde estou, com os braços estendidos sobre a mesa e a cabeça apoiada neles, observando-o. Minha cabeça está girando por causa do uísque, e os olhos estão lacrimejando. Não, não é bem isso. Estou chorando. *Você não está chorando, Senna. Você não sabe chorar.*

— Senna? — Isaac enxuga as mãos num pano de prato e se senta ao meu lado. — Os seus olhos estão vertendo um líquido que é popularmente conhecido como lágrimas. Está consciente disso?

Aspiro o ar pelo nariz fazendo barulho, de forma patética.

— É que eu odeio muito *croutons*...

Ele tosse com pigarro, e esboça um sorriso.

— Como seu médico, eu a aconselho a se sentar direito na cadeira.

Então eu me endireito, fungando, com a sensação de que estou caindo sentada.

Eu me viro para ele e agora estamos sentados um de frente para o outro. Com os polegares, Isaac começa a secar as lágrimas que escorrem pelas minhas bochechas. Quando ele para, segura meu rosto entre suas mãos.

— Ver você chorar me deixa triste, Senna.

A voz dele é tão sincera, tão franca. Não consigo falar assim. Tudo o que digo soa estéril e maquinal.

Tento desviar o olhar, mas ele mantém suas mãos no meu rosto e não me deixa virá-lo. Não me agrada ficar tão perto dele assim. Ele começa a se infiltrar pelos poros da minha pele. Eu a sinto formigar.

— Estou chorando, sim, mas não sinto nada — asseguro a ele.

Seus lábios se apertam, formando uma linha reta. Ele faz que sim com a cabeça.

— Eu sei que não sente. E isso é o que mais me dói.

8

DEPOIS DO EPISÓDIO COM O DESENHO DE F. CAYLEY, eu faço um levantamento de tudo o que há na casa. Talvez a gente tenha deixado alguma coisa escapar. Gostaria de ter uma caneta e algumas folhas de papel, mas a única caneta Bic ficou sem tinta já faz um bom tempo... Por isso, sou obrigada a usar a boa e velha memória para essa atividade.

Há sessenta e três livros espalhados pela casa. Peguei cada um deles, folheei as páginas, toquei os números no canto superior direito. Comecei a ler dois deles — ambos eram clássicos que já tinha lido — mas é impossível manter a mente concentrada na leitura. Conto vinte e três blusas leves e coloridas, seis pares de calças jeans, seis pares de calças de moletom, doze pares de meias, dezoito camisas, doze pares de calças de ioga. Um par de botas para chuva — no tamanho do Isaac. Há mais seis peças de arte nas paredes, não de F. Cayley, mas de outro pintor, o ilusionista Oleg Shuplyak. Na sala de estar, encontra-se um dos seus trabalhos mais leves, "Pardais". Porém, espalhadas pelo resto da casa, estão suas pinturas de rostos desfocados de figuras históricas famosas, misturadas com paisagens de modo quase indecifrável. A que está no quarto do sótão é a que me perturba mais. Já tentei arrancá-la da parede com uma faca de manteiga, mas está presa tão firmemente que mal consegui movê-la. Ela retrata um homem encapuzado e de braços estendidos, segurando duas foices. O homem está com a boca aberta, e seus olhos são dois buracos negros e vazios. Tudo que você consegue ver ao olhar para a imagem é um misterioso vazio — a violência iminente. Então, os seus olhos vão se ajustando à pintura e, de repente, o crânio se revela: as órbitas negras dos olhos entre as foices, os dentes, que, instantes atrás, eram simplesmente partes de uma peça de roupa. O sequestrador pendurou a morte na parede do meu quarto. Perceber isso faz com que me sinta mal. As pinturas restantes espalhadas pela casa abordam temas diversos: Hitler e o dragão, Freud e o lago, Darwin sob a ponte com a misteriosa figura oculta. A obra de que menos gosto é "Inverno", na qual um homem está montando um iaque em um vilarejo coberto de neve enquanto dois olhos frios me olham. Essa pintura parece conter uma mensagem escondida.

Depois de fazer o levantamento de todas as coisas que há no meu quarto e no de Isaac, começo a enumerar as coisas da cozinha. Observo as cores da mobília e das paredes. Não sei dizer ao certo o que estou procurando, mas preciso manter o meu cérebro ocupado. Quando não há mais coisas para inventariar, falo com Isaac. Ele faz café para nós, como de costume, e nos sentamos à mesa.

— Por que você quis voar para longe em sua bicicleta vermelha?

Ele ergue as sobrancelhas. Não está acostumado a me ver fazendo perguntas.

— Não sei nada sobre você — digo.

— Você nunca pareceu querer saber.

Essa resposta me atinge em cheio. Ele está certo, de algum modo. Realmente tenho uma postura que afasta as pessoas, como se dissesse "não chegue perto de mim".

— E não queria mesmo.

Conto os armários da cozinha. Eu havia esquecido de fazer isso.

— Por que não? — Ele movimenta o seu copo de café em círculos, e o leva à boca. Quando está prestes a tomar um gole, porém, abaixa o copo novamente.

Demoro alguns instantes para pensar na resposta que darei.

— Porque é assim que sou.

— Mas você escolheu ser assim?

— Não estávamos falando de você, Isaac?

Ele finalmente toma um gole do café. Depois, empurra o copo sobre a mesa na minha direção. Já acabei de beber o meu. É uma oferta de paz.

— Meu pai era um bêbado. Costumava bater na minha mãe. Infelizmente essa não é uma história incomum de se ouvir. — Ele vira de costas, com ar resignado. — E você?

Penso em usar a costumeira tática de me esquivar e recuar, mas, em vez disso, decido surpreendê-lo. Está ficando chato agir sempre da mesma maneira.

— Minha mãe me deixou antes que eu chegasse à puberdade. Era escritora. Ela disse que meu pai sugava toda a energia vital dela, mas acho que a vidinha suburbana é que fez isso. Depois que ela partiu, meu pai ficou meio doido.

Tomo um gole do café de Isaac, evitando seu olhar.

— Doido de que maneira?

— Regras — respondo, franzindo os lábios. — Regras aos montes. Ele se tornou emocionalmente instável.

Bebo o café de Isaac até o fim, e ele se levanta para pegar o uísque, servindo uma dose para cada um de nós.

— Isso é para me fazer falar mais, doutor?

— Sim, senhora.

— Tequila funciona melhor.

Ele sorri.

— Tudo bem. Depois, vou passar na loja de bebidas pra comprar uma garrafa.

Tomo a dose e já me sinto pronta para falar. Não chego nem a ficar zonza. Saphira sentiria orgulho de mim. Faço cara de desgosto quando penso nela. Que será que ela acharia disso tudo? Ela provavelmente acha que eu me mandei da cidade. Estava sempre me acusando de ser... Qual era mesmo a palavra que ela usava? Fujona?

— Fale-me um pouco da sua vida ao lado dele — Isaac pede, e faço bico.

— Hummm... essa conversa é tão agradável. Por onde devo começar?

Ele apenas sorri para mim.

— Quando eu estava a uma semana de terminar o ensino médio, meu pai descobriu que um dos copos da casa estava um pouco lascado. Ele teve um ataque e invadiu meu quarto, exigindo saber como aquilo tinha acontecido. Quando percebeu que eu não poderia lhe dar uma resposta razoável, ele se recusou a falar comigo. Por três semanas. Ele nem ao menos compareceu à minha cerimônia de formatura. Meu pai. Ele pode fazer um incidente com um copo parecer uma gravidez adolescente.

Eu estendo o copo e Isaac o enche novamente.

— Odeio uísque — digo.

— Eu também não gosto também.

Essa frase dói no meu ouvido de escritora, e eu o olho com expressão cínica.

— Ah, não — diz. — Você não vai censurar minha maneira de falar.

Eu ponho o braço sobre a mesa e encosto a cabeça nele.

Isaac se torna cada dia menos parecido com um médico, com sua barba por fazer e seu cabelo comprido. Ele também tem agido cada vez menos como um médico. Talvez essa seja a versão roqueira dele. Não me lembro de tê-lo visto beber uma única vez durante o tempo que passamos juntos. Levanto a cabeça para apoiar o queixo no braço.

Quero perguntar se ele teve algum problema com bebida antes — na época em que ele realmente vivia como a tatuagem dele indicava. Mas isso não é da minha conta. Todos precisamos de uma dose para tornar a vida mais leve.

Isaac nota que estou olhando para ele de um modo estranho. Ele está na quinta dose.

— Está querendo me perguntar alguma coisa

— Quantas garrafas dessa bebida ainda temos? — pergunto. Já consumimos mais da metade da garrafa que ele está segurando. Acredito que teremos dias mais duros pela frente. Precisamos economizar esse líquido para garantir um pouco de felicidade em tempos difíceis. Ele vira de costas.

— Quem liga para isso?

— Ei! Estamos compartilhando lembranças de família aqui. Laços muito fortes. Não seja negativo.

Ele ri, e coloca a garrafa no balcão. Eu me pergunto se ele notaria caso eu a escondesse. Ele entra na sala de estar, e apenas o observo. Não tenho certeza se devo segui-lo ou lhe dar espaço. Por fim, decido ir para o andar de cima. Não é da minha conta se Isaac tem seus demônios para combater. Eu mal o conheço. Não, isso não é verdade, pelo menos não inteiramente. Apenas não conheço esse lado dele.

Eu me embrulho nas minhas cobertas e tento dormir. O uísque faz minha cabeça girar. É uma sensação boa. É surpreendente que nunca tenha me viciado em álcool. É uma ótima maneira de apagar. Talvez devesse descobrir um novo vício. Só talvez... Quando acordo, sinto que estou passando mal. Com muito custo, desço a escada do sótão e vou para o quarto de Isaac. A porta do banheiro está fechada. Não penso duas vezes para abri-la e me lançar sobre a privada. Isaac abre a cortina do chuveiro nesse exato momento. Tudo parece parar por um instante, quando o vômito começa a abrir caminho pelo meu esôfago e Isaac está nu na minha frente; então, eu o empurro para o lado e vomito.

É terrível sentir o estômago devolvendo conteúdo. Pessoas que sofrem de bulimia deveriam ganhar uma medalha. Como não consigo achar minha escova de dentes, uso a dele. Ainda bem que não tenho fobia a germes. Quando saio do banheiro, Isaac está deitado na cama. Vestido, graças a Deus.

— Como é possível que você não tenha vomitado nem nada, Isaac?

— Acho que é porque estou meio acostumado — responde, olhando para mim.

Um pensamento passa subitamente pela minha cabeça: *e se foi Isaac a pessoa que armou toda essa situação?* Estreitando os olhos, vasculho minha mente em busca de um motivo, mas logo volto a pensar com clareza. Ele não tem razão nenhuma para querer estar aqui. Na verdade, não há razão para que ele esteja aqui.

— Faça-me um favor — digo, contrariando uma decisão que eu mesma já havia tomado. — Se, na sua vida de antigamente, você teve um problema com álcool, não beba.

— Por que você se importa, Senna?

— Não me importo — respondo rápido. — Mas sua mulher e seu bebê sim.

Isaac desvia o olhar.

— Vamos conseguir sair daqui mais cedo ou mais tarde — digo, imprimindo à voz uma confiança que, na verdade, não sinto. — Você não pode voltar para eles todo acabado.

— Alguém abandonou a gente aqui para morrer — diz ele com delicadeza.

— Bobagem. — Balanço a cabeça numa negativa, fechando os olhos com força. Começo a me sentir enjoada de novo. — Toda essa comida que temos... todos os suprimentos. *Esse alguém, seja lá quem for, quer que fiquemos vivos.*

— Comida limitada. Suprimentos limitados.

— Não faz sentido, Isaac. — Havíamos parado de mexer no teclado numérico da porta no dia em que eu despejei toda aquela conversa maluca sobre Adão e Eva. Talvez a gente devesse voltar a tentar escapar daqui.

E então eu corro até o banheiro para vomitar.

Mais tarde, deitada na cama, com o rosto ainda meio verde e o estômago embrulhado, decido que não vou mais tentar ajudar. Não é meu forte. Se prefiro que me deixem em paz no meu canto, então também devo deixar os outros em paz.

Como não temos absolutamente nada para fazer, voltamos às nossas tentativas de decifrar o código que permite abrir a porta.

Eu tento me dedicar à leitura novamente, como forma de combater o tédio. Mas não dá certo; ser vítima de sequestro me causou algum tipo de distúrbio. Gosto de sentir o papel sob os meus dedos. O som que uma página faz quando a viro. Então, não leio as palavras, mas toco as páginas e as viro até chegar ao fim do livro. Certo dia, ao me ver fazendo isso, Isaac ri.

— Por que você simplesmente não lê o livro? — pergunta ele.

— Não consigo prestar atenção. Quero, tento manter o foco, mas não consigo.

Isaac vem até mim e tira o livro das minhas mãos. O sofá afunda quando ele se senta ao meu lado. Ele abre o livro na primeira página. Está sentado tão perto de mim que nossas pernas se tocam.

Se serei eu mesmo o herói da minha vida ou se esta posição será ocupada por outra pessoa qualquer, é o que veremos nessas páginas.

Fecho os olhos e escuto o som da voz dele. Quando ele lê as palavras "eu estava destinado a ter pouca sorte na vida..." arregalo os olhos. Talvez eu acabe gostando de *David Copperfield*, afinal.

Essa não era a primeira vez que Isaac lia para mim. Na última vez, as circunstâncias foram bem diferentes. Bem diferentes e tão parecidas.

Ele lê até começar a ficar rouco. Pego o livro das mãos dele e leio até a minha voz falhar também. Então, marcamos o ponto onde paramos e voltamos a ele no dia seguinte.

9

SEMANAS SE PASSAM SEM QUE COISA ALGUMA aconteça. Desenvolvemos uma rotina ou coisa parecida. Na verdade, é um esforço para sobreviver sem perder a sanidade mental, dia após dia.

Chamo esse processo de Ventilação da Mente. Quando você está preso, precisa de algum lugar para matar o tempo; caso contrário, começa a ficar irritadiço, inquieto, como quando você se senta na mesma posição por tempo demais e as pernas começam a formigar e a doer. A diferença é que, quando isso acontece no seu cérebro, em vez das suas pernas, você muito provavelmente acaba num hospício. Assim sendo, tentamos deixar a energia circular. Isto é, tento deixar circular.

Isaac parece estar a um passo de precisar de *Haloperidol* e de uma camisa-de-força. Ele sempre faz café pela manhã. Há um enorme saco de grãos de café na despensa e várias latas de tamanho industrial de café solúvel. Ele usa os grãos, dizendo que, quando ficarmos sem combustível para o gerador, poderemos esquentar a água no fogo para poder fazer o café solúvel. "Quando", não "se".

Bebemos o nosso café na mesa. Geralmente ficamos em silêncio, mas, às vezes, Isaac fala para espantar o tédio. Gosto quando isso acontece. Ele me conta sobre casos dos quais cuidou: cirurgias difíceis, pacientes que viveram e outros que não resistiram. Depois, tomamos nosso desjejum: mingau de aveia ou ovos mexidos, por vezes acompanhados de bolachas com geleia. Então, nós nos separamos durante algumas horas. Subo, e ele fica no andar de baixo. Costumo usar esse tempo para tomar banho e ficar no quarto do carrossel. Não sei por que fico sentada lá, a não ser para contemplar o cenário bizarro. Depois trocamos: ele sobe para tomar banho e desço para me sentar na sala por algum tempo. É quando finjo ler os livros. Nós nos reunimos na cozinha para almoçar. Sabemos que é hora do almoço pelo tamanho da fome, não pela posição do sol ou por termos algum relógio para nos orientar. *Tic-tac, tic-tac.*

O almoço consiste em sopa enlatada ou feijões assados com salsichas. Às vezes, ele descongela um pedaço de pão e o comemos com manteiga. Lavo a louça. Ele observa a neve. Bebemos mais café, e então vou para o quarto no sótão para dormir.

Não sei o que o Isaac faz durante esse tempo, mas ele sempre está agitado quando volto para o andar de baixo. Quer conversar. Eu me exercito subindo e descendo as escadas. Dia sim, dia não, corro pela casa e faço abdominais e flexões até esgotar minhas forças completamente. Há um espaço de várias horas entre o almoço e o jantar, e gastamos a maior parte desse tempo perambulando de quarto em quarto. O jantar é o evento mais esperado. Isaac prepara carne e vegetais. Aguardo ansiosa pelos jantares que ele faz, não somente pela comida, mas também pela diversão. Desço até a cozinha mais cedo e me encosto na mesa para vê-lo cozinhar.

Certa vez, pedi que ele descrevesse em voz alta tudo o que estava fazendo, para que pudesse fingir que estava assistindo a um programa de culinária. Isaac fez isso, mas mudou sua voz, usando um sotaque estranho e falando na terceira pessoa:

Izzaac fai codzinaaar ezte carne desconheciiiida na fugón con munteiga e...

Certos dias, quando estamos mais bem-humorados, peço que um Isaac diferente cozinhe para mim — isto é, peço que ele represente um personagem qualquer enquanto faz o jantar. O meu favorito é Rocky Balboa — Isaac me chama de Adrian e imita Sylvester Stallone, tentando reproduzir o sotaque da Filadélfia. Essas são as melhores noites. São pequenos momentos de prazer que compensam as noites muito ruins. Nas noites ruins, nem falamos um com o outro. Em noites assim, a neve faz mais barulho do que os hóspedes sequestrados.

Às vezes, sinto ódio dele. Quando lava os pratos, sacode cada um deles antes de colocá-los no escorredor, espirrando água pela cozinha inteira. Algumas gotas sempre acertam meu rosto, e tenho que sair da cozinha para não acabar quebrando um prato na cabeça dele. E ele canta no chuveiro. Mesmo no andar de baixo da casa, consigo ouvir a cantoria, principalmente AC/DC e JOURNEY. Ele usa meias que não combinam. Ele espreme os olhos quando lê, e depois insiste que não há nada de errado com a visão. Ele fecha a tampa do vaso sanitário. Ele olha para mim de um jeito engraçado. Bem engraçado mesmo. Às vezes eu o flagro fazendo isso, e Isaac nem mesmo tenta disfarçar ou desviar o olhar. E eu fico vermelha e sinto um formigamento que vai desde meu pescoço até o topo da minha cabeça. Ele não faz praticamente nenhum ruído quando se move. Ele se aproxima de mim sem fazer barulho e me surpreende o tempo todo. Não é uma boa ideia entrar em total silêncio no quarto de uma vítima de sequestro. Em consequência disso, Isaac tem recebido incontáveis cotoveladas nas costelas e sonoras bofetadas.

— Tenho irritado você de alguma maneira? — pergunto certo dia. Estamos ambos de mau humor. Ele tenta se esquivar das minhas constantes provocações. Nós nos esbarramos quando estou saindo da cozinha e ele está vindo da pequena sala. Paramos bem no espaço que divide os dois ambientes.

— Odeio quando você fica prostrada, inerte, como se estivesse em coma.

— Já faz um bom tempo que eu não faço esse tipo de coisa — respondo. — Uns quatro dias pelo menos. Vai ter que me dar algo mais substancial que isso.

Ele ergue a cabeça e olha para o teto.

— Odeio quando você fica me observando enquanto como.

— Argh! — Levanto as duas mãos no ar em gesto brusco, algo que não havia feito até então. Isaac acha graça e dá uma risadinha. — Você tem um monte de regras para comer — digo a ele. Minha voz soa bem-humorada. Até eu posso perceber isso. Isaac estreita os olhos, como se alguma coisa o estivesse incomodando, depois parece relaxar de novo.

— Quando eu a conheci, você não ouvia músicas que tivessem letra — diz, com os braços cruzados na altura do peito.

— E o que isso tem a ver com a conversa?

— Por que a gente não continua essa discussão comendo alguma coisa? — Ele aponta para a cozinha. Faço que sim com a cabeça, mas não saio do lugar. Isaac dá um passo para a frente, chegando bem perto de mim. Ando dois passos para trás e lhe dou espaço para que entre na cozinha. Ele coloca algumas bolachas num prato com algumas fatias de frios e bananas secas, e põe o prato no balcão, entre nós dois. Fingindo estar envergonhado, faz drama enquanto come uma bolacha, escondendo a boca atrás da mão.

— Você também vive de acordo com regras. Acontece que as minhas são mais apropriadas que as suas do ponto de vista social, só isso — argumenta.

Dou uma risada abafada.

— Estou fazendo um grande esforço pra não te observar enquanto você come, Isaac.

— Sei. E agradeço muito pela tentativa.

Pego um pedaço de banana.

— Abra a sua boca, peço, e ele abre a boca sem hesitar. Jogo a banana na boca dele. Ela bate no nariz de Isaac, mas ergo as mãos no ar num gesto de comemoração.

— O que é que está comemorando? — Ele ri. — Você errou, Senna.

— Não. Estava mirando o seu nariz.

— Minha vez agora.

Aceno que sim e abro a boca, inclinando a cabeça para frente e não para trás, a fim de deixar as coisas mais difíceis para ele.

A banana aterrissa direto na minha língua e a mastigo contrariada.

— Você é um cirurgião. Sua pontaria é impecável.

Ele sorri para mim com ar de deboche.

— Consigo ganhar de você — digo — em alguma coisa. Sei que posso.

— Nunca disse que você não poderia.

— Você deixa isso implícito na sua maneira de olhar — eu me queixo num choramingo, e tento pensar em alguma coisa enquanto continuo mastigando a banana. — Espere aqui, Isaac.

Subo as escadas correndo. Há uma caixa de metal no quarto do carrossel, ao pé da cama. Já havia encontrado alguns jogos lá, e também alguns livros sobre anatomia humana e sobrevivência na selva. Vasculho o conteúdo da caixa e retiro dois quebra-cabeças, cada um com mil peças. Um deles retrata dois cervos em uma montanha. O outro é uma imagem do tipo "Onde está Wally?" Levo-os até o andar de baixo e os atiro na mesa.

— Disputa de quebra-cabeça — digo. Isaac olha para mim desconfiado.

— Está falando sério? — pergunta. — Quer jogar?

— Sim, falo sério. E isso é um quebra-cabeça, não um jogo.

Isaac se inclina para trás, estende os braços acima da cabeça e se espreguiça, enquanto considera o desafio.

— Vamos parar quando precisarmos ir ao banheiro — diz com firmeza. — E fico com o dos cervos.

Apertamos as mãos para selar o acordo.

Dez minutos mais tarde, estamos sentados à mesa, um de frente para o outro. A circunferência da mesa é tão grande que há espaço de sobra para nós dois nos acomodarmos bem com nossos respectivos brinquedos de mil peças. Antes de começarmos, Isaac traz duas canecas de café.

— Precisamos de algumas regras — anuncia. — Consegue pensar em alguma?

— Veja bem como fala comigo.

Meu rosto sempre fica rígido quando rio. Essa deve ser a primeira vez que todo meu rosto se movimentou quando sorri, com exceção da minha risada descontrolada no primeiro dia em que acordei aqui.

— Esses são os músculos mais preguiçosos do seu corpo — Isaac comenta ao perceber isso. Ele se ajeita na cadeira, deslizando o corpo para trás. — Acho que vi você sorrir apenas uma outra vez. Não tenho certeza.

Sinto-me estranha pelo fato de estampar esse sorriso, então eu o faço desaparecer e tomo um gole de café.

— Isso não é verdade. — Mas sei que é.

— Bem, então vamos lá. As regras — diz. — Vamos tomar uma dose a cada meia hora.

— Uma dose de bebida alcoólica?

Ele confirma com a cabeça.

— DE JEITO NENHUM! — protesto. — Nunca conseguiremos fazer isso se estivermos bêbados!

— Isso vai equilibrar as chances na disputa — responde. — Ou você acha que não sei sobre o seu amor por quebra-cabeças?

— Do que é que você está falando? — Arrasto uma peça do meu quebra-cabeça pela mesa com a ponta do dedo, formando o número oito no tampo várias vezes; no início grandes oitos, depois pequenos. Como é possível que ele saiba alguma coisa a respeito disso? Tento me lembrar se eu tinha quebra-cabeças na minha casa quando...

— Li o seu livro — diz ele.

Fico vermelha na hora. *Mas é claro.*

— Ah, Isaac, era apenas um personagem...

— Nada disso — responde, observando os movimentos que faço na mesa com a peça do quebra-cabeça. — Era você.

Olho para ele, erguendo bem as sobrancelhas. Não tenho energia para discutir o assunto, e, mesmo que tivesse, não sei se conseguiria achar um argumento convincente. *Culpada*, penso. *Por revelar verdades demais.* Penso na última vez que bebemos e sinto meu estômago se revirar. Se tiver uma ressaca, vou acabar dormindo praticamente todo o dia seguinte, e depois não vou querer saber de comida. Isso economizaria comida e eliminaria ao menos doze horas de tédio.

— Estou dentro — digo por fim. — Vamos fazer assim.

Pego a peça que está debaixo do dedo. Consigo distinguir, na imagem, as pernas de uma calça e um buldogue pequeno numa correia vermelha.

Coloco-a de volta na mesa e pego outra, girando-a na ponta dos dedos. Estou irritada com o que Isaac disse, mas, por outro lado, acabo de encontrar Wally. Eu o deixo debaixo da minha caneca de café, por medida de segurança.

— Sou um artista, Senna. Sei o que é colocar as próprias características naquilo que você criou.

— Do que você está falando? — pergunto, fingindo não entender.

Isaac já conseguiu encaixar as peças num canto do tabuleiro, uma pequena parte. Observo o modo como suas mãos viajam sobre as peças até que ele escolha mais uma e a pegue. Ele está conquistando uma boa vantagem sobre mim. Tem, pelo menos, vinte peças já encaixadas. Vou esperar.

— Pare com isso — diz. — Esta noite estamos nos abrindo e nos divertindo.

— Não é engraçado se abrir. — Suspiro. — Fui mais honesta nesse livro do que em qualquer um dos outros.

— Eu sei. — Isaac encaixa mais uma peça na figura em franca expansão.

Deixo a saliva se acumular na minha boca até ter o suficiente para uma cusparada das boas, e então engulo tudo de uma vez. Isaac leu meus livros. Devia ter imaginado. Ele agora tem trinta peças encaixadas.

Toco com os dedos na mesa.

— Não conhecia esse seu lado — digo. — De artista. — Junto mais saliva. Giro-a na boca, empurro-a entre os dentes. E engulo.

Ele sorri com falsidade.

— Dr. Asterholder. É esse que você conhece.

Essa conversa está reabrindo feridas. Estou me lembrando de coisas: da noite em que Isaac tirou a camisa e me mostrou o que estava pintado na pele dele; do brilho estranho que havia nos olhos dele. E o que eu vi me surpreendeu. O *outro* Isaac — como a outra mãe no filme *Coraline e o mundo secreto*.

E ele já tem quarenta e três peças encaixadas. Isaac é bom mesmo.

— Talvez você esteja aqui por essa razão — diz, sem olhar para mim. — Por ter sido honesta.

Fico em silêncio por alguns instantes.

— O que quer dizer com isso? — pergunto por fim.

Cinquenta peças.

— Vi toda a publicidade em torno do livro, Senna. Lembro-me de caminhar pelo hospital e ver as pessoas lendo-o nas salas de espera. Até já vi uma pessoa lendo seu livro no supermercado. Empurrando o carrinho e lendo o livro como se não pudesse parar. Estava orgulhoso de você.

Não sei o que pensar a respeito disso — saber que ele tem orgulho de mim. Ele mal me conhece. Parece uma atitude condescendente da parte dele, mas talvez não seja.

Isaac não é um cara condescendente. Quando recebe elogios, ele reage com modéstia e um pouco de constrangimento. Vi isso no hospital. Sempre que alguém resolvia dizer coisas boas sobre Isaac, os olhos dele já começavam a se mover de um lado para o outro, em busca de uma rota de fuga. Ele era assim; sempre em frente, sem parar para olhar para trás.

Sessenta e duas peças.

— Mas me explique então — peço. — Como isso me fez vir parar aqui?

— Trinta minutos — diz ele.

— Quê?

— Já se passaram trinta minutos. Hora de beber um pouco.

Isaac se levanta e abre o armário onde guardamos as bebidas alcoólicas. Continuamos encontrando garrafas de bebida escondidas. O rum estava numa embalagem plástica com fecho, dentro do saco de arroz.

— Uísque ou rum?

— Rum — respondo. — Chega de uísque pra mim.

Ele apanha duas canecas de café limpas e as enche com bebida. Bebo a minha antes mesmo que ele tenha tempo de levantar a dele da mesa. Sinto o líquido descer pela garganta e estalo os lábios. Ao menos é uma bebida de qualidade.

— Bem, e daí? — insisto. — Como foi que a minha honestidade me colocou aqui?

— Não sei — Isaac diz, por fim. Ele acha a peça que está procurando e a encaixa na orelha do seu cervo. — Mas seria idiotice acreditar que isso não é obra de um fã? Ou... resta ainda uma alternativa?

A voz dele diminui até sumir, e sei exatamente o que ele está pensando.

— Não acredito que tenha sido ele — respondo rapidamente. E encho meu copo novamente, mas não tenho uma grande tolerância a álcool e não comi nada hoje. Sinto a minha cabeça dar voltas enquanto a bebida desce pela garganta. Observo os dedos dele se mexerem sobre as peças, sempre buscando a próxima.

Cem peças.

Pego minha primeira peça, aquela com o buldogue.

— Você sabe — Isaac diz. — A minha bicicleta nunca ganhou asas.

O rum suaviza meu azedume e faz os músculos do meu rosto relaxarem. Faço uma careta fingindo espanto, e Isaac cai na risada.

— Não. Não acho que isso tenha acontecido. Pássaros são as únicas criaturas que têm o privilégio de ganhar asas. Para nós, resta apenas rolar na lama como um bando de homens da caverna emocionais.

— Não se você tem alguém ao seu lado para dar apoio e segurar a sua barra, para ajudar a carregar o seu fardo.

Nenhuma pessoa fica ao lado de outra para o que der e vier quando nem consegue tomar conta de si mesma. Li um livro sobre esse assunto uma vez. Um monte de besteiras sobre duas pessoas que viviam se separando e voltando. O macho alfa diz isso para a garota que ele continua deixando sair da sua vida. Tive que largar o livro de lado. Ninguém fica ao lado de outra pessoa quando não consegue nem ao menos tomar conta de si mesmo. Essa é uma noção que os autores sagazes passam para os seus leitores. É um veneno que mata lentamente; você os faz acreditar que é real e, assim, continuam voltando em busca de mais doses.

O amor é como a cocaína. Sei disso porque tive um breve e excitante relacionamento com o pó branco. Isso me ajudou a abandonar por algum tempo o costume de me cortar. Então, acordei um dia e percebi o quanto era patético usar o nariz como um aspirador de pó para lidar com meus problemas maternos, para ter alívio e expulsar de mim a dor. Era melhor deixar o sangue sair, em vez de deixar o pó entrar. E foi então que voltei a me cortar.

De todo modo... amor e branquinha. As duas experiências têm consequências sérias: dão um barato poderoso que o leva até o céu, e depois você desaba até o chão, arrependendo-se de cada momento que passou se divertindo com uma coisa tão perigosa. Mas, mesmo assim, você volta para ter mais. Você sempre volta para pegar mais. A menos que você seja eu. Nesse caso, você se isola, se fecha em si mesma e escreve histórias sobre o que passou. *Ah, coitadinha.*

— Humanos não foram feitos para carregar o fardo de ninguém. Mal conseguimos carregar o fardo da nossa própria vida. Mesmo após afirmar isso, não consigo acreditar que seja totalmente verdade. Já vi o Isaac fazer coisas que a maioria das pessoas não faria. Mas é assim que o Isaac é.

— Tornar mais leve o fardo de alguém talvez deixe o seu próprio fardo mais suportável — diz.

Nossos olhares se encontram. Sou a primeira a desviar os olhos. O que dizer diante de um argumento desses? É romântico e ingênuo, e não tenho coragem de fazer objeções. Teria sido mais fácil se alguém tivesse partido o coração de Isaac Asterholder em algum momento. Quando nos aprisiona, o amor se transforma em uma doença difícil de curar. Como o câncer, acho. Quando você pensa que se livrou, ele volta.

Tomamos mais uma rodada de rum e, em seguida, encaixo a última peça do quebra-cabeça no tabuleiro. É a peça do Wally que estava guardando debaixo da minha caneca de café. Isaac ainda está na metade do quebra-cabeça, e fica de queixo caído quando me vê terminar.

— Que foi? — digo. — Eu lhe dei uma bela vantagem. — Então eu me levantei e fui tomar banho.

— Você é uma especialista! — grita para mim. — Assim não vale!

Não odeio o Isaac. Nem um pouquinho.

10

OS DIAS SE DISSOLVEM E SE MISTURAM UM NO OUTRO até que não consigo mais lembrar há quanto tempo estou aqui ou se deveria ser dia ou noite. O sol nunca para de emitir sua maldita luz. Isaac nunca para com a maldita marcha de um lado para outro. Eu fico deitada e espero.

Até que ela chega. A objetividade vem, abrindo caminho através da minha negação, lançando calor sobre meu cérebro dormente. Calor — essa é uma palavra cada vez menos familiar para mim. A situação do gerador tem deixado Isaac muito preocupado ultimamente, e ele calcula há quanto tempo estamos aqui.

— O combustível vai acabar. Já devia ter acabado. Não sei por que isso ainda não aconteceu...

Havíamos desligado o aquecimento e estávamos usando a madeira estocada no andar de baixo. Mas, agora, corríamos o risco do estoque acabar. Isaac se encarrega do racionamento — quatro toras por dia. O gerador pode ficar sem combustível a qualquer momento, e Isaac teme que fiquemos sem água nas torneiras caso a energia acabe

— Podemos queimar coisas da casa para ter aquecimento — ele me diz. — Mas se a água acabar, a gente vai morrer.

Meus pés estão gelados, minha mão está gelada, meu nariz está gelado; neste exato momento, entretanto, algo está fervilhando no meu cérebro. Eu fecho os olhos, afundo o rosto no travesseiro e espero passar. Às vezes, meu cérebro é como um cubo mágico irritante que se contorce até encontrar algum padrão. Quando leio um livro ou assisto a um filme, cinco minutos de contato com o enredo são suficientes para que eu consiga decifrá-lo. Espero até que meu cérebro pare de se contorcer. É uma experiência quase dolorosa.

Neste momento, sem dúvida, Isaac está na cozinha, andando de um lado para o outro. Eu me levanto da cama e me sento no chão, diante da lareira quase apagada. Não é muito confortável, mas absorve o calor, e eu prefiro ficar aquecida e desconfortável a bem acomodada e com frio. Estou tentando distrair os pensamentos, mas eles são persistentes. *Senna! Senna! Senna!* Meus pensamentos soam como uma voz na minha cabeça. É a voz de Yul Brynner. Não é uma voz de mulher, não é a minha voz — é a voz de Yul Brynner. Mais especificamente, a voz dele no filme *Os Dez Mandamentos*.

— Quieto, Yul — sussurro.

Mas ele não fica quieto. E não é de admirar que eu não tenha percebido antes. A verdade é mais complicada do que eu. Se eu estiver certa, logo estaremos em casa; Isaac com a família dele... Dou uma risadinha boba. Se eu estiver certa, a porta se abrirá e poderemos sair em busca de ajuda. E tudo isso terá fim. E em boa hora, já que nos restam menos de doze toras de madeira. Quando meus dedos dos pés descongelam, me levanto e desço as escadas a fim de contar a Isaac.

Ele não está na cozinha. Paro por um momento diante da pia, onde já havia se tornado costume encontrá-lo olhando pela janela. A torneira está gotejando. Fico observando a água pingar por alguns instantes e então me afasto. O uísque que bebemos há algumas noites ainda está em cima do balcão. Eu retiro a tampa e bebo um gole direto da garrafa. Sinto os lábios se aquecerem. Eu me pergunto se Isaac estava aqui fazendo a mesma coisa. Hesito, passo a língua nos lábios e então tomo mais dois grandes goles. Subo as escadas com determinação, balançando os braços enquanto caminho. Aprendi que você pode espantar um pouco do frio se movimentar todos os membros ao mesmo tempo.

Isaac está no quarto do carrossel. Eu o encontro sentado no chão, olhando para um dos cavalos. Isso é incomum. Eu é que costumo fazer isso. Escorrego pela parede até cair sentada ao lado dele e estendo as pernas à frente. Já estou sentindo os efeitos do uísque, o que torna minha tarefa mais fácil.

— O dia do carrossel — digo. — Vamos conversar sobre isso.

Isaac olha para mim. Ao invés de evitar os olhos dele, respiro fundo e o encaro. Ele tem um olhar tão penetrante. Um olhar duro.

— Eu não contei essa história para ninguém, Isaac. Não consigo de jeito nenhum imaginar como alguém poderia saber. É por isso que acho que esse quarto é mais do que uma simples coincidência.

Ele não responde, e eu continuo.

— Mas você contou para alguém, não contou?

— Contei.

Ele mentiu para mim. Ele havia afirmado que não tinha contado a ninguém. Talvez eu também tenha mentido. Não consigo me lembrar.

— Para quem você contou, Isaac?

Respiramos no mesmo ritmo, ambos com as sobrancelhas erguidas.

— Para a minha esposa.

Eu não gosto dessa palavra. Ela me faz pensar em aventais com babado e desenhos de maçã, e em amor cego e submisso.

Desvio o olhar. Meus olhos se voltam para as crinas dos cavalos. Um cavalo é preto e o outro é branco. O cavalo preto tem as narinas dilatadas de um cavalo de corrida, a cabeça inclinada para o lado e os olhos arregalados de medo. Uma perna está encolhida, como se ele estivesse em pleno movimento quando foi condenado à prisão eterna na fibra de vidro. Ele é o mais formidável dos dois cavalos: o mais determinado, o mais zangado. Sinto-me afeiçoada a ele, principalmente porque há uma flecha varando-lhe o peito.

— Para quem ela contou?

— Senna... — diz ele. — Não contou a ninguém. Para quem ela teria interesse em contar isso?

Eu me levanto do chão e ando descalça até o primeiro cavalo — o preto. Corro o dedo mindinho pela sela que é feita de ossos.

Não sou uma grande fã da verdade; é por isso que minto para ganhar a vida. Mas estou procurando alguém que eu possa culpar por tudo isso.

— Então isso realmente é só coincidência, como eu havia pensado no início? — Eu já não acredito mais que seja coincidência, mas Isaac está ocultando alguma coisa de mim.

— Não, Senna. Você olhou para os cavalos? Quero dizer, olhou bem para eles?

— Eu estou olhando para eles agora, neste exato momento! — *Por que estou gritando?*

Isaac se levanta num pulo e vem até mim. Não olho para ele, e ele agarra meus ombros e me sacode até fazer com que eu olhe novamente para o cavalo negro. Então, ele me segura com firmeza.

— Apenas fique quieta e preste atenção nele, Senna.

Eu hesito, mas acabo olhando, só para que ele não diga meu nome dessa maneira de novo. Eu vejo o cavalo negro, mas com um novo olhar: sem teimosia, sem intransigência, só o bom e velho olhar da Senna. Olho bem. Procuro senti-lo. A chuva, a música, o cavalo cujo poste tinha uma rachadura. Sinto cheiro de terra e sardinhas... Há mais alguma coisa... Cardamomo e cravo-da-índia. Eu afasto essas lembranças tão rapidamente que chego a prender a respiração. Isaac solta as mãos dos meus ombros. Fico desapontada; elas me transmitiam o calor dele. Estou livre para escapar, mas curvo os dedos dos pés até senti-los agarrando o carpete e permaneço no mesmo lugar. Vim até aqui para resolver um dos nossos problemas. Um dos nossos vários problemas. Esses são os mesmos cavalos. Exatamente os mesmos. Percorro a rachadura no poste com os olhos. Yul diz que estou reprimindo minhas lembranças ou coisa parecida. Dou risada. *Reprimindo minhas lembranças*. Essa é uma coisa que Saphira Elgin diria. Mas ele está certo, não está? Eu estou tateando no escuro e, na maior parte do tempo, nem ao menos percebo isso.

— A data em que isso aconteceu — digo com delicadeza. — É isso que vai abrir a porta.

De súbito, ele sai correndo do quarto. Eu ouço quando ele desce as escadas de dois em dois degraus. Eu nem ao menos precisei refrescar a memória dele e lhe dizer qual era a data. Essa informação está entranhada na nossa memória. Eu espero com os olhos fechados. Rezando para que funcione, rezando para que não funcione. Ele retorna um minuto depois. Muito lentamente desta vez. *Tec, tec, tec,* escadaria acima. Percebo que ele para na entrada do quarto e fica olhando na minha direção. Também consigo sentir o cheiro dele. Eu costumava afundar a cabeça no seu pescoço e inspirar profundamente. *Meu Deus, que frio.*

— Senna, que tal irmos lá para fora?

Sim. Claro que sim. Por que não?

PARTE DOIS

DOR E CULPA

II

ERA DIA 25 DE DEZEMBRO. UMA DATA QUE SE REPETE todo ano e eu gostaria muito que não fosse assim. Você não pode se livrar do Natal. E mesmo que pudesse, mesmo que fosse abolido, as pessoas encontrariam uma nova data para celebrar, com seus pequenos enfeites, perus recheados e ornamentos bobos de jardim. E eu seria forçada a odiar aquele dia também. De qualquer maneira, peru era uma coisa desagradável para mim. Qualquer pessoa dotada de paladar deveria saber daquilo. Peru tinha gosto de suor e textura de papel úmido. Toda a festividade era uma piada, na verdade. Jesus tinha que compartilhá-la com o Papai Noel. A única coisa pior do que isso era a Páscoa, que Jesus tinha que compartilhar com um coelho. Isso era de dar arrepios. Mas na Páscoa, ao menos, tinha presunto.

Todos os anos nessa época, eu tinha o costume de acordar ao amanhecer e correr ao redor do Lago Washington. Isso me ajudava a lidar com as coisas — não apenas com o Natal, mas também com a vida. Além do mais, a corrida era uma atividade aprovada pelos psicanalistas. Apesar de não me consultar mais com eles, eu ainda corria. Era uma maneira saudável de produzir endorfinas numa quantidade suficiente para manter os demônios em suas jaulas. Eu sabia que existiam medicamentos para isso, mas no fim das contas, eu gostava de correr.

Na manhã daquele Natal, eu não estava com vontade de correr ao redor do lago como sempre fazia. Uma pessoa pode, ao mesmo tempo, odiar o Natal e sentir necessidade de fazer alguma coisa interessante naquela data. Eu queria estar em meio ao verde. Há alguma coisa em árvores gigantescas e em suas cascas cobertas de musgo que me faz sentir esperança. Eu sempre acreditei que, se existisse um deus, o musgo seriam as impressões digitais dele. Por volta das seis da manhã, peguei o iPod e saí pela porta de casa. Ainda estava escuro, por isso caminhei sem pressa, dando ao sol tempo para surgir no céu. Para chegar até a trilha, eu precisava atravessar uma vizinhança de casas pré-fabricadas conhecida como "The Glen". Eu guardava rancor daquela vizinhança, pois era obrigada a dirigir por ela até minha casa, que ficava no topo da colina.

Enquanto passei pelas casas, olhei paras janelas e observei as árvores e as luzes de Natal, perguntando-me se da calçada seria possível ouvir a algazarra das crianças quando elas abrissem os presentes. Na entrada do bosque, me alonguei, deixando a chuva fina de inverno cair no meu rosto. Esta era a minha rotina: eu me alongava, reunia energia e disposição para enfrentar mais um dia, prendia o cabelo e colocava as pernas em movimento. A trilha, acidentada e íngreme, margeia a região de casas pré-fabricadas, o que acho irônico. Toda a passagem foi danificada pelo tempo e pela chuva e estava cheia de raízes de árvores e pedras afiadas. Mesmo em plena luz do dia, era necessário ter concentração para percorrer o trajeto sem torcer o tornozelo. Por isso, poucas pessoas corriam por ali. Não sei em que estava pensando quando resolvi correr ali enquanto ainda estava escuro. Percebi que deveria ter mantido a rotina de correr em torno do lago. Deveria ter ficado em casa. Deveria ter feito qualquer coisa, menos ir correr naquela trilha, naquela manhã, naquela hora.

Às 6:47 ele me estuprou.

Sei disso, porque segundos antes de sentir seus braços agarrando meu tronco, apertando-me e me impedindo de respirar, olhei para o meu relógio e vi 6:46. Calculo que ele tenha levado trinta segundos para me arrastar para fora da trilha, enquanto minhas pernas se debatiam no ar, inutilmente. E mais trinta segundos para me atirar contra a base de uma árvore e arrancar minhas roupas. Dois segundos para me golpear com força no rosto. Um minuto para transformar a essência da minha vida numa mancha cruel, na lembrança de um episódio violento e vil. Ele fez o que quis, e eu não gritei. Nem quando ele me agarrou, nem quando bateu em mim, nem quando me estuprou. Nem mesmo depois, quando a minha vida estava irremediavelmente destruída.

Mais tarde, quando consegui sair da mata cambaleando, minha calça estava no meio das pernas e o sangue escorria de um corte na testa, gotejando nos meus olhos. Corri olhando para trás e dei de cara com outro praticante de corrida que havia acabado de sair do carro. O homem me segurou quando caí. Eu não precisei dizer nada, porque ele imediatamente pegou o celular e ligou para a polícia. Ele abriu a porta do passageiro do carro, ajudou-me a sentar e ligou o aquecedor na temperatura máxima. Ele tinha um cobertor velho no porta-malas e me explicou que o usava quando ia acampar. Ele disse uma porção de coisas nos dez minutos que esperamos até que a polícia chegasse. O homem estava tentando me tranquilizar. Na verdade, eu não escutava o que ele dizia, embora o som da sua voz fosse um alívio constante. Ele colocou o cobertor sobre os meus ombros e perguntou se eu queria água. Eu não queria, mas fiz que sim com a cabeça. Ele me disse que ia abrir a porta de trás para pegar a água. Sempre que ia fazer alguma coisa, ele me avisava antes.

Fui levada ao hospital numa ambulância. Chegando lá, fui transportada numa cadeira de rodas até um quarto particular, e uma atendente vestiu um roupão de hospital em mim. Uma enfermeira apareceu minutos depois. Ela parecia estressada e distraída. Havia um tufo de cabelo espetado sobre a orelha dela.

— Vamos administrar um kit pós-violação, sra. Richards — avisou, sem olhar para mim. Quando perguntei de que se tratava, ela me disse que era um exame para coleta de evidências de agressão sexual.

A humilhação foi grande quando ela abriu as minhas pernas. O kit pós-estupro estava numa mesa de metal com rodinhas perto da cama. Eu a observei desembrulhar o kit, retirar os itens e colocá-los numa bandeja. Havia várias caixas pequenas, lâminas para microscópio e sacos plásticos, além de dois envelopes onde ela colocou minhas roupas. Comecei a tremer quando a enfermeira pegou um pequeno pente azul, um palito para coleta de unha e cotonetes. Naquele momento, desviei os olhos para o teto e os fechei, pressionando-os com tanta força que vi estrelas douradas no interior das pálpebras. *Não, Deus, por favor. Não!* Eu me perguntei se a expressão "agressão sexual" fazia as mulheres se sentirem menos vitimizadas. Eu odiei aquilo. Odiei todas as palavras que as pessoas estavam usando. O policial que havia me levado até o hospital sussurrou "estupro" para a enfermeira. Mas, quando falavam comigo, diziam "agressão sexual". Não ousavam dar nome aos bois.

O exame demorou duas horas. Quando a enfermeira terminou, pediu para eu me sentar e entregou duas pílulas brancas num pequeno copo de papel.

— Para o mal-estar — disse ela.

Mal-estar. Repeti a palavra na cabeça, enquanto despejava as pílulas na língua e pegava o copo de água que ela me entregou em seguida. Eu estava abalada demais para ficar ofendida. Quando a enfermeira concluiu seu trabalho, uma policial entrou para conversar comigo sobre o que havia acontecido. Eu lhe forneci uma descrição completa do homem: corpulento, por volta de trinta anos, mais alto do que eu, porém mais baixo do que a policial, um gorro que cobria a cabeça e escondia o cabelo que poderia ser castanho. Nenhuma tatuagem que eu pudesse ver... Nenhuma cicatriz.

A enfermeira me perguntou se eu gostaria que telefonassem para alguém a fim de informar o que havia acontecido. Eu disse que não. Um policial me levaria para casa. Eu me espantei quando vi o homem na sala das enfermeiras. O homem que havia me ajudado... Ele vestia um jaleco branco de médico sobre a calça de ginástica e a camisa, e folheava algo que provavelmente era o meu prontuário. Ele já sabia o que havia acontecido, evidentemente, mas, ainda assim, eu não queria que ele lesse sobre aquilo no formulário.

— Sra. Richards — disse ele. — Eu sou o dr. Asterholder. Eu estava lá quando...

— Eu me lembro — respondi, interrompendo-o.

Ele fez um aceno positivo com a cabeça.

— Estou de folga hoje — revelou. — Vim para ver como você está.

Para ver como eu estava? Me perguntei o que ele via quando olhava para mim. Uma mulher? Uma mulher marcada, suja? Sofrimento? Um rosto feito sob medida para despertar piedade?

— Pelo que entendi, você precisa ser levada para casa. A polícia pode fazer isso — disse o médico, olhando para a policial uniformizada que estava a alguns passos de nós. — Mas eu mesmo gostaria de levá-la, se você me permitir. Tudo bem se for comigo?

Nada estava bem. Mas eu não disse aquilo. Em vez disso, considerei que poderia ser uma boa alternativa, já que ele sabia exatamente o que fazer e o que dizer para me manter tranquila. Ele era um médico. Olhando em retrospectiva, fazia muito sentido. Se eu pudesse escolher quem me levaria até em casa, eu escolheria não ter que viajar no banco traseiro de uma viatura policial.

O dr. Asterholder fez um sinal para a policial, que pareceu satisfeita por se livrar de mim. Um caso de estupro em pleno dia de Natal... Quem queria ser lembrado de que havia tanta maldade no mundo enquanto o Papai Noel e suas renas ainda estavam voando para lá e para cá?

O doutor me guiou por uma porta lateral e me conduziu até o estacionamento dos funcionários do hospital. Sua intenção era parar o carro na frente do edifício para me buscar, mas recusei a oferta com veemência. Não reconheci a marca do carro dele. Era um híbrido vistoso de aspecto imponente. Ele abriu a porta para mim, esperou até que eu colocasse os pés para dentro e, depois, fechou a porta e foi até o banco do motorista. Olhei para fora pela janela e fiquei observando a chuva que caía. Eu queria me desculpar por ter arruinado o Natal dele. Por ter sido estuprada. Por fazê-lo achar que deveria me levar para casa.

— Onde você mora? — perguntou ele.

Parei de olhar para a chuva e respondi:

— Atkinson Drive, 1226.

A mão dele se movimentou diante do GPS e então voltou para o volante.

— A casa de pedra? Na colina? Com videiras na chaminé?

Fiz que sim com a cabeça. A minha casa se destacava de todas as outras ao redor do lago, mas ele devia morar por perto, porque só poderia saber sobre as videiras se tivesse se aproximado o suficiente da casa.

— Eu moro na área — comentou o médico, instantes depois. — Você tem uma casa linda.

— É — respondi, distraída. De repente, senti frio. Passei as mãos de leve nos braços para fazer os arrepios pararem, e ele ajustou a temperatura do ar condicionado sem me perguntar nada. Vi uma família atravessando o estacionamento e cada um dos seus integrantes carregava presentes nos braços. Todos vestiam gorros de Natal, da criança mais nova até o pai barrigudo. Eles pareciam felizes.

— Por que você não está com sua família no Natal? — perguntei ao Dr. Asterholder.

Ele dirigiu para fora do estacionamento e logo chegou na rua. Era a tarde do dia de Natal e, portanto, não havia muito trânsito.

— Eu me mudei faz dois meses. A minha família é da costa leste. Não consegui encontrar uma brecha na agenda para visitá-los. Além disso, os hospitais contam com menos funcionários no Natal. Eu já ia voltar ao trabalho no fim do dia.

Eu me virei novamente para a janela e fiquei olhando a paisagem.

Ficamos em silêncio por alguns poucos quilômetros, e então eu disse:

— Eu não gritei... Talvez se eu tivesse gritado...

— Você estava na floresta e era manhã de Natal. Não havia ninguém ali que pudesse ouvi-la.

— Mas eu poderia ter tentado. Por que eu não tentei?

O dr. Asterholder olhou para mim. Estávamos parados no farol, então ele podia fazer aquilo.

— Por que eu não cheguei até você mais rápido? — disse ele. — Se eu tivesse aparecido dez minutos antes, poderia ter salvo você...

Aquele argumento me desnorteou. Por um minuto, meu comportamento mudou, como se eu fosse uma Senna diferente.

— A culpa não é sua — respondi, aflita.

O semáforo abriu, e o caminhão à nossa frente se pôs em movimento.

— Também não é culpa sua — disse o dr. Isaac Asterholder antes de pisar no acelerador.

De carro, a distância do hospital até a minha casa podia ser percorrida em uns dez minutos. Havia três semáforos, um trajeto pequeno pela rodovia e uma subida por uma ladeira íngreme e tortuosa, capaz de dificultar as coisas até para os carros mais resistentes. Com a música de Chopin tocando em volume baixo, o dr. Asterholder percorreu o restante do trajeto em silêncio. Assim como a música, o interior do carro, de cor creme, transmitia uma sensação de conforto.

Ele parou o carro na garagem e imediatamente saiu para abrir a minha porta. Precisei me concentrar para realizar as tarefas mais corriqueiras: me colocar em movimento, caminhar, encaixar a chave na fechadura. Foi realmente um esforço, como se eu estivesse controlando os meus membros de algum lugar fora do corpo — como se eu fosse o ventríloquo e o boneco ao mesmo tempo. E, talvez, eu não estivesse no meu corpo. Talvez a verdadeira Senna ainda estivesse correndo naquela trilha, e meu corpo agora contivesse uma parte de mim que eu não conhecia. Pode ser que existam pessoas com a capacidade de se desligar das coisas ruins que acontecem em suas vidas. Mas, ao abrir a porta, pude perceber que eu não era uma delas. Senti muito medo.

— Quer que eu dê uma olhada na casa? — perguntou o dr. Asterholder.

Percebi que ele olhou na direção da sala de espera. Eu reagi à sugestão com alívio e gratidão, mas também com receio de deixar ele entrar. Para todos os efeitos, ele era o homem que havia me salvado, embora eu ainda olhasse para ele como se pudesse me atacar a qualquer minuto. Ele parecia perceber aquilo. Voltei os olhos para a escuridão atrás de mim e subitamente senti um grande medo até mesmo de acender a luz. O que poderia haver ali? O homem que me estuprou?

— Eu não quis deixar você embaraçada. — O médico deu um passo para trás, afastando-se de mim e da casa. — Já estou satisfeito por deixá-la em casa.

— Espere — disse. Fiquei envergonhada pelo evidente pânico em minha voz. — Por favor, verifique se está tudo bem com a casa. — Tive que fazer um esforço hercúleo para pedir aquilo, para pedir ajuda. Ele fez um aceno afirmativo com a cabeça. Dei um passo para o lado a fim de deixá-lo entrar. Quando você permite que uma pessoa entre na sua casa para verificar se há um bicho-papão escondido, você também está inconscientemente deixando essa pessoa entrar na sua vida.

Esperei sentada num banquinho na cozinha enquanto o dr. Asterholder inspecionava a casa. Eu pude ouvi-lo quando foi dos quartos para os banheiros e, depois, para o escritório, que ficava bem acima da cozinha. *Você está em estado de choque*, dizia a mim mesma. Ele checou cada janela, cada porta. Quando terminou, retirou um cartão da carteira e o colocou na bancada, empurrando-o na minha direção.

— Pode me telefonar a qualquer hora que precisar de mim. Minha casa fica a pouco mais de um quilômetro daqui. Se você concordar, eu gostaria de voltar amanhã para checar se está tudo bem.

Fiz que sim com a cabeça.

— Tem alguém que possa vir para cá? Para ficar com você essa noite?

Eu hesitei. Não queria dizer a ele que não tinha.

— Vou ficar bem — respondi, por fim.

Quando ele se foi, arrastei o sofá até a entrada da casa e empurrei o móvel contra a porta da frente. Não era uma barreira muito mais eficaz contra um intruso do que meus pequenos e ineficientes punhos, mas aquilo fez com que eu me sentisse melhor. Na sala, tirei a calça e a camisa que a enfermeira havia me dado no hospital. As minhas roupas haviam sido embaladas e retidas para servirem como evidência. Nua, levei as roupas até a lareira e as coloquei no chão ao meu lado. Em seguida, abri a grade da lareira e dispus as toras de madeira, acendi o fogo e esperei até que ficasse quente e firme. Então, joguei as peças nele e vi o pior dia da minha vida queimar.

Levei uma esponja de aço e um garrafão de água sanitária para o banheiro do andar de baixo. Liguei a água na temperatura quente. O banheiro ficou tomado pelo vapor. Quando os espelhos ficaram embaçados, e eu já não podia mais ver meu reflexo neles, entrei no chuveiro e observei minha pele ficar vermelha. Esfreguei o corpo até a pele sangrar e a água se tingir de vermelho em torno dos meus pés. Tirei a tampa do recipiente de água sanitária, levantei-o acima dos ombros e despejei o líquido em mim. Gritei e chorei, e me manter de pé não foi uma tarefa fácil quando decidi repetir aquilo. Deitei-me no chão, com os joelhos separados e o quadril erguido, e despejei a água sanitária no corpo. No hospital, eles me deram uma pílula, que me disseram que evitaria uma gravidez indesejada. *Só para garantir*, a enfermeira tinha dito. Mas o que eu queria era matar tudo o que ele havia tocado — cada célula de pele. Precisava ter certeza de que não restaria nada dele em nenhuma parte de mim. Caminhei nua até a cozinha e tirei uma faca do porta facas que mantenho ao lado da geladeira. Passei a ponta da faca pelo lado de dentro do braço, para cima e para baixo, bem sobre minha veia favorita. A casa tinha muitas janelas, ela poderia ser invadida de muitas maneiras. E se ele estivesse me observando? E se ele soubesse onde eu morava?

Furei a pele no momento em que aquele pensamento me ocorreu e arrastei sua ponta por cerca de cinco centímetros. Observei o sangue escorrer pelo braço, paralisada ante aquela imagem. Quando a campainha tocou, soltei a faca, que fez barulho ao bater no chão.

Estava tão apavorada que não conseguia me mover. A campainha soou de novo. Peguei um pano de prato e o utilizei para cobrir o corte no braço. Olhei para a porta. Se alguém estivesse ali para me machucar, provavelmente não teria tocado a campainha. Peguei o cesto de roupas que estava sobre a bancada da cozinha e tirei rapidamente dele uma camisa limpa e uma calça jeans. Tentei me vestir o mais depressa que pude, mas o tecido custou a deslizar por minha pele úmida. Levei a faca comigo. Precisei empurrar o sofá para o lado para ter acesso à porta. Quando espiei pelo olho mágico, minhas mãos tremiam tanto que mal podia segurar a faca. Então o vi do lado de fora, o dr. Asterholder, vestindo roupas diferentes.

Destranquei a porta e a abri. Abri bastante, mais do que deveria para uma mulher que tinha acabado de passar por um pesadelo tão hediondo. Nem mesmo antes do que havia acontecido, eu teria aberto a porta para alguém como a abri naquele momento. Nós nos encaramos por uns bons trinta segundos, antes dos olhos dele pousarem no pano de prato e identificarem o sangue fresco.

— O que foi que você fez?

Olhei para ele, mas não disse nada. Eu não conseguia falar — era como se eu tivesse esquecido como se fazia. O médico segurou meu braço e ergueu o pano sobre o ferimento. Naquele momento, percebi que ele pensava que eu estava tentando me matar.

— Não é... Não é o que parece — disse. — Não é nada disso.

Ele olhava fixamente para o corte em meu braço e piscava sem parar.

— Venha — disse ele. — Vou cuidar disso para você.

Eu o segui até a cozinha e me sentei numa banqueta, sem saber ao certo o que estava acontecendo. Ele pegou no meu braço, com mais delicadeza dessa vez, virou-o e removeu devagar o pano.

— Tem ataduras? Antisséptico?

— No banheiro de cima, debaixo da pia.

Ele saiu em busca de meu pequeno estojo de primeiros socorros, retornando cerca de dois minutos depois.

Eu só percebi que ainda carregava a faca na mão quando o dr. Asterholder gentilmente a retirou dos meus dedos e a colocou sobre a bancada.

Ele não falou nada enquanto limpava e enfaixava o ferimento. Observei as suas mãos enquanto ele trabalhava. Seus dedos eram hábeis e ligeiros.

— Não precisarei dar pontos — disse ele. — Foi superficial. Mas mantenha isso limpo.

O médico reparou em partes descobertas da minha pele que estavam em carne viva, em consequência do uso da esponja de aço.

— Senna, escute. Há pessoas, grupos de apoio...

— Não — retruquei, interrompendo-o na hora.

— Certo. — Ele fez que sim com a cabeça.

Isso me lembrou o modo como meu analista costumava dizer "certo", como se fosse uma palavra que as pessoas engolissem e digerissem em vez de a falarem. De alguma maneira, aquela palavra soava menos condescendente na boca do dr. Asterholder.

— Por que você está aqui? — perguntei.

Ele hesitou por um instante antes de responder.

— Porque você está aqui.

Não entendi o que ele quis dizer. Meus pensamentos estavam tão desfigurados, tão desordenados.

— Vá para a cama. Eu vou dormir ali. — Ele apontou para o sofá, ainda estranhamente próximo da porta da frente.

Acenei afirmativamente com a cabeça. *Você está em estado de choque*, disse a mim mesma novamente. *Vai deixar um estranho dormir no seu sofá.*

Eu estava cansada demais para pensar naquilo. Subi as escadas e tranquei a porta do quarto, mas ainda não me senti segura o suficiente. Juntei o travesseiro e o cobertor e os levei para o banheiro e, após também trancar a porta do banheiro, me deitei no tapete do chão. Então, dormi o sono de uma mulher que havia acabado de ser estuprada.

12

ACORDEI E FIQUEI OLHANDO PARA O TETO. ALGUMA coisa estava errada... Alguma coisa... Mas eu não conseguia descobrir o que era. Sentia um peso oprimir meu peito, do tipo que surge quando você está com medo, mas que não é possível determinar o motivo exato. Cinco minutos, vinte minutos, dois minutos, sete minutos, uma hora. Não faço ideia de quanto tempo fiquei prostrada daquele jeito, olhando para o teto... Sem pensar em nada. Então, rolei para o lado, e uma palavra dita pela enfermeira veio à minha cabeça: *desconforto*. Sim, eu me sentia desconfortável. *Por quê?* Porque fui estuprada. Minha mente se fechou. Certa vez, vi um garoto de uma casa vizinha jogar sal numa lesma. Observei horrorizada enquanto o pequenino corpo da criatura se desintegrava na calçada. Corri para casa chorando e perguntei à minha mãe por que uma substância que nós usávamos para temperar comida tinha o poder de matar uma lesma. Ela me explicou que o sal absorvia toda a água dos corpos dos pequenos animais, que acabam simplesmente morrendo desidratados ou sufocados por não conseguirem respirar. Era assim que eu me sentia. Tudo mudou no espaço de um dia. Eu não queria admitir aquilo, mas estava ali — no meio das minhas pernas, na minha mente... Ah, meu Deus, no meu sofá! E subitamente eu não consegui mais respirar. Eu me virei, estendendo a mão para pegar o inalador na mesa de cabeceira e bati numa luminária que caiu no chão. Fiz um esforço para me sentar. Em que momento eu havia voltado para a cama? Eu estava dormindo no chão do banheiro. Um instante depois, o dr. Asterholder arrombou a porta do quarto. Ele olhou para mim, depois para a luminária, e então para mim de novo.

— Onde está? — ele perguntou, sério e agitado. Eu apontei o lugar, e ele atravessou o quarto num piscar de olhos. Observei enquanto ele escancarava a gaveta para vasculhá-la até encontrar o inalador. Eu o tomei da mão dele, pus o bocal na boca e fechei levemente os lábios sobre ele. Segundos depois, senti o albuterol encher meus pulmões. O dr. Asterholder esperou até que eu recuperasse o fôlego e então pegou a luminária do chão. Eu estava envergonhada. Não apenas por causa do ataque de asma, mas também pela noite anterior. Por tê-lo deixado ficar na minha casa.

— Você está bem? — o médico perguntou.

Concordei, sem olhar para ele.

— Quanto à asma, você está bem?

Estou. Parecendo perceber o meu desconforto, ele se retirou do quarto e fechou a porta ao sair. Ela bambeou um pouco, como se já não se encaixasse direito no lugar. Eu havia trancado aquela porta na noite passada, e o médico tinha conseguido passar por ela, usando o ombro para empurrá-la com força. Aquilo contribuiu para me deixar ainda pior.

Tomei banho novamente, mas daquela vez deixei de lado a esponja de aço; preferi usar uma boa barra de sabonete, branca, com o desenho de um pássaro delicadamente talhado nela. Mas o pássaro me irritou e eu raspei a imagem com a ponta do dedo. Minha pele, ainda sensível devido ao banho da noite anterior, latejou ao contato com a água quente. *Você está bem, Senna*, disse a mim mesma. *Não foi a única mulher no mundo que passou por isso.* Eu me enxuguei, pressionando com cuidado a toalha contra a pele dolorida e parei para olhar meu reflexo diante do espelho. Eu parecia diferente. Não saberia explicar precisamente como, mas parecia diferente. Sem alma, talvez. Quando eu era criança, a minha mãe me disse que havia duas maneiras de se perder a alma: se alguém a tomasse de você ou se você renunciasse a ela voluntariamente.

Você está morta, pensei. Meus olhos me diziam aquilo. Eu me vesti, cobrindo cada centímetro do corpo com roupas. Vesti tantas camadas de tecido que seria necessário arrancá-las de mim para ter acesso ao meu corpo. Então desci as escadas, inquieta, com a sensação de incômodo entre as pernas. Eu o encontrei na cozinha, sentado num banquinho, lendo jornal. Ele usava minha caneca favorita para beber o café que tinha passado. O jornal não era meu. Seria bem-feito se o tivesse roubado dos vizinhos. Eu os odiava.

— Olá — disse o médico, abaixando a caneca de café. — Espero que você não se importe. — Ele apontou para o café que havia preparado, e eu recusei com um gesto de cabeça. Mas ele se levantou e pôs café para mim numa caneca. — Leite? Açúcar?

— Não, nada — respondi. Eu não queria café, mas peguei a caneca. O dr. Asterholder tomava cuidado para não me tocar nem chegar muito perto de mim. Bebi um gole com hesitação e então baixei a caneca. Que situação estranha. Era como acordar de manhã após uma noite de sexo casual: ninguém sabe o que dizer nem onde ficar, nem sabe onde foram parar suas roupas de baixo.

— Que tipo de médico você é?

— Sou um cirurgião.

Aquilo foi tudo o que perguntei. Ele se levantou e levou a caneca para a pia. Eu o observei enquanto lavou e a colocou de volta no escorredor de pratos.

— Tenho que ir para o hospital.

Eu o fitei, sem entender direito por que me disse aquilo. Nós éramos uma equipe agora? Ele ia voltar?

O dr. Asterholder tirou do bolso outro cartão e o colocou sobre a bancada.

— Caso precise de mim.

Olhei para o cartão, totalmente branco e com letras impressas em preto, e então voltei a olhar para ele.

— Não vou precisar.

Passei o resto do dia na varanda, contemplando o Lago Washington e bebendo a mesma xícara de café que o dr. Asterholder havia me entregado antes de ir embora. Àquela altura, o líquido já estava frio, mas mesmo assim mantive as mãos ao redor da xícara, como se aquilo fosse manter seu calor. Era um gesto, uma simples linguagem corporal que tinha aprendido a imitar. Se o próprio inferno se abrisse aos meus pés, eu provavelmente nem sentiria.

A minha mente estava vazia de pensamentos. Eu via coisas com os olhos e meu cérebro processava as cores e as formas sem associá-las a sentimentos: água, barcos, céu e árvores, aves que deslizavam sobre a água... Meus olhos captavam tudo o que acontecia ao longo do lago e no quintal. O peso no meu peito continuava a me afligir. Eu não queria admitir aquilo. O sol se punha cedo em Washington; por volta de quatro e meia já estava escurecendo, e não restava mais nada para se ver a não ser pequenas luzes que vinham das casas ao redor da água. Luzes de Natal que, em breve, seriam removidas. Meus olhos doíam. Eu ouvi a campainha soar, mas não consegui me levantar para ir atender. Quem quer que fosse acabaria indo embora dentro de alguns instantes, como geralmente faziam. Como sempre faziam.

Senti uma pressão nos antebraços. Quando dei por mim, vi mãos me agarrando. Mãos apenas, como se não houvesse corpo algum ligado a elas. Mãos solitárias. Ouvi alguma coisa se quebrar e comecei a gritar.

— Senna! Senna!

Ouvi uma voz. Seu som era abafado, como se alguém falasse com a boca cheia de queijo. Minha cabeça tombou para trás e de repente percebi que alguém estava me balançando.

Vi o rosto dele. Ele encostou um dedo no meu pescoço para sentir a pulsação.

— Eu estou aqui. Eu estou aqui agora. Olhe para mim.

Ele agarrou meu rosto e o manteve entre as mãos, forçando-me a olhar para ele.

— Tudo bem... Calma — disse ele. — Você está segura. Sou eu.

Eu queria rir, mas estava ocupada demais gritando. Quem está seguro? Ninguém. Não pode haver segurança num mundo tão cruel, tão cheio de maldade.

Ele me agarrou com força, como se estivesse me abraçando. Seus braços envolveram meu corpo, e o meu rosto ficou colado no ombro dele. Cinco anos, dez anos, um ano, sete... Quanto tempo havia se passado desde a última vez que fui abraçada? Eu não conhecia aquele homem, mas ao mesmo tempo conhecia. Ele era um médico. Ajudou-me. Passou a noite no sofá para que eu não ficasse sozinha. Arrombou a porta do meu quarto para pegar meu inalador.

Eu o escutei dizendo: "shh, shh", como se eu fosse uma criança. Agarrei-me a ele com vontade — um corpo sólido na escuridão. Enquanto ele me segurava, pude ver o ataque que me acometia... Pude sentir de uma só vez o pânico, a descrença e o entorpecimento, até que tudo aquilo se misturou e formou um grande nó. Eu choraminguei — um ruído gutural, grotesco, como o lamento de um animal ferido. Não sei por quanto tempo fiquei naquela situação.

O médico me levou para dentro, me carregando através das portas francesas e me colocando com cuidado no sofá. Eu me deitei e fiquei encolhida, curvando-me até os joelhos encostarem no queixo. Ele pôs um cobertor sobre mim, acendeu a lareira e depois desapareceu dentro da cozinha.

Consegui ouvi-lo andando de um lado para o outro. Quando voltou, me fez sentar no sofá e entregou uma caneca com alguma coisa quente.

— É chá — ele disse.

Ofereceu-me pedaços de queijo e uma fatia de pão caseiro num prato. Eu havia feito o pão na véspera de Natal. *Antes* daquilo acontecer. Empurrei o prato para longe, mas tomei o chá, e o dr. Asterholder se agachou e ficou me observando enquanto eu bebi o líquido. Estava doce. Ele esperou que eu terminasse e então pegou a xícara.

— Você precisa comer.

Eu recusei com um aceno de cabeça.

— Por que você está aqui? — perguntei. Minha voz soou estridente, alta demais, quase como um grito. Minha mecha branca ficou pendurada na frente do olho e eu a prendi. Olhei para as chamas.

— Porque você está.

Eu não sabia o que ele queria dizer com aquilo. Será que, por ter me achado, ele se sentia responsável por mim? Eu me deitei e me encolhi.

Ele se sentou no chão, diante do sofá onde eu estava deitada, de frente para a lareira. Fechei os olhos e dormi.

Quando acordei, ele havia ido embora. Eu me sentei e dei uma boa olhada na sala. A luz entrava gradualmente pela janela da cozinha, o que significava que passei a noite toda dormindo. A que horas ele me trouxe para dentro de casa? Eu não tinha pistas para saber com certeza. Puxei o cobertor sobre os ombros e caminhei descalça até a cozinha. Será que ele havia tirado meus sapatos? Não me lembrava. Talvez eu não estivesse usando calçados. Havia café fresco no bule e uma xícara limpa ao lado dele. Peguei a xícara e, debaixo dela, encontrei outro cartão. *Esperto.* Ele havia escrito alguma coisa na parte de baixo.

"Ligue para mim se precisar. Coma alguma coisa."

Amassei o cartão com a mão e o joguei dentro da pia.

— Não vou precisar — disse em voz alta. Abri a torneira e deixei a água borrar as palavras.

Tomei um banho. Vesti as roupas. Acendi outra vez a lareira e fiquei olhando para o fogo. Acrescentei mais lenha. Fiquei olhando para o fogo. Acrescentei mais lenha. Fiquei olhando para o fogo. Por volta de quatro horas da tarde, entrei no escritório e me sentei diante da mesa. Meu escritório é o recinto mais sóbrio e sem graça da casa. A maioria dos escritores enche os locais de trabalho com cor e calor: quadros inspiradores, cadeiras que favorecem a reflexão. O meu se resumia a uma mesa preta laqueada no centro de uma sala toda branca: paredes brancas, teto branco, azulejo branco. Eu necessitava de vazio para pensar, precisava de uma tela em branco para pintar. A mesa preta era o meu chão. Sem aquela referência, eu simplesmente flutuaria sem rumo em meio a tanto branco. As coisas me distraíam ou tornavam tudo mais complicado para mim. Eu não gostava de viver cercada de cores. Nem sempre fui assim. Aprendi a sobreviver.

Abri o MacBook e olhei para o cursor. Uma hora, dez minutos, um dia... Não sei exatamente quanto tempo se passou. Assustei-me ao ouvir a campainha. Quando foi que eu tinha ido para lá? Senti-me rígida quando levantei. Desci as escadas e parei diante da porta. Meus movimentos eram forçados e mecânicos. Eu podia ver o carro do dr. Asterholder pelo olho mágico; um veículo preto-carvão parado na garagem de tijolos. Abri a porta. Parado na soleira da porta, o médico piscou para mim como se aquilo fosse normal. Nos braços, carregava dois sacos de papel cheios de compras até o topo. Ele tinha comprado comida para mim.

— Por que está aqui?

— Porque você está — respondeu e então passou por mim, entrou e caminhou na direção da cozinha sem minha permissão. Fiquei parada no mesmo lugar durante minutos, olhando para o carro dele. Estava chovendo lá fora, e a densa neblina que cobria o céu pairava sobre as árvores como uma mortalha. Eu estava tremendo quando finalmente fechei a porta.

— Doutor Asterholder — disse, entrando na cozinha. *A minha cozinha.* Ele estava desembrulhando coisas em cima da bancada: latas de molho de tomate, pacotes de rigatoni, bananas bem amarelas e embalagens com frutas vermelhas.

— Isaac — ele me corrigiu.

— Doutor Asterholder. Eu sou grata... Eu... Mas acontece que...

— Você já comeu hoje?

Ele retirou o cartão de visitas ensopado de dentro da pia e o segurou entre os dedos. Por não saber mais o que fazer, andei até uma banqueta e me sentei. Não estava acostumada com aquele tipo de imposição. As pessoas me davam espaço, deixavam-me sozinha. Mesmo quando eu lhes pedia para não irem embora — o que era raro. Eu não queria ser o projeto de ninguém e definitivamente não queria a piedade daquele homem. Mas naquele momento, eu não sabia o que dizer.

Fiquei ali, olhando-o abrir garrafas e cortar coisas. Ele pegou o telefone celular, colocou-o na bancada e me perguntou se me importava se pusesse música para tocar. Balancei a cabeça numa negativa, e ele ligou a música. A voz da cantora era rouca. Tinha uma nota ao mesmo tempo antiga e nova, clássica e atual.

Perguntei quem era a artista, e ele me disse o nome dela: Julia Stone. Era um nome de personagem literário. Eu gostei. O dr. Asterholder tocou o álbum inteiro enquanto misturava coisas dentro de uma panela que ele mesmo havia encontrado. A casa estava totalmente escura, com exceção da luz da cozinha sob a qual ele trabalhava. Era uma sensação esquisita; como uma vida que não pertencia a mim, mas que eu gostava de observar. Já fazia muito tempo que eu não tinha companhia. Sim, aquilo não acontecia desde que comprei a casa, três anos atrás. Havia uma longa janela sobre a pia, que se estendia de uma parede a outra. Os eletrodomésticos ficavam todos na mesma parede; por isso, independente do que você estivesse fazendo, tinha sempre uma vista panorâmica do lago. Quando eu lavava pratos, às vezes ficava tão entretida olhando pela janela que, quando dava por mim, já estava há quinze minutos com as mãos paradas sob a água fria.

Eu o vi espiando a escuridão lá fora, enquanto lidava com o fogão. As luzes das casas passeavam atrás dele como vagalumes na noite escura. Parei de prestar atenção em Isaac e voltei meu olhar para a escuridão. A escuridão me confortava.

— Senna?

Eu levei um susto. Isaac estava ao meu lado. Ele pôs um descanso de mesa e talheres diante de mim, junto com um prato de comida fumegante e um copo com alguma coisa borbulhante.

— Refrigerante — disse ele quando me viu olhando. — Meu vício.

— Não estou com fome. — Eu afastei o prato de mim com um leve empurrão, mas ele tornou a empurrá-lo na minha direção, batendo de leve com o dedo indicador na bancada.

— Faz três dias que você não come.

— E por que você se importa com isso? — A minha voz soou mais alta do que eu pretendia. Tudo o que eu dizia soava daquele jeito.

Observei o rosto dele para saber se mentia, mas ele apenas deu de ombros.

— É assim que eu sou.

Comi a sopa. Depois, ele se acomodou confortavelmente no sofá para dormir. Com roupa e tudo. Eu fiquei na escada e o observei durante um longo tempo. Os pés dele, vestidos com meias, escapavam da extremidade do cobertor que usava. Em algum momento, eu me arrastei até a cama. Antes de fechar os olhos, estendi a mão e toquei o livro na mesa de cabeceira. A capa apenas.

13

ELE VINHA TODAS AS NOITES. ALGUMAS VEZES, aparecia mais cedo, por volta de três horas da tarde, e outras mais à noite, por volta de nove horas. Era impressionante constatar com que rapidez uma pessoa podia concordar com algo — algo como um estranho em sua casa, dormindo no seu sofá e usando à vontade a sua máquina de café. Quando ele começou a fazer compras no supermercado e a preparar refeições, pareceu algo permanente. Como se, de repente, eu tivesse um colega de quarto ou um membro da família que entrou em casa e não saiu mais. Mas comecei a perceber que ficava ansiosa nas noites em que ele chegava tarde, andando pelos corredores com três pares de meias nos pés, incapaz de permanecer num cômodo por mais do que alguns poucos segundos antes de ir para outro. E a pior parte era que, quando Isaac chegava, eu imediatamente me refugiava no quarto, não me permitindo exibir nenhum resquício do alívio que sentia ao ver as luzes do carro dele refletindo nas janelas da casa. Parecia frieza, mas era questão de sobrevivência. Eu queria perguntar por que ele estava atrasado. Esteve numa cirurgia demorada? Correu tudo bem, foi bem-sucedida? Mas eu não tinha coragem.

Todas as manhãs, eu acordava e encontrava mais um de seus cartões de visita na bancada da cozinha. A certa altura parei de jogá-los fora e passei a empilhá-los ao lado do cesto de frutas. O cesto estava sempre cheio, porque ele comprava frutas e as colocava lá: maçãs vermelhas e verdes, peras e, por vezes, até mesmo kiwis, bem felpudos. Nós não conversávamos muito. Era um relacionamento silencioso e aquilo não me desagradava. Isaac me alimentava, eu agradecia e então ele ia dormir no sofá. Comecei a me perguntar se conseguiria dormir tão bem se ele não estivesse protegendo a porta. Se é que eu conseguiria dormir. O sofá era pequeno — pequeno demais para um homem de pelo menos um metro e oitenta; era o menor dos dois sofás que eu tinha. Certo dia, enquanto ele estava no hospital, interrompi por um momento minha atividade de contemplar o fogo da lareira para empurrar o sofá mais comprido até perto da porta de entrada. Deixei um travesseiro melhor e um cobertor mais quente.

Houve uma noite em que demorou para chegar; eram quase onze horas e ele não tinha aparecido. Eu já não acreditava mais que ele fosse vir e achei que nosso estranho relacionamento tivesse chegado ao fim. Estava subindo as escadas quando ouvi uma batida fraca na porta. Um toc, toc, toc apenas, tão leve que poderia ter sido uma simples lufada de vento. Por pouco, não consegui escutar. Ele não olhou para mim quando abri a porta. Talvez não quisesse olhar ou não pudesse. Pareceu achar o calçamento da entrada particularmente interessante e depois olhou para um ponto logo acima do meu ombro esquerdo. Ele tinha manchas escuras sob os olhos. Era difícil dizer qual de nós parecia pior — eu, com várias camadas de roupas sobre o corpo, ou Isaac, com seus ombros caídos. Nós dois parecíamos acabados.

Tentei fingir que não o estava observando, e ele foi até o banheiro para lavar o rosto com água fria. Quando saiu, dois botões de cima da camisa dele estavam desabotoados e as mangas, arregaçadas até a altura dos cotovelos. Isaac nunca trouxe uma muda de roupa. Ele dormia com a roupa que estava vestindo e ia embora de manhã cedo, supostamente para ir para casa e tomar banho. Eu não sabia onde ele morava, quantos anos tinha, nem onde havia estudado medicina, coisas que eu poderia saber se tivesse perguntado. Eu sabia que ele dirigia um carro híbrido e sabia que usava uma loção pós-barba que cheirava a chá indiano derramado em couro velho. Isaac fazia compras no mercado três vezes por semana, sempre usando sacolas de papel. A maioria dos moradores de Washington são pessoas envolvidas na tentativa de salvar o planeta, e a ordem é não deixar escapar nem uma latinha de Coca. Eu sempre prefiro usar sacolas de plástico, só para ser desafiadora. Agora eu tinha montes de sacos de compras de papel acumulados na despensa, todos perfeitamente dobrados. Ele tinha começado a colocar uma lata de lixo reciclável na rua todas as quintas-feiras. Eu era oficial e involuntariamente uma integrante do movimento verde. Aos domingos, ele roubava o jornal dos vizinhos. Era a única atitude dele que eu realmente gostava.

Isaac abriu a geladeira e olhou dentro dela, esfregando a nuca com uma das mãos.

— Não tem nada aqui pra comer — disse ele. — Vamos sair para jantar.

Eu não esperava por aquilo.

Subitamente, senti como se todo o ar tivesse escapado de meus pulmões, tornando a tarefa de respirar impossível. Andei alguns passos para trás, até meus calcanhares esbarrarem na escada. Fazia vinte e dois dias que eu não saía de casa. Estava com medo. Com medo de que nada mais fosse igual a antes, com medo de que tudo fosse igual a antes. Com medo daquele homem que eu não conhecia e que estava falando comigo com tanta familiaridade. *Vamos sair para jantar.* Como se a gente fizesse aquilo todos os dias. Ele não sabia de nada. Pelo menos não em relação a mim.

— Não fuja — disse ele, posicionando-se no espaço onde a cozinha encontrava a sala de estar. — Você não sai de casa há três semanas. É só um jantar, nada mais.

— Vá embora — retruquei, apontando para a porta de saída. Isaac não se moveu.

— Não vou deixar absolutamente nada acontecer com você, Senna.

O silêncio que se seguiu foi tão intenso que pude escutar a torneira pingando, meu coração batendo, o ruído áspero do medo enquanto se arrastava para fora dos meus poros.

Trinta segundos, dois minutos, um minuto, cinco. Não sei por quanto tempo ficamos daquele jeito, naquele silencioso impasse. Ele não dizia o meu nome desde quando me encontrou no quintal de casa. Nós éramos dois estranhos. Mas depois de me dizer aquilo, tudo passou a parecer real. *Aquilo estava realmente acontecendo*, pensei. *Tudo aquilo.*

— Nós vamos até o carro — disse ele, com determinação, disposto a resolver a questão de uma vez por todas. — Eu vou abrir a porta para você, porque sou assim. Vamos comer num ótimo restaurante grego. Os melhores gyros que você pode encontrar na cidade. Você escolhe a música que vai tocar no carro. Eu vou abrir sua porta, nós vamos entrar no restaurante e vamos nos sentar numa mesa ao lado da janela. Vamos sentar na mesa perto da janela, porque o restaurante fica de frente para uma academia, e a academia fica ao lado de uma loja de donuts e, assim, a gente pode contar quantos frequentadores da academia param para devorar umas rosquinhas depois de malhar. Nós podemos conversar, se quisermos, ou simplesmente ficar observando a loja. O que você quiser. Mas você precisa sair um pouco de casa, Senna. Não vou deixar que nada aconteça com você. Então, por favor... Vamos.

Quando Isaac terminou de falar, eu estava tremendo. Tremia tão violentamente que tive que me sentar no pé da escada, pressionando as pontas dos dedos no piso de madeira. Aquilo significava que eu estava avaliando a sugestão dele. Estava realmente considerando a possibilidade de sair de casa, de provar os gyros... De ver a loja de doces. Mas não foi só aquilo que me fez pensar no pedido dele. Havia algo em sua voz. Ele precisava fazer aquilo. Voltei a olhar para Isaac Asterholder, e ele continuava no mesmo lugar. Esperando.

— Tudo bem — disse. Eu normalmente não agiria daquela maneira, mas as coisas já não eram mais como antes. Tudo havia mudado. E se Isaac continuava a se colocar à minha disposição, eu poderia fazer aquilo por ele também. Apenas daquela vez.

Estava chovendo. Eu gostava da proteção que a chuva proporcionava. Ela protegia contra a dura brutalidade do Sol. Dava vida às coisas, fazia-as florescer. Eu nasci no deserto, onde o sol e o meu pai quase me mataram. Eu morava em Washington por causa da chuva, porque a chuva fazia com que eu sentisse como se estivesse purificando meu passado.

Quando Isaac me passou o iPod, eu estava olhando pela janela. Era um aparelho meio gasto pelo uso. De estimação.

Ele tinha a trilha sonora do filme *Em Busca da Terra do Nunca*. Apertei a tecla para ligar, e nós seguimos viagem sem trocar palavras, apenas ao som da música.

O nome do restaurante era Olive e ele cheirava a cebola e carneiro. Nós nos sentamos à janela, como Isaac havia prometido, e pedimos gyros. Nós continuamos em silêncio. Já era o suficiente estar fora de casa, entre outros seres vivos. Observamos as pessoas caminhando sem pressa pela calçada do outro lado da rua. Frequentadores da academia e frequentadores da casa de donuts... e exatamente como ele havia comentado, algumas vezes um frequentador da academia andava alguns passos e se tornava frequentador da loja de donuts. O estabelecimento se chamava Buraco do Donut e tinha na fachada uma grande fotografia de um donut cor-de-rosa congelado, com uma seta apontando para o buraco no centro da guloseima. Um grande letreiro luminoso azul avisava que o estabelecimento ficava aberto 24 horas. As pessoas na cidade não dormiam.

Algumas pessoas tinham mais força de vontade do que outras; as mais determinadas apenas davam uma espiada na vitrine da loja antes de correrem para seus carros, na maioria híbridos, e motoristas de híbridos geralmente não ligam para as coisas que não são boas para eles. Mas a maioria não consegue resistir à doce tentação dos donuts. Parecia realmente uma brincadeira cruel. Contei doze pessoas que não conseguiram resistir, abandonando o compromisso com a saúde e a boa forma para se deixar fisgar pela sedução da farinha de trigo com cobertura de glacê. Eu gostei mais daquelas pessoas — as hipócritas. Eu tinha algo em comum com elas.

Quando terminamos a refeição, Isaac tirou o cartão de crédito da carteira.

— Não — disse. — Faço questão de...

Ele pareceu pronto para fazer uma cena. Alguns homens não gostam de cartões de crédito do sexo feminino. Olhei para Isaac com expressão séria e, depois de alguns instantes, ele voltou a guardar a carteira no bolso de trás da calça. Eu paguei com o meu cartão. Era uma demonstração de poder, e eu havia vencido — ou ele tinha permitido que eu vencesse. De qualquer maneira, é bom ter um pouco de poder. Quando ele me pegou olhando para a loja de donuts do outro lado da rua, perguntou se eu gostaria de ir comprar um. Fiz que sim com a cabeça.

Ele me acompanhou até a loja e comprou meia dúzia. Quando me entregou a embalagem com os donuts quentinhos e suculentos, comecei a salivar.

Comi um donut enquanto Isaac me levou para casa de carro, e nós ouvimos o restante da trilha sonora de *Em Busca da Terra do Nunca*. Na verdade, eu não gostava de donuts. Só queria provar a guloseima que havia transformado todas aquelas pessoas em hipócritas.

Eu não tinha certeza se Isaac iria entrar em casa ou apenas me deixar na porta quando estacionamos na garagem. As regras haviam mudado naquela noite. Eu saí com ele — eu quis sair com ele — e fomos jantar fora. Aquilo cheirava a encontro, um encontro entre amigos, no mínimo. Mas quando abri a porta da frente, ele entrou em casa atrás de mim e trancou a porta. Eu estava subindo as escadas quando ouvi a voz dele.

— Perdi um paciente hoje.

Parei no quarto degrau da escada, mas não me virei para ele. Devia ter me virado, mas não consegui. A voz dele estava embargada.

— Tinha só dezesseis anos — Isaac prosseguiu. — A garota teve uma parada cardíaca na mesa. Não foi possível reverter a situação.

Meu coração batia acelerado. Agarrei o corrimão com força até as veias das minhas mãos saltarem; pensei que a madeira fosse se quebrar com a pressão.

Esperei que ele dissesse mais alguma coisa, mas quando percebi que não diria, subi os lances de escada que faltavam. Entrei no quarto, fechei a porta e depois me coloquei de costas contra ela. No instante seguinte, virei-me e pressionei o ouvido contra a madeira. Não consegui escutar nenhum movimento. Dei sete passos para trás até minhas pernas tocarem a cama e então caí de costas no colchão, com os braços abertos.

Minha mãe deixou o meu pai quando eu tinha sete anos de idade. Ela também me deixou, mas sua intenção principal tinha sido deixar meu pai. Foi o que ela me disse antes de sair pela porta da frente, carregando duas malas, e entrar num táxi. "Eu tenho que fazer isso por mim. Ele está me matando aos poucos. Não é você que estou abandonando, é ele".

Jamais tive coragem de perguntar por que não me levou com ela. Observei da janela da sala enquanto minha mãe foi embora, com as mãos coladas no vidro num grito silencioso de "NÃO VÁ!". As palavras de despedida para mim foram: "Sempre que você cair, eu vou estar com você". Então ela me beijou e se foi.

Nunca mais voltei a vê-la. Nunca parei de tentar descobrir o significado dela na minha vida. Minha mãe tinha sido escritora, um daqueles pretensos e obscuros artistas que se cercavam de cor e som. Ela publicou dois romances nos anos 1970 e então se casou com meu pai, o homem que, segundo ela, sugou toda a sua criatividade. Às vezes, eu pensava que havia me tornado escritora só para chamar a atenção dela. Consequentemente, eu era muito boa no que fazia. Eu ainda sentia a presença da minha mãe quando cometia algum erro.

Fiquei olhando fixamente para o teto, e me perguntava qual seria a sensação de ter a vida de uma pessoa em minhas mãos para, então, observar aquela vida escapar por entre os dedos, como tinha acontecido com Isaac. E desde quando eu havia começado a chamá-lo de Isaac? Senti o sono chegando e fechei os olhos, recebendo-o de braços abertos. Quando acordei, eu estava gritando.

Alguém me segurava e eu me contorcia para um lado e para o outro, numa tentativa de me libertar. Gritei mais uma vez e senti um hálito quente no rosto e no pescoço. Uma batida soou e a porta do meu quarto se escancarou. *Graças a Deus! Alguém veio me salvar.* E, então, percebi que estava sozinha e que tinha acordado no meio de um pesadelo. Não havia ninguém me agarrando. Ninguém estava me atacando. Isaac se inclinou na minha direção, dizendo meu nome. Eu podia ouvir a mim mesma gritando; estava tão envergonhada. Fechei os olhos com força, mas não consegui parar. Não consegui me livrar daquilo — da sensação das mãos cruéis e implacáveis no meu corpo, pressionando-me, ferindo-me. Gritei ainda mais alto, até a voz rasgar minha garganta como se fosse uma faca.

— Senna — disse ele. Não sei como consegui ouvi-lo com todo o barulho que eu estava fazendo. — Eu vou tocar em você.

Eu não ofereci resistência quando ele subiu na cama e estendeu as duas pernas ao lado das minhas. Então, ele me puxou e me reclinou de encontro ao próprio peito e passou os dois braços ao redor do meu torso. Enquanto eu gritava, minhas mãos estavam cerradas em punho. A única maneira de lidar com a dor era me mover, então eu balançava para frente e para trás, e Isaac balançava comigo. Seus braços me mantinham ligada à realidade, mas parte de mim ainda permanecia presa no pesadelo. Ele voltou a dizer meu nome.

— Senna...

O som acolhedor e firme da voz dele me acalmou um pouco. A voz dele era como um trovão que ressoava ao longe.

— Eu tive uma bicicleta vermelha quando era criança — disse ele. Precisei parar de gritar para ouvi-lo. — Todas as noites, quando ia para a cama, eu implorava que Deus desse asas para a minha bicicleta, para que eu pudesse sair voando pela manhã. Toda manhã, eu descia da cama e corria direto para a garagem, para ver se minhas preces tinham sido atendidas. Eu ainda tenho a bicicleta. Ela tem mais ferrugem do que cor vermelha agora. Mas ainda dou uma espiada nela para ver se aconteceu. Todos os dias.

Eu parei de balançar.

Continuava tremendo, mas a pressão dos braços dele em volta do meu torso amenizava o tremor.

Eu adormeci nos braços de um estranho e não sentia medo nenhum.

14

ISAAC RESPIRAVA COM ABSOLUTA TRANQUILIDADE. Ele inspirava de modo constante e profundo e exalava o ar num suspiro. Quem me dera poder dormir daquele jeito também. Mas não podia mais. Fiquei escutando-o durante um longo tempo, tempo suficiente para que o sol nascesse e tentasse atravessar as nuvens. As nuvens venceram. Elas sempre venciam em Washington. Eu ainda estava enroscada nele, recurvada sobre seu peito — o peito de um homem que eu não conhecia. Eu tinha vontade de alongar os músculos, mas permaneci parada porque havia algo de bom naquele contato. As mãos dele repousavam sobre meu abdome. Eu as estudei com atenção, já que só me atrevia a mover os olhos e mais nada. Elas tinham um aspecto comum, mas eu sabia que os vinte e sete ossos de cada uma das mãos do dr. Asterholder eram excepcionais. Eles eram rodeados por músculos, tecidos e nervos que, juntos, salvavam vidas humanas com destreza e precisão. Mãos podiam ferir ou curar. As mãos dele curavam. Em dado momento, a regularidade da respiração de Isaac diminuiu, e eu percebi que ele estava acordado. Fiquei aguardando para saber qual de nós dois faria o primeiro movimento. Ele afastou os braços do meu corpo, e então engatinhei para fora da cama. Fui até o banheiro sem olhar na direção de Isaac. Lavei o rosto e tomei duas aspirinas, pois estava com dor de cabeça. Quando saí do banheiro, ele tinha ido embora.

Fui contar os cartões de visita sobre a bancada. Daquela vez, ele não tinha deixado nenhum.

Ele não voltou naquela noite, nem na seguinte.

Nem na próxima.

Nem na próxima.

Nem na próxima.

Não tive mais pesadelos, mas não por falta de pavor. Meu medo de dormir me impedia de ter pesadelos. Eu me sentava no escritório à noite, bebia café e pensava na bicicleta vermelha dele. Era a única cor presente no escritório — o vermelho da bicicleta de Isaac. Em 31 de janeiro, meu pai me telefonou. Eu estava na cozinha quando o celular vibrou na bancada. Não havia telefone fixo em casa, só o meu celular. Atendi sem checar quem ligava.

— Olá, Senna.

Ele tinha uma voz marcante, anasalada, com um sotaque que tentava ocultar. Meu pai havia nascido no País de Gales e se mudou para os Estados Unidos quando tinha vinte anos de idade. Seu sotaque e sua mentalidade eram de um europeu, mas ele se vestia como um caubói. Era uma das coisas mais tristes que eu já tinha visto na vida.

— Como foi o Natal? — perguntou ele.

No mesmo instante, senti meu sangue gelar.

— Foi bom. E o seu?

Ele começou a descrever, nos mais minuciosos detalhes, como havia sido o Natal dele. Na maior parte do tempo, porém, senti alívio por não ter que falar. Ele resolveu emendar um assunto no outro e me contou sobre uma promoção no trabalho. Repetiu as mesmas coisas que sempre dizia quando conversávamos.

— Estou pensando em ir até aí pra ver você, Senna. Devo fazer isso em breve. O Bill disse que terei direito a uma semana extra de férias esse ano, porque estou completando vinte anos na empresa.

Fazia oito anos que eu morava em Washington e nunca tinha recebido nem uma única visita dele.

— Puxa, vai ser ótimo. Escute, pai, uns amigos meus estão para chegar. Preciso desligar.

Nós nos despedimos, e eu desliguei, apoiando a testa na parede. Só voltaria a ter notícias dele quando me telefonasse de novo, no final de abril.

O celular tocou uma segunda vez. Pensei em não atender, mas o código de área era de Washington.

— Senna Richards, aqui é do consultório do dr. Albert Monroe.

Vasculhei meu cérebro na tentativa de identificar o médico e sua especialidade; e então, pela segunda vez no dia, senti o sangue gelar.

— Senhora, seus exames apontaram algumas coisas. O dr. Monroe gostaria que viesse até o consultório.

Na manhã seguinte, eu estava saindo de casa e andando na direção do meu carro quando Isaac apareceu e estacionou o carro dele na calçada da garagem. Parei para vê-lo sair do veículo e vestir uma jaqueta. Era casual, quase lindo em sua elegância. Foi a primeira vez que apareceu tão cedo daquele jeito. Aquilo me levou a perguntar o que ele fazia nas manhãs de folga. Ele caminhou até mim e parou a dois passos de distância. Ele vestia uma fina jaqueta de lã azul, com as mangas puxadas até a altura dos cotovelos. Fiquei chocada ao ver a tinta preta de tatuagens à mostra. Que tipo de médico tinha tatuagens?

— Tenho consulta marcada com um médico — avisei, passando ao lado dele.

— Eu sou médico.

Fiquei satisfeita por ter me afastado dele quando sorri.

— Sim, eu sei. Mas temos mais alguns médicos no estado de Washington.

Isaac inclinou a cabeça para trás, como se estivesse surpreso por não me ver agir como a vítima estoica e inexpressiva para quem havia cozinhado.

Eu estava abrindo a porta do motorista do meu Volvo quando Isaac estendeu a mão e pediu minhas chaves.

— Eu dirijo para você.

Meus olhos pousaram na mão dele e dei mais uma espiada em suas tatuagens.

Palavras. Eu conseguia ver apenas extremidades de palavras. Meus olhos percorreram a manga da camisa dele e pararam no pescoço. Não quis olhar nos olhos dele quando entreguei as chaves. Um médico que amava palavras. Vejam só que coisa.

Fiquei curiosa. Um homem que havia passado a noite inteira ao lado de uma mulher que gritava histericamente... O que um homem assim escrevia no próprio corpo?

Sentei-me no banco do passageiro e informei a Isaac o caminho que deveria tomar. Meu rádio estava sintonizado numa estação de música clássica. Ele aumentou o volume para ouvir o que tocava no momento e então voltou a abaixá-lo.

— Você nunca ouve músicas que tenham letras?

— Não. Vire à esquerda aqui.

Ele fez a curva na esquina e me olhou com curiosidade.

— Por que não?

— Porque a simplicidade é mais importante. — Limpei a garganta e olhei direto para a frente. Senti que falava como uma sem-noção. Notei que ele olhou para mim, cortando-me com os olhos como se eu fosse um de seus pacientes. Eu não queria ser dissecada.

— E o seu livro? — disse ele. — Vejo as pessoas falando sobre ele. Não é um livro simples.

Eu não disse nada.

— É preciso ter simplicidade para criar complexidade — argumentou ele. — Eu entendo. Acho que complexidade demais pode prejudicar a criatividade.

Exatamente.

Eu encolhi os ombros.

— É isso aí — respondi, numa voz amável.

Ele entrou no estacionamento de uma clínica e parou numa vaga perto da entrada principal.

— Vou esperar por você aqui.

Ele não perguntou para onde eu ia nem o que estava fazendo ali. Simplesmente estacionou o carro onde pudesse me ver entrando e saindo do prédio e esperou.

Eu gostei daquilo.

O dr. Monroe era um oncologista. Em meados de dezembro, eu havia encontrado um caroço na mama direita. Acabei deixando de lado a preocupação com o câncer depois que uma dor mais urgente e desgastante surgiu. Eu estava sentada na sala de espera do médico, com as mãos encaixadas entre os joelhos e um estranho esperando por mim no meu carro. Eu só conseguia pensar nas palavras de Isaac. Nas palavras marcadas nos braços dele e nas palavras que saíram de sua boca. Uma bicicleta vermelha numa sala totalmente branca.

Uma porta ao lado do guichê da recepção se abriu. Uma enfermeira disse o meu nome.

— Senna Richards.

Levantei-me. E entrei.

Eu tinha câncer de mama. Eu poderia falar sobre o momento em que o dr. Monroe confirmou aquela informação, poderia falar das emoções que senti. As palavras que ele me disse depois da revelação com o objetivo de me confortar, de me tranquilizar, mas o ponto principal era que eu tinha câncer de mama.

Fiquei pensando na bicicleta vermelha de Isaac quando voltei para o carro. Sem lágrimas. Sem abalo. Apenas uma bicicleta vermelha que podia voar. Eu não sabia por que não estava sentindo nada.

Talvez só fosse possível lidar com uma dose de atrofia mental por vez. Eu me sentei no banco do passageiro. Isaac havia trocado a estação de rádio, mas voltou a colocar na estação de música clássica antes de dar ré no veículo. Ele não olhou para mim até chegarmos à minha casa e abrir a porta da frente com a minha chave. Então, Isaac olhou para mim, e eu quis me enfiar dentro das frestas da garagem de tijolos e desaparecer. Eu não sabia de que cor eram os olhos dele e não queria saber. Passei por ele e entrei na sala de estar, mas, então, parei subitamente. Não sabia para onde ir — para a cozinha? Para o quarto? Para o escritório? Todos os lugares pareciam estúpidos. Sem sentido. Eu queria ficar sozinha. Eu não queria ficar sozinha. Eu queria morrer. Eu não queria morrer. Fui até a banqueta alta, que deixava num lugar estratégico para ver o lago, e me sentei. Isaac entrou na cozinha. Começou a fazer café e então parou, voltando-se e olhando para mim.

— Você se importa se eu colocar música? Com letras?

Balancei a cabeça numa negativa. Ele pôs o celular em cima de um recipiente para pães e despejou colheradas de pó de café dentro do filtro.

Daquela vez, a música que ele colocou para tocar era mais alto-astral. Na voz de um homem. O ritmo era tão diferente que eu dominei a minha incessante capacidade de ficar alheia e prestei atenção.

— Alt-J — disse ele quando percebeu que eu estava ouvindo. — O nome da música é "Breezeblocks".

Ele olhou para meu rosto.

— É diferente, não acha? Eu já fiz parte de uma banda. Por isso, curto bastante o ritmo deles.

— Mas você é médico. — Quando percebi o quanto aquele comentário foi estúpido, já não podia fazer mais nada. Puxei uma mecha solta de cabelo grisalho e a enrolei no dedo duas vezes. Fiquei segurando-o daquele jeito, com o cotovelo apoiado na bancada. Meu conforto psicológico.

— Eu nem sempre fui médico — disse ele, pegando duas canecas do armário. — Mas quando me tornei médico, meu amor pela música permaneceu comigo... E as tatuagens também.

Olhei para os antebraços dele, na região onde as mangas da camisa estavam arregaçadas e a pele à mostra. Eu ainda olhava quando ele me entregou o café. E partes das palavras gravadas ficaram bem diante de mim.

Depois que me serviu o café, Isaac começou a fazer comida. Eu estava sem apetite, mas mal conseguia me lembrar da última vez que havia comido alguma coisa. Embora não quisesse, prestei atenção na letra da música que ele tinha colocado. Na última vez que ouvi aquele tipo de música, as bandas de indie rock estavam em todas as rádios, tomando o mundo de assalto. Quis perguntar quem estava cantando, mas Isaac pareceu ler meu pensamento e se adiantou.

— Florence and the Machine. Você gosta?

— Você tem fixação pela morte.

— Sou um cirurgião — respondeu ele, sem tirar os olhos dos vegetais que cortava.

Sacudi a cabeça numa negativa.

— Você é cirurgião porque tem fixação pela morte.

Isaac não disse nada, mas mostrou alguma hesitação enquanto cortou uma abobrinha — hesitação bastante discreta, mas que, mesmo assim, não escapou do meu olhar.

— Mas não somos todos assim? Somos consumidos pela própria mortalidade. Algumas pessoas praticam alimentação saudável e se exercitam para preservar a vida, enquanto outras bebem e se drogam, desafiando o destino a tomar suas vidas; e existem também aqueles que tentam ignorar completamente a própria mortalidade, por terem medo dela.

— Em qual grupo você se encaixa?

Ele abaixou a faca e olhou para mim.

— Eu pertenci a todos os três. Agora estou indeciso.

Verdade. Quando foi a última vez que ouvi uma verdade tão grande? Observei-o durante um longo tempo enquanto colocava a comida nos pratos. Quando pôs um prato diante de mim, falei. Foi como se meu corpo subitamente disparasse um espirro, fazendo com que eu sentisse vergonha.

— Tenho câncer de mama.

Ele ficou totalmente imóvel; apenas seus olhos continuaram a se movimentar devagar, até encontrarem os meus. Nós nos encaramos assim por... Um... Dois... Três... Quatro segundos. Foi como se ele estivesse esperando que a qualquer instante eu avisasse que tudo não passava de uma brincadeira. Eu me senti compelida a dizer mais alguma coisa. Aquilo era novidade para mim.

— Eu não sinto nada. Não sinto nem mesmo medo. Pode me dizer o que devo sentir, Isaac?

Ele engoliu em seco e então passou a língua nos lábios.

— É morfina emocional — disse ele, finalmente. — Você deve simplesmente seguir com sua vida.

E aquilo foi tudo. Tudo o que dissemos um ao outro naquela noite.

15

ISAAC ME LEVOU AO HOSPITAL NO DIA SEGUINTE. Era apenas a terceira vez que eu saía de casa e pensar em voltar ao hospital embrulhou meu estômago. Não consegui comer os ovos nem beber o café que ele me serviu. Isaac não insistiu para que eu comesse, como a maioria das pessoas faria, nem olhou para mim com ar de preocupação, como a maioria das pessoas faria. Na verdade, ele encarou as coisas de maneira simples: se você não quer comer, não coma. No instante em que você recebe a notícia que está com câncer, começa a ficar com medo. E como eu já estava com medo antes, o problema aumenta; o medo se soma a mais medo. E, assim, você acaba herdando um monstrinho cancerígeno. Eu o imaginava sofrendo mutações, como os meus genes. Era sinistro. Traiçoeiro. Ele faz com que você fique acordado durante a noite toda, o tempo todo se remoendo e se torturando, transformando sua mente numa destilaria de medo. O medo subjuga o bom senso. Eu não estava pronta para voltar ao hospital; era um lugar que eu não deveria temer de maneira alguma, mas eu não podia evitar, porque o câncer estava devorando meu corpo.

Os testes e exames tiveram início por volta do meio-dia. Minha primeira consulta foi com a dra. Akela, uma oncologista que havia cursado medicina com Isaac. Ela era polinésia, dona de uma beleza tão estonteante que meu queixo foi ao chão quando a vi se aproximar. Eu podia sentir o aroma de frutas que emanava da pele dela; aquilo me fez lembrar das frutas que Isaac continuava a deixar na minha cozinha. Expeli o cheiro das narinas e respirei pela boca.

A médica falou sobre quimioterapia. Havia sentimento nos olhos dela, e eu tive a impressão de que ela era oncologista porque se importava. Eu odiava pessoas que se importavam. Elas eram intrometidas, irritantes e faziam com que eu me sentisse menos humana por não me importar.

Depois da dra. Akela, eu vi o oncologista responsável pela radioterapia e, em seguida, um cirurgião plástico que insistiu para que eu marcasse um horário com um psicólogo. Vi Isaac entre cada consulta, cada exame. Ele sempre aparecia para me levar à próxima consulta. Era estranho. Ainda assim, cada vez que avistava seu jaleco branco, eu ficava um pouco mais acostumada com ele. Era uma maneira engraçada de identificar alguém — Isaac, o Bondoso. Seu cabelo era castanho, seus olhos eram profundos, o alto do seu nariz era largo e curvo; mas seus ombros eram o que mais chamava a atenção nele. Eles se moviam primeiro, e o resto do corpo seguia o movimento.

Eu tinha um tumor na mama direita. Câncer no estágio 2. Eu era candidata a lumpectomia com radioterapia.

Isaac me encontrou na cafeteria, eu bebia uma xícara de café e contemplava a janela. Ele se sentou na cadeira diante de mim e ficou me observando enquanto eu olhava a chuva.

— Onde está sua família, Senna?

Uma pergunta complicada.

— Meu pai mora no Texas, mas não somos próximos.

— Amigos?

Olhei para Isaac. Será que estava brincando comigo? Durante um mês ele passou todas as noites na minha casa, e meu telefone não tocou nenhuma vez.

— Não tenho nenhum. — Quase completei a frase com um: "Ei, você não tinha percebido mesmo?".

O dr. Asterholder se remexeu na cadeira, como se o assunto o deixasse constrangido, então, com expressão pensativa, juntou as mãos sobre o tampo da mesa coberto de migalhas.

— Você vai precisar de apoio. Não pode enfrentar isso sozinha.

— Bom, e o que sugere que eu faça? Não posso alugar uma família.

— Talvez seja necessário fazer mais de uma cirurgia — prosseguiu, como se não tivesse me escutado. — Tem vezes que, mesmo depois da radioterapia e da quimioterapia, o câncer volta...

— Eu vou me submeter a uma mastectomia dupla. O câncer não vai voltar.

Eu já escrevi sobre o choque estampado no rosto das pessoas: choque quando elas descobrem que estão sendo traídas por sua cara-metade, choque quando descobrem que alguém próximo fingia estar com amnésia — diabos, eu cheguei até a criar um personagem que exibia constantemente uma expressão de choque no rosto, mesmo quando não havia nenhum motivo para aquilo. Mas não saberia dizer se já tinha visto alguma vez na vida uma autêntica expressão de choque. E ali estava ela: uma reação imediata de choque, bem representada no rosto de Isaac Asterholder. Ele franziu as sobrancelhas, aturdido.

— Senna, você não pode...

Eu o interrompi com um gesto de mão.

— Eu tenho que fazer isso. Não posso viver com medo dia após dia, sabendo que o mal pode voltar. É a única solução para mim.

Isaac me fitou com atenção, e eu me dei conta de que ele era o tipo de homem que sempre levava os sentimentos das outras pessoas em consideração. Depois de alguns instantes, a tensão em seus ombros se desfez. Ele levantou as mãos, que ainda repousavam na mesa, e as colocou sobre as minhas. Eu podia ver as migalhas de pão grudadas na pele dele. Me concentrei nelas para não retirar as minhas mãos de debaixo das dele.

— Eu posso recomendar...

Eu o interrompi pela terceira vez, afastando minhas mãos.

— Quero que você faça a cirurgia.

Ele se reclinou na cadeira, colocou as duas mãos atrás da cabeça e olhou para mim.

— Você é médico cirurgião oncológico. Eu vi no Google.

— Por que você não perguntou para mim?

— Porque não é assim que funciona para mim. Fazer perguntas é um dos principais itens para desenvolver relacionamentos.

Ele inclinou a cabeça para o lado.

— Você vê algo de errado em relacionamentos?

— Quando você é estuprada e quando tem câncer de mama, precisa contar isso para as pessoas. E então elas passarão a olhar para você com piedade. A questão é que mesmo que elas estejam olhando para você, o que enxergam, na verdade, é o estupro ou o câncer de mama. E eu prefiro não ter ninguém por perto se tudo o que as pessoas veem são as coisas que eu faço ou as coisas que acontecem comigo, e não quem realmente sou.

Isaac ficou em silêncio por um bom tempo.

— Mas e antes? Quero dizer, antes de tudo isso ter acontecido com você?

Eu o encarei com uma expressão um tanto dura, talvez, mas não me importei. Se aquele homem queria aparecer na minha vida, colocar as mãos em cima das minhas e me perguntar por que eu não tinha amigos íntimos — bem, eu daria a resposta que ele estava pedindo. E daria a versão sem cortes.

— Se existisse um Deus, eu poderia afirmar sem sombra de dúvidas que ele me odeia — disse. — Minha vida pode ser definida como uma soma de coisas ruins. Quanto mais pessoas você deixa entrar na sua vida, mais males vêm junto com elas.

— Bom, acho que entendi o seu ponto — disse Isaac. Os olhos dele não estavam arregalados de espanto; não havia mais sinal de choque. Ele estava bem relaxado.

Eu nunca havia sido tão sincera com ele, em ocasião alguma. Provavelmente, eu não era assim tão sincera com ninguém já fazia muito tempo. Levei a xícara à boca e fechei os olhos.

— Tudo bem — disse ele, por fim. — Faço a cirurgia, mas com uma condição.

— E qual seria?

— Quero que se consulte com um psicólogo.

Comecei a balançar a cabeça antes mesmo que ele terminasse a frase.

— Já me consultei com um psiquiatra antes. Pode esquecer.

— Não estou falando desse tipo de profissional — explicou Isaac. — Você não precisa de mais medicações; precisa conversar sobre o que aconteceu. Estou sugerindo um terapeuta. É uma coisa muito diferente.

— Eu não preciso de nenhum psicanalista — respondi. — Estou bem. Posso lidar com a situação. — A ideia de ter acompanhamento psicológico me apavorava; todos os seus pensamentos mais íntimos colocados numa vitrine para serem vistos por uma pessoa que passa anos estudando como julgar pensamentos corretamente. Como aquilo podia ser aceitável? Havia algo de perverso naquele processo e nas pessoas que escolhiam fazer aquilo para viver. Como um homem que se torna ginecologista. *Não tem nada pra você aqui, seu maluco!*

Isaac inclinou o corpo para a frente até ficar incomodamente próximo do meu rosto. Pude ver as íris de seus olhos, de um cinza puro, sem manchas, nem variações de cor.

— Você tem transtorno de estresse pós-traumático, Senna. E acabou de receber um diagnóstico de câncer de mama. Você *não está nada bem*. — Ele afastou a cadeira da mesa e se levantou. Abri a boca para negar aquela afirmação, mas, em vez disso, suspirei, observando seu jaleco branco desaparecer pelas portas da cafeteria.

Ele estava errado.

Meus olhos pousaram na cicatriz que ficou como lembrança da noite em que me cortei. Era rosada, e a pele em volta estava repuxada e brilhante. Naquela noite, ao me encontrar sangrando, Isaac não disse nada e não perguntou como nem por que havia acontecido. Ele simplesmente me prestou socorro.

Eu me levantei e fui atrás dele. Se alguém ia enfiar o bisturi no meu peito, eu gostaria que fosse o cara que costumava aparecer e pôr as coisas em ordem.

Isaac estava de pé na entrada principal do hospital quando o encontrei, com as mãos enfiadas nos bolsos. Ele esperou até que eu o alcançasse, e depois caminhamos em silêncio até o carro. Caminhamos juntos, lado a lado, porém mantivemos distância suficiente um do outro para que não nos tocássemos. Entrei no carro e me sentei em silêncio no banco do passageiro, cruzei as mãos no colo e fiquei olhando pela janela até que ele estacionasse no acesso à minha garagem. Eu estava quase saindo do veículo — já com um pé do lado de fora — quando ele pôs a mão no meu braço. Minhas sobrancelhas se franziram. Eu pude sentir o movimento que elas fizeram no meu rosto. Eu sabia o que Isaac queria. Queria que eu lhe prometesse que procuraria um terapeuta.

— Tá bom. — Puxei o braço para me livrar do toque dele e caminhei rapidamente até a porta de casa. Enfiei a chave na fechadura, mas minhas mãos tremeram tanto que eu não consegui girá-la. Isaac surgiu atrás de mim e pôs a mão sobre a minha. A pele dele estava quente, como se tivesse ficado exposta ao sol o dia inteiro. Com algum fascínio, observei enquanto ele usou ambas as nossas mãos para girar a chave. Quando a porta se abriu, fiquei parada no lugar, com as costas voltadas para ele.

— Essa noite eu vou para a minha casa — disse ele. Estava tão próximo que eu podia sentir seu hálito movendo fios do meu cabelo. — Você vai ficar bem?

Fiz que sim com a cabeça.

— Ligue se precisar de mim.

Subi as escadas até o quarto e me enfiei na cama sem tirar a roupa. Como eu estava cansada... Queria dormir enquanto ainda podia senti-lo na mão. Talvez eu não tivesse pesadelos.

16

ESTAVA NEVANDO NA MANHÃ SEGUINTE. UMA neve bizarra de fevereiro que cobriu as árvores e os telhados na região onde eu morava. Eu perambulava de cômodo em cômodo, olhando para fora das janelas, olhando para as diferentes paisagens que cada janela oferecia. No início da tarde, quando já estava cansada de ficar olhando e sentia lentas pontadas de dor de cabeça, falei comigo mesma sobre a necessidade de sair de casa. *Sair vai ser bom para você. Você precisa de ar fresco. A luz do dia não morde.* Eu queria tocar a neve, segurá-la até sentir minha mão doer. Talvez aquilo me fizesse esquecer um pouco as coisas que me aconteceram nos últimos meses.

Passei pelo meu casaco, pendurado num cabide, e abri a porta da frente. O ar frio atingiu as minhas pernas e se alastrou por debaixo da minha camisa, que era tudo o que eu vestia. Nenhum agasalho por cima, nenhuma malha por baixo da calça. A fina camisa bege se encaixava ao meu corpo como uma segunda pele. Eu estava descalça quando pisei na neve. Ela cedeu sob os meus pés com um ligeiro guincho quando dei alguns passos para a frente. Meu pai teria um ataque se me visse daquele jeito. Ele sempre me pedia, aos gritos, para que eu colocasse chinelos quando caminhava descalça pela cozinha no inverno. Eu podia ver marcas de pneus que conduziam ao local onde Isaac estacionava na entrada da garagem. Podia ter sido o carteiro. Olhei para a soleira da porta para ver se havia alguma embalagem ali. Não vi nada. Era Isaac. Ele estava aqui. Onde?

Andei até a metade da calçada da garagem. Escavei um pouco de neve do chão, apertei-a na palma da mão e olhei ao redor. Foi então que eu vi. Uma camada de neve tinha sido retirada do para-brisa do meu carro. O carro que eu nunca estacionava na garagem, embora, naquele momento, desejasse tê-lo feito. Havia alguma coisa debaixo do limpador de para-brisa. Caminhei até o veículo, levando na mão o meu punhado de neve, e parei diante da porta do motorista. Qualquer um poderia passar na frente da minha casa e me ver vestindo pouca roupa, amassando uma bola de neve na mão e olhando tranquilamente para o Volvo coberto de neve. Debaixo da lâmina do para-brisa, havia um pacote quadrado de cor marrom. Joguei a bola de neve no chão, e ela se espatifou bem em cima do meu pé. O papel que embrulhava o pacote era fino, e eu o virei nas mãos. Ele havia escrito alguma coisa no pacote com caneta marca-texto azul. Sua caligrafia se estampava no papel em linhas desordenadas, despretensiosas. Garrancho de médico, do tipo que você pode encontrar num prontuário ou numa receita médica. Estreitei os olhos, lambendo distraidamente gotas de neve da palma da mão.

Palavras. Era isso que ele havia escrito.

Levei o embrulho para dentro de casa, girando-o na mão. Havia uma abertura num dos lados do pacote. Enfiei o dedo dentro dela e puxei um CD para fora. Era preto. Um disco genérico, algo que ele mesmo havia gravado.

Curiosa, coloquei o CD no aparelho de som e apertei o play com o dedão do pé, enquanto me acomodava deitada no chão.

Música. Eu fechei os olhos.

Percussão marcante, voz de mulher... Uma voz que me irritou. Era sentimental e ia do sussurro baixo ao alto em todas as palavras. Eu não gostei daquilo. Era muito instável, imprevisível demais. Era bipolar. Se aquela havia sido a tentativa de Isaac de me aproximar do tipo de música que o agradava, não funcionou bem, ele teria que tentar algo menos...

A letra — ela tomou conta do ambiente e prendeu minha atenção, me pegou de jeito; por mais que teimasse e espernease eu não teria sido capaz de fugir do seu encanto. Ouvi a música, olhando para o fogo da lareira, e depois a ouvi com os olhos fechados. Quando terminou, eu a coloquei para tocar de novo e fiquei atenta ao que Isaac estava tentando me dizer.

Quando tirei o CD do aparelho e o enfiei de volta no envelope, minhas mãos estavam tremendo. Levei-o até a cozinha e o coloquei no fundo da gaveta de tralhas, debaixo do catálogo de uma loja de roupas e de uma pilha de contas presa por um elástico. Eu estava agitada. Não conseguia manter as mãos paradas e, por isso, mexia no cabelo, colocava-as dentro dos bolsos, puxava o lábio inferior. Precisava de uma desintoxicação. Me refugiei no escritório para absorver uma dose de solidão sem atrativos. Deitei-me no chão e olhei para o teto. O branco geralmente me acalmava, purificava-me, mas naquele dia as palavras daquela música me tocaram. *Vou escrever!*, pensei. Levantei-me e fui até a mesa. Uma nova página do *Word* se abriu diante de mim — em branco, imaculada — mas eu me dei conta de que não tinha nenhum pensamento que pudesse transportar para a tela. Sentei-me e olhei para o cursor, que parecia piscar para mim, impaciente, esperando que eu encontrasse as palavras: as únicas que eu podia ouvir eram as da música que Isaac Asterholder havia deixado no meu limpador de para-brisa. Elas invadiam o espaço em branco do meu pensamento de modo tão completo que fechei o computador com força e fui escadaria abaixo de volta à gaveta da cozinha. Puxei o CD de onde o havia guardado, debaixo do catálogo e das contas, e o atirei no lixo.

Eu precisava de alguma coisa que me distraísse. Quando olhei ao redor, a primeira coisa que vi foi a geladeira. Fiz um sanduíche com o pão e os frios que Isaac havia guardado no compartimento de vegetais e o comi sentada na bancada da cozinha, de pernas cruzadas. Apesar do seu papinho furado de: "Salve a terra reciclando lixo e usando automóveis híbridos sustentáveis", Isaac era louco por refrigerante. Na minha geladeira havia cinco tipos diferentes de bebidas gaseificadas, prejudiciais à saúde e repletas de açúcar. Peguei uma latinha vermelha e tirei a tampa. Bebi todo seu conteúdo, olhando a neve cair. Então, resgatei o CD da lata de lixo. E o ouvi dez vezes... Ou vinte? Não sei, perdi a conta.

Quando Isaac entrou pela porta da minha casa naquela noite, algum momento depois das oito horas, eu estava enrolada num cobertor diante do fogo, abraçando os joelhos. Meus pés descalços se moviam marcando o compasso da música. Ele parou de andar subitamente e ficou imóvel, olhando fixamente para mim. Eu não olhei para ele; continuei voltada para a lareira, mantendo o foco. Ele se dirigiu à cozinha. Eu o ouvi limpando a bagunça que tinha feito com o sanduíche. Momentos depois, ele voltou com duas canecas e me deu uma. Era café.

— Hoje você comeu. — Isaac se sentou no chão e apoiou as costas no sofá. Ele poderia ter se sentado no sofá, mas se sentou no chão comigo.

— É — respondi.

Ele continuou olhando para mim, e eu me contorci, bombardeada por seus olhos prateados. Então eu entendi o que ele tinha acabado de me dizer. Eu não me alimentava desde o dia da minha provação. Teria morrido de fome se não tivesse sido por Isaac. O sanduíche que eu havia preparado era a primeira atitude que eu tomava para sobreviver. O significado daquilo parecia ser sombrio e luminoso ao mesmo tempo.

Nós bebemos nosso café em silêncio, ouvindo as letras que ele havia me deixado.

— Quem é? — perguntei em voz baixa, humildemente. — Quem está cantando?

— O nome dela é Florence Welch.

— E o nome da música? — Dei uma discreta espiada no rosto dele. Vi-o acenar com a cabeça, num gesto ligeiro, como se aprovasse minha pergunta.

— *"Landscape."*

Eu tinha muito a dizer, milhares de palavras, mas as mantive bem presas na garganta. Falar não era meu forte. Meu forte era escrever. Fiquei mexendo na ponta do cobertor.

Pelo menos pergunte a ele como ele sabia.

Fechei os olhos com força. Era tão difícil. Isaac pegou minha caneca e se levantou para voltar à cozinha. Estava a meio caminho de lá quando o chamei.

— Isaac?

Ele virou a cabeça e olhou para mim, erguendo as sobrancelhas.

— Obrigada... Pelo café.

Ele fez que sim com a cabeça, franzindo os lábios. Nós dois sabíamos que não era aquilo que eu ia dizer.

Descansei a cabeça no meio dos joelhos e escutei *"Landscape"*.

17

SAPHIRA ELGIN. QUE TIPO DE ANALISTA SE APRE-
senta com o nome de Saphira? Aquilo era nome de stripper. E não de
qualquer stripper, de uma com marcas de agulha nos braços e cabelos loi-
ros mal tingidos e quebradiços. A doutora Saphira Elgin tinha braços lisos e esguios, cor de caramelo. As únicas coisas que os enfeitavam eram
braceletes dourados grossos, enfileirados desde o punho até o meio do
antebraço, numa elegante exibição de riqueza. Eu a vi escrever alguma
coisa no bloco de anotações; os braceletes retiniam delicadamente enquanto sua caneta riscava o papel. Eu classificava as pessoas com base
num dos cinco sentidos, e o sentido da audição era o que melhor se encaixava no caso de Saphira Elgin, pois havia som em seus movimentos. O escritório dela também produzia sons. Havia uma lareira acesa à nossa
esquerda, e a lenha crepitava sobre o fogo. Uma pequena fonte atrás do
ombro esquerdo dela jorrava água em pequena quantidade sobre pedras
em miniatura. No canto da sala, um pouco à frente da estante de livros de
nogueira e das poltronas cor de chocolate havia, diante da janela, uma
grande gaiola de latão. Cinco canários cantavam e pulavam de poleiro em
poleiro. A dra. Elgin parou de escrever no bloco de anotações, olhou para
mim e disse alguma coisa.

— Perdão. O que foi que disse?

Ela sorriu e repetiu a pergunta. A voz dela era rouca e tinha um sotaque que enfatizava fortemente os "r" que pronunciava. Ela dava a impressão de que estava ronronando.

— Querrro que me fale sobrrre sua mãe.

— O que minha mãe tem a ver com meu câncer?

Saphira cruzou as pernas num gesto elegante, produzindo um pequeno ruído farfalhante. Eu havia decidido chamá-la de Saphira e não de dra.

Elgin. Daquele modo seria possível fingir que não estava sendo psicanalisada por uma analista escolhida por Isaac.

— Senna, nas nossas sessões nós não vamos falarrr apenas do seu câncerrrr. Há mais em você do que uma doença.

Sim, há mesmo. Um estupro. Uma mãe que me abandonou. Um pai que fingia não ter uma filha. Pencas de relacionamentos ruins. Um relacionamento perdido...

— Tudo bem. A minha mãe, além de se mandar e abandonar a família, provavelmente também me passou essa *doença*. E essas duas coisas fazem com que eu odeie minha mãe.

A expressão no rosto de Saphira ficou impassível.

— Ela tentou entrrrar em contato com você depois de irrr emborrra?

— Uma vez. Depois da publicação do meu último livro. Ela me enviou um e-mail. Queria se encontrar comigo.

— E? Como foi que você respondeu?

— Não respondi. Não estava interessada. Essa história de perdão é para budistas.

— E o que você é, então? — perguntou ela.

— Uma anarquista.

Ela me observou por um momento antes de voltar a falar.

— Agora fale sobre seu pai. — *Agorrra fale comigo sobrrre seu pai.*

— Não.

A caneta dela fez mais rabiscos no bloco de anotações. Aquela ação produzia um ruído irritante. Ou talvez eu é que estivesse irritada.

Imaginei o que ela podia estar escrevendo: *Não quer falar sobre o pai. Abuso?* Não houve abuso. Na verdade, não houve absolutamente nada.

— Vamos falar do seu livro, então. — Ela puxou um livro de debaixo do bloco de anotações, um exemplar do meu último romance, e o colocou na mesa entre nós.

Eu deveria ficar surpresa por saber que ela possuía um exemplar, mas não fiquei. Quando fizeram um filme baseado no meu livro, pensei que não iria assisti-lo, mas assisti. Havia uma grande chance de transformarem meu livro num típico produto de entretenimento de padrão hollywoodiano. Ao menos aquilo me renderia uma boa publicidade. Houve uma pequena divulgação para o filme, mas a arrecadação na noite de estreia foi três vezes maior do que a esperada e, durante três semanas, foi dono da maior bilheteria do cinema, antes de ser desbancado por um daqueles filmes de super-herói da moda. O meu livro se tornou uma sensação da noite para o dia. E eu odiei aquilo. De uma hora para a outra, todo mundo estava prestando atenção em mim, bisbilhotando minha vida e fazendo perguntas sobre meu trabalho, que eu sempre fiz questão de manter confidencial. Por isso, comprei uma casa com o dinheiro que ganhei, mudei meu número de telefone e parei de responder e-mails. Durante algum tempo, fui uma das pessoas mais celebradas e requisitadas do mundo dos livros. Mas, naquele momento, era uma vítima de estupro e tinha câncer.

Eu odiava Isaac por ter me metido naquela situação. Odiava-o por ter me imposto aquela condição para concordar em realizar minha cirurgia. Cheguei a buscar cirurgiões que pudessem extirpar meu câncer na internet. Havia montes deles. Câncer estava na moda. Havia páginas na internet mostrando fotos dos médicos, dando detalhes sobre a formação de cada um e exibindo avaliações dos clientes. *Cinco estrelas para o dr. Stetterson, de Berkeley! Ele se deu ao trabalho de me conhecer como pessoa antes de me dissecar como se eu fosse um espécime vivo! Quatro estrelas para o dr. Maysfield. Simpatia não me pareceu seu forte, mas meu câncer sumiu.* Parecia uma droga de site de encontros. Que esquisito. Eu rapidamente dei a busca por encerrada e resolvi me consultar com a médica de malucos que Isaac me obrigou a ver.

Àquela altura dos acontecimentos, o único consolo que eu tinha era saber que Isaac seria meu cirurgião e eliminaria o câncer do meu corpo. Ele não era um estranho qualquer; era o estranho que havia dormido no meu sofá e me alimentado.

— Vamos falar do seu último relacionamento — disse Saphira.

— Por quê? Por que a gente precisa dissecar meu passado? Eu odeio isso.

— Para saber quem uma pessoa realmente é, acredito que você primeiro precisa saber quem foi essa pessoa.

Eu odiava a maneira como ela articulava as palavras. Uma pessoa normal não diria *"acredito que você primeiro precisa"*. Saphira misturava tudo. Confundia-me. Usava seus "r" arrastados como uma arma. Era um dragão que ronronava.

Diante da minha hesitação, ela voltou a rabiscar o papel com a caneta.

— O nome dele era Nick — disse, por fim. Peguei minha xícara de café, que até então não havia tocado, e a girei nas mãos. — Nós ficamos juntos por dois anos. Ele é escritor de ficção. Nos conhecemos num estacionamento. Rompemos porque ele queria se casar e eu não. — Havia alguma verdade naquilo. Era como salpicar adoçante artificial numa fruta amarga.

Eu me reclinei no assento, satisfeita por fornecer informação suficiente para aplacar a fome de Saphira, o Dragão. Ela ergueu as sobrancelhas, o que eu interpretei como sinal para continuar falando.

— É isso — disse num resmungo. — Eu estou bem. Ele está bem. Vida que segue. — Alisei minha mecha grisalha e voltei a prende-la atrás da orelha.

— Onde está o Nick agora? — Saphira perguntou. — Vocês mantêm contato?

— Ah, não — respondi, balançando a cabeça. — Tentamos manter durante algum tempo. Mas era doloroso demais.

— Para você ou para ele?

Olhei para ele sem entender. Rompimentos não eram sempre dolorosos para as duas pessoas envolvidas? Talvez não...

— Ele se mudou para São Francisco depois que publicou seu último livro. Mais tarde eu soube que ele estava morando com alguém. — Olhei para os passarinhos enquanto ela fazia anotações no caderno. Tive que dar as costas a ela para fazer aquilo, mas me senti bem; pareceu uma provocação velada.

— Você leu o livro dele?

Eu esperei um instante antes de me voltar novamente, tempo suficiente para melhorar minha expressão. Levei a mão à garganta e encaixei o dedo indicador e o polegar debaixo do queixo. Nick costumava dizer que dava a impressão de que eu estava tentando me estrangular toda vez que fazia aquilo. Acho que eu estava mesmo, de forma subconsciente. Tirei depressa a mão da garganta.

— Ele escreveu sobre mim... Sobre nós dois.

Eu pensei que isso seria o bastante, que desviaria a atenção dela e me permitiria respirar um pouco. Mas ela esperou pacientemente pela minha resposta. *Você leu o livro dele?* Os olhos cor de chocolate dela estavam cheios de determinação.

— Não, eu não li.

— Por que não?

— Porque não pude — retruquei. — Ler o livro para saber em detalhes como errei e parti o coração dele? Acho que não. — Dizer aquilo me pareceu justo. Os problemas que tive dois anos atrás com Nick eram um passeio no parque em comparação com o que se ocultava nas águas rasas da minha memória. — Ele me enviou um exemplar do livro. Faz dois anos que está em cima da minha mesa de cabeceira.

Olhei para o relógio torcendo para que o nosso tempo... Sim! Nosso horário tinha acabado. Fui rapidamente em direção à bolsa.

— Eu odeio isso — disse. — Acontece que meu estúpido cirurgião só aceitou me operar se eu conversasse com você.

Saphira fez um aceno positivo com a cabeça.

— Vejo você na quinta-feira — avisou ela.

Eu estava vestindo meu casaco e abrindo a porta para sair quando Saphira me chamou uma última vez.

— Senna.

Eu fiquei parada, com metade do braço dentro da manga do casaco.

— Leia o livro — disse ela.

Fui embora sem dizer sequer uma palavra de despedida. A dra. Elgin estava sussurrando baixinho quando a porta se fechou atrás de mim.

Era a primeira vez que eu saía de carro sozinha para ir a algum lugar. Levei o CD de Isaac e coloquei "Landscape" para tocar durante todo o caminho até minha casa. Aquela música me acalmava. Por quê? Eu adoraria saber. Talvez Saphira pudesse me explicar um dia desses. Aquela música tinha palavras ligadas a ela; era a única daquele tipo que eu possuía, e sua batida não era exatamente tranquilizadora. Muito pelo contrário.

Quando cheguei em casa, levei o CD para dentro comigo. Após deixá-lo na bancada da cozinha, subi as escadas. Não tinha a intenção de dar ouvidos a nada do que Saphira Elgin tinha dito, mas quando vi a capa do livro de Nick na mesa de cabeceira, eu o peguei. Foi um reflexo — nós havíamos falado sobre o livro, e agora ele estava ali, ao meu alcance. Uma fina camada de poeira cobria a capa. Limpei o pó com a manga do casaco e examinei a contracapa em busca de informações. A capa não fazia o estilo de Nick, mas não cabia aos autores decidirem que tipo de capa seus livros ganhariam. A editora contava com uma equipe para a realização daquele trabalho que se reunia para trocar ideias e buscar inspiração numa sala de conferências sem janelas e com uma máquina de café — pelo menos foi isso que meu agente disse. Se procurasse alguma influência de Nick na capa, não seria capaz de encontrá-la. Ela parecia uma imagem aumentada de penas de pássaro: penas brancas, pretas e cinza. O título era inclinado e estampado em letras brancas grossas: *Amarrado*.

Abri na página da dedicatória. Tempos atrás, quando tentei ler o livro, eu só consegui chegar até aquela página antes de fechá-lo de vez.

PARA VR

Respirei pela boca, pressionando os dedos na página aberta como se estivesse me preparando para realizar algum esforço físico. Minha mente se concentrou de novo na dedicatória, carinhosamente.

PARA VR

Eu virei a página.

"Capítulo um

Você não precisa ser sozinho. No entanto, é nessa condição que nós nascemos...."

Minha campainha soou. Fechei o livro, coloquei-o na mesa de cabeceira e desci as escadas para abrir a porta. Pelo visto, eu jamais conseguiria ler a droga do livro.

— Preciso mandar fazer uma chave para você — disse a Isaac.

Ele estava parado na porta, esperando, com os braços cheios de sacolas de compras do mercado. Dei um passo para o lado para deixá-lo passar. Foi um comentário sarcástico, mas nós tínhamos liberdade suficiente para aquilo.

— Não posso ficar — avisou ele, colocando os pacotes sobre a bancada da cozinha. Senti uma leve picada no peito, como se uma abelha estivesse vagando dentro da minha cavidade torácica. Quis perguntar a Isaac por que, mas obviamente não o fiz. Não era da minha conta aonde ele iria, nem com quem iria.

— Você não precisa mais fazer isso — disse. — Vi a dra. Elgin hoje. Fui até lá dirigindo. Eu... Eu estou bem.

Ele estava vestindo uma jaqueta de couro marrom, e pude perceber o abatimento em seu rosto. Não parecia que Isaac tinha vindo do hospital. Quando vinha de lá, ele sempre trazia consigo um leve cheiro de antisséptico. Naquele dia, havia somente o cheiro da loção pós-barba. Ele esfregou a barba por fazer com as pontas dos dedos.

— Eu agendei sua cirurgia para daqui duas semanas. Assim você poderá ter mais algumas sessões com a dra. Elgin.

Meu primeiro impulso foi tocar nos seios para senti-los. Eu jamais fui uma daquelas mulheres que se orgulhavam do tamanho dos seios. Eu tinha seios, ponto. Na maior parte do tempo, eu os ignorava. Porém, agora que eles seriam tirados de mim, meu instinto de autopreservação começava a se manifestar.

Fiz que sim com a cabeça.

— Eu gostaria que você continuasse a se consultar com ela... Depois...
— ele hesitou, e eu desviei o olhar.

— Certo. — Mas eu não tinha a intenção de fazer aquilo.

Isaac tocou os dedos no granito da bancada.

— Certo — repetiu ele. — A gente se vê em breve, Senna.

Comecei a desempacotar as compras. No começo, não senti nada. Só tirei das sacolas caixas de massa, frutas... E guardei. Então senti algo. Uma irritação. Aquela sensação começou a me perturbar e a me atormentar cada vez mais, até que fiquei tão frustrada que atirei longe um pacote de torradas. O pacote bateu na parede, e eu olhei para o lugar onde ele aterrissou, tentando detectar o som da minha emoção. *Som*. Corri até a sala de estar e coloquei Florence Welch para tocar. Ela havia cantado sua música para mim sem parar durante dias. Àquela altura, sua voz real já estaria esgotada, mas a voz gravada chegava aos meus ouvidos sem falhas. Possante.

Como Isaac podia saber que aquela música, aquelas palavras, aquela voz atormentada falaria com tanto significado com meu coração?

Eu o odiava.

Eu o odiava.

Eu o odiava.

18

SÓ VOLTEI A VER ISAAC POUCOS DIAS ANTES DA cirurgia. Por outro lado, vi a Dra. Elgin até não poder mais. Eu a via três vezes por semana, conforme meu cirurgião havia me pedido. Foi como tentar enquadrar uma vida inteira de terapia em seis sessões. Usando seus olhos e os seus braceletes tilintantes, ela disparava comandos para que eu continuasse falando: *conte-me mais, conte-me mais.* Cada vez que eu me afundava no divã dela, a minha autoestima afundava um pouco mais. Eu não era assim. Estava me abrindo, como se costuma dizer; falando da minha intimidade, revelando detalhes sobre a minha vida. Saphira Elgin enfiava os seus dedos pela minha garganta e me fazia vomitar palavras. Eu descobri que coisas privadas eram, em grande parte, desagradáveis. Elas ficavam se estragando nos cantos do nosso coração por tanto tempo que, quando finalmente resolvíamos acessá-las, tínhamos que lidar com material rançoso. E foi isso que eu fiz; despejei todas as minhas coisas pútridas sobre Saphira, e ela absorveu cada uma delas. Parecia que quanto mais Saphira Elgin absorvia de mim, menos de mim restava. Tentei ser engraçada algumas vezes, só para poder ouvir a sua risada sarcástica. Ela ria de coisas inapropriadas, e algumas vezes até de coisas toscas. Havia dias em que eu gostava muito dela, mas, em outros, eu a odiava.

No final de cada sessão, o Dragão Saphira ronronava a mesma coisa:

— Leia o livro do Nick. Isso vai dar perrrrspectiva a você. Vai lhe dar um desfecho, um encerrrramento.

Então, eu voltava para casa determinada a fazer a leitura, mas toda vez que abria na página da dedicatória e me deparava com a frase *PARA VR*, fechava o livro rapidamente.

A página da dedicatória começava a parecer gasta e cheia de marcas de dedos.

Esperei até a nossa última sessão para contar a ela sobre o estupro. Não sei dizer por que fiz isso; talvez porque o estupro tenha sido a última coisa que aconteceu comigo, além do câncer. Talvez eu tivesse um expediente cronológico para lidar com os eventos; um recurso de escritora para resolver problemas. A despreocupação dela com relação a esse fato — o estupro que sofri — foi o que finalmente me conquistou. Foi como se, durante todas as consultas que tive com Saphira, eu estivesse contando os dias até o momento em que teria de falar sobre o estupro, temendo a piedade que eu teria de ver estampada nos olhos dela. Mas não havia nenhum vestígio de piedade no olhar de Saphira.

— Coisas da vida — ela disse. — Coisas ruins acontecem, porque o mal existe no mundo em que vivemos. — E então ela me fez uma pergunta bem estranha: — Você culpa Deus pelo que aconteceu?

Nunca me havia ocorrido responsabilizar Deus por nada, já que eu não acreditava nele.

— Eu culparia Deus se acreditasse nele. Acho que é mais fácil não acreditar, então não faria sentido eu me zangar com ele.

Ela sorriu. Um sorriso malicioso, felino. E então tudo terminou, e eu me tornei uma mulher livre. Meu purgatório terminara. Agora Isaac me operaria. Eu ficaria livre do câncer, livre para seguir em frente sem medo. Ou sem tanto medo, pelo menos.

Naquela noite meus pesadelos começaram novamente — mãos me puxando e me empurrando. Dores e humilhação. Sentimento de pânico e de impotência. Acordei gritando, mas Isaac não estava ali. Tomei uma chuveirada para expulsar de mim o pesadelo, e sentia todo meu corpo tremer debaixo da água fervente. Não consegui voltar a dormir com aquelas imagens tão frescas na minha mente, então fui para o escritório e me sentei à minha mesa, fingindo escrever o livro que meu agente estava esperando. O livro para o qual eu não tinha palavras.

Cinco dias antes da cirurgia, eu me vesti para ir até o hospital fazer uma consulta pré-operatória. Era início da tarde. Estávamos em março, e o sol havia lutado durante uma semana para abrir espaço entre as nuvens. Naquele dia, o céu estava totalmente azul. O sol me aborrecia, e pensar nisso me fazia lembrar das coisas que Nick costumava dizer sobre mim. *Tudo em você é cinza. Tudo o que você ama, o modo como vê o mundo.* Saí de casa e fui até o carro, desviando-me das poças de água da chuva que haviam se formado no dia anterior. Pareciam conchas de ostra, multicoloridas devido ao contato com o óleo do meu carro ou do carro de Isaac. Quando cheguei à porta do motorista, vi um pequeno envelope de papelão preso debaixo do limpador de para-brisa. Olhei para trás antes de pegá-lo. Por quanto tempo havia ficado ali? A noite inteira? Ou teria sido colocado pela manhã? Por que ele não tocou a campainha?

Com uma ponta de excitação, entrei no carro e tirei o CD do envelope. Dessa vez, Isaac havia escrito o nome da música no disco com tinta de marcador permanente vermelha. "Kill Your Heroes", da banda Awolnation. Minhas mãos tremiam quando coloquei o CD para tocar.

Escutei a música com os olhos fechados, e me perguntei se era dessa maneira que as pessoas ouviam músicas com letra. Quando a última nota soou, liguei o carro e dirigi até o hospital, reprimindo um sorriso. Eu esperava algo que me tocasse fundo na alma, como a música de Florence Welch. O título e sua referência ao grande Oscar Wilde foram o bastante para me fazer sorrir, mas a letra — que poderia parecer insensível a qualquer outra pessoa que lutasse contra o câncer — me encheu de ânimo. Tão gloriosamente mórbida.

Escutei a música mais uma vez, e acompanhei o ritmo tamborilando com os dedos no volante enquanto dirigia.

Eu estava sentada na sala de exames e vestida com roupa de hospital quando Isaac entrou, acompanhado de uma enfermeira, da Dra. Akela e do cirurgião plástico que eu havia visto poucas semanas atrás — acho que o nome dele era Dr. Monroe, ou talvez fosse Dr. Morton. Isaac estava vestindo roupa cirúrgica embaixo do seu jaleco branco. Eu pude observá-lo por um momento enquanto ele examinava o meu prontuário. A Dra. Akela estava sorrindo para mim, parada bem ao lado de Isaac. O dr. Monroe/Morton parecia entediado.

Isaac finalmente olhou para mim.

— Senna — ele disse.

A Dra. Akela lançou um olhar para Isaac ao ouvi-lo me chamar pelo primeiro nome. Imaginei se era com ela que Isaac estava quando não estava comigo. Se eu fosse um homem, também iria querer ficar com a Dra. Akela. Que linda companhia ela seria. Concluí que o sentido dela era a visão. Tudo o que dizia respeito a ela estava fortemente ligado aos olhos: o modo como ela se movia, o modo como olhava, o modo como cada movimento do seu corpo parecia falar por ela.

Isaac pediu que eu me sentasse.

— Vamos dar uma olhada em você.

Ele desamarrou delicadamente a parte de trás do meu traje de hospital, e depois se afastou para que eu mesma terminasse de abri-lo. Em um esforço para não demonstrar meus sentimentos, olhei diretamente para a frente quando o ar frio tocou a minha pele.

— Deite-se, Senna — ele pediu gentilmente. Eu me deitei. Olhei fixamente para o teto enquanto sentia as mãos dele em mim. Ele examinou os dois seios, e seus dedos apalparam em torno do caroço do lado direito. O toque dele era suave, mas profissional. Se qualquer outra pessoa estivesse me tocando, eu teria me desvencilhado na hora e depois teria saído correndo da sala. Quando terminou, sentei-me novamente com a ajuda de Isaac, que voltou a amarrar a minha roupa. Vi a Dra. Akela observando-o novamente.

— Os seus exames estão bons — ele disse. — Está tudo preparado para a cirurgia na próxima semana. O Dr. Montoll veio com a gente para poder explicar algumas coisas sobre reconstrução para você. — *"É isso, Montoll!* — E a Dra. Akela gostaria de repassar alguns aspectos dos tratamentos com radioterapia.

— Eu não vou precisar falar com o Dr. Montoll — respondi.

Isaac estava verificando o meu prontuário, mas olhou imediatamente para mim quando me ouviu.

— Você vai querer conversar sobre a cirurgia de reconstrução das...

— Não — eu disse. — Não vou.

Dr. Montoll, o cirurgião plástico, adiantou-se para falar. Já não parecia mais tão entediado como antes.

— Sra. Richards, se nós inserirmos os expansores agora, a sua reconstrução va...

— Não estou interessada em reconstrução — eu disse com desdém. — Vou passar pela mastectomia e depois vou para casa sem os expansores. É a minha decisão.

O Dr. Montoll abriu a boca para falar, mas Isaac tomou a dianteira e encerrou a questão:

— A paciente já tomou a decisão dela, doutor.

Isaac estava olhando diretamente para mim quando disse isso. Franzi os lábios e balancei ligeiramente a cabeça num gesto de agradecimento.

— Se os meus serviços não são mais necessários, eu peço licença a todos — o Dr. Montoll disse antes de se retirar da sala.

Olhei para as minhas mãos. A Dra. Akela se sentou na beirada da minha cama. Nós conversamos por alguns minutos sobre a radioterapia à qual eu teria de me submeter depois da cirurgia. Seis semanas. Tive que reconhecer o tato e os bons modos dela; era uma pessoa calorosa e solidária. Quando estava de saída, ela tocou de leve na parte de trás do braço de Isaac. *Ele é meu.*

Isaac esperou até que a porta se fechasse completamente, e então se aproximou mais de mim. Respirei fundo e me preparei para mais uma rodada de perguntas, mas não era isso o que ele tinha em mente.

— Pode se trocar agora — Isaac disse. — Gostaria de almoçar comigo?

Isso me pegou de surpresa.

— Mas não é conflito de interesses? Almoçar com um paciente?

— É, sim. — Ele sorriu. — Não poderemos comer na lanchonete do hospital, teremos que ir a outro lugar.

Eu quase disse *não*, mas então a letra da música que Isaac tinha deixado no meu carro voltou à minha cabeça. Quem daria a uma pessoa com câncer uma música com uma letra que dizia "Não se preocupe, todo mundo vai acabar morrendo"?

Eu gostei disso. Era honesto.

— Tudo bem, vamos — concordei.

Ele olhou para o seu relógio.

— Vamos nos encontrar no estacionamento em dez minutos?

Fiz que sim com a cabeça, me vesti e desci as escadas.

— O meu carro está daquele lado — Isaac disse quando o encontrei no estacionamento. Ele já estava sem o jaleco, e vestia uma camisa branca e uma calça cinza com listras. Eu o segui até o carro dele, e ele abriu a porta para mim. Foi a gota-d'água. Eu surtei.

— Não posso fazer isso — eu disse, me afastando do carro. — Me desculpe. Preciso ir para casa.

Não olhei para trás enquanto percorria a distância até o meu carro.

Isaac provavelmente achou que eu estava perdendo o juízo. E havia uma boa chance de que eu estivesse mesmo.

Isaac esperava por mim quando cheguei em casa poucas horas mais tarde, encostado em seu carro e olhando para o alto. *Aproveite bastante, Isaac,* eu pensei. *Amanhã as minhas nuvens estarão de volta.* Por um segundo eu considerei a possibilidade de não entrar na calçada da minha garagem e de seguir viagem até o Canadá em vez disso. Mas eu já havia dirigido por horas a fio, e a agulha do marcador de combustível mostrava que o tanque estava quase vazio. Eu queria ir para casa. Passei por ele enquanto me dirigia para a porta da frente. Assim que nós entramos em casa eu comecei a falar.

— Por que você não me perguntou por que eu não quis a cirurgia de reconstrução?

— Porque se você quisesse dizer, você diria.

— Nós não somos amigos, Isaac!

— Não?

— Eu não tenho amigos. Não percebeu isso ainda?

— Sim, eu percebi — ele respondeu.

Esperei que ele falasse mais alguma coisa, mas não disse nada. Eu vestia um casaco azul-marinho por cima da minha camisa. Tirei o casaco e o arremessei sobre o sofá. Depois, puxei o meu cabelo para cima, segurei-o e o prendi.

— Por que você está aqui?

— Quero que você fique bem — ele disse, olhando para mim.

Eu não aguentei. Subi correndo as escadas. Eu estava enlouquecendo. Sabia que estava. Pessoas normais não fugiam de repente no meio de uma conversa. Pessoas normais não deixavam estranhos dormirem no sofá de casa.

Dois anos atrás, eu comprei uma bicicleta ergométrica de uma viúva de oitenta e um anos com cabelo cor-de-rosa chamada Delfie. Ela pôs um anúncio para vender a bicicleta depois de ser submetida a uma cirurgia de substituição de quadril; já não podia mais "usar direito a porcaria", nas suas próprias palavras. Fui buscar a bicicleta no mesmo dia em que telefonei para a mulher. Depois de todo o aborrecimento de ter que carregar a bicicleta escada acima, eu não cheguei a usá-la de fato.

Fui até a bicicleta, que estava pegando poeira no canto do meu quarto, e subi nela. Tive que mudar a altura do assento, que havia sido ajustada para o uso de Delfie. Pedalei até as minhas pernas ficarem moles como gelatina. Estava ofegante quando saí do aparelho; meus pés descalços doíam devido ao contato com o plástico duro dos pedais. Apoiando as laterais dos pés no chão, caminhei até o criado-mudo. Abri com o dedinho a capa de *Amarrado*.

PARA VR

Fechei o livro e desci as escadas rumo ao andar de baixo para ver o que Isaac estava fazendo para o jantar.

19

A SORTE FAVORECE O FORTE. REPETIA ISSO PARA mim mesma enquanto eles me preparavam para a cirurgia. Só que eu repetia a citação no original em latim: *fortes fortuna juvat... fortes fortuna juvat... fortes fortuna juvat.* Mantras soavam melhor em latim. Se você repetir qualquer frase na culta e sofisticada linguagem que a maioria dos filósofos antigos usava, vai parecer um verdadeiro gênio. Mas se disser a mesma frase no seu próprio idioma, parecerá um bobo. Quem escreveu isso? Um filósofo. Tentei lembrar o nome dele, mas não consegui. *Você precisa se controlar*, eu disse a mim mesma. Procurei me concentrar em alguma outra coisa, algo que pudesse fortalecer a minha decisão. Eu sabia que a Bíblia dizia algo a respeito de cortar fora o seu olho se ele o ofendesse. Eu estava cortando fora os meus seios. Refleti que era movida pela coragem e também pelo sentimento de ofensa. Isso não importava... na maioria das vezes, a coragem se resumia a nada mais do que um forte senso de dever que se infiltrava em um senso ainda mais forte de loucura. Todas as pessoas corajosas eram um pouco malucas. Tentei me concentrar em alguma outra coisa para não ter que pensar na minha própria loucura. Havia uma enfermeira tirando o meu sangue.

As enfermeiras eram muito atenciosas, até mesmo quando enfiavam agulhas no meu corpo. *Ah, querida, me desculpe... Você tem veias finas. Vai sentir só uma picada rápida.* Fui aconselhada a fechar os olhos, como se eu fosse uma criança. Uma delas conseguiu encontrar a veia certa no meu braço sem dificuldade. Eu me perguntei se Isaac havia pedido a elas que cuidassem bem de mim. Me pareceu uma atitude que ele tomaria. O quarto do hospital era branco. Graças a Deus. Eu poderia pensar com tranquilidade sem as cores para perturbar meu equilíbrio. Isaac apareceu para me examinar. Eu estava tentando permanecer forte quando ele se sentou na beirada da cama e olhou para mim de um modo amável.

— Por que você parou de tocar música? — Minha voz falhou na última palavra. Eu precisava de alguma coisa para me distrair. Algo verdadeiro dito por Isaac.

Ele levou algum tempo para assimilar a pergunta.

— Há duas coisas que eu amo nesse mundo, Senna.

Engoli em seco. Pensei que ele fosse me contar algo a respeito de uma mulher. Alguém que ele havia amado, alguém por quem ele havia abandonado até mesmo a música. Em vez disso, Isaac me surpreendeu.

— Música e medicina — ele disse.

Sentei-me na cama e apoiei a cabeça nos travesseiros para ouvi-lo falar.

— A música me estimula a ser destrutivo, contra mim mesmo e contra todos à minha volta. A medicina salva vidas. Por isso, escolhi a medicina.

Tão trivial. Tão simples. Eu me perguntei o que aconteceria comigo se eu desistisse de escrever. Se escolhesse alguma outra coisa e deixasse de lado o que eu tanto adorava fazer.

— A música também salva pessoas — eu disse. Não sabia disso por experiência própria, mas eu era escritora e era meu trabalho buscar saber o que se passava na mente das pessoas. E algumas já haviam me dito isso.

— Não no meu caso — ele respondeu. — Ela me torna destrutivo.

— Mas nem por isso você parou de ouvir música. — Pensei nas músicas dele. Naquelas que ele deixou para mim e nas que ele punha para tocar em seu carro.

— É verdade. Mas eu não faço mais música. Nem me deixo mais levar por ela.

Eu não conseguia disfarçar o meu desejo de saber mais. Isaac percebeu isso.

— Como alguém pode se deixar levar pela música?

Ele sorriu com malícia e olhou para a injeção intravenosa no meu braço.

— Que drogas eles deram a você? — ele disse em tom de brincadeira.

Fiquei quieta, pois receava que dar continuidade à piada mudasse o rumo da conversa e, então, ele não me daria a resposta que eu esperava.

— A coisa acaba tomando conta de você. O ritmo, as letras, as harmonias... o estilo de vida — ele acrescentou. — Chega um momento em que ou você se afasta ou é dominado.

Fiz silêncio por alguns instantes, processando as palavras dele.

— Você excluiu da sua vida a experiência com a música?

— Não. — Ele sorriu. — A música ainda faz parte de mim. Só que deixou de ser o objetivo principal da minha vida.

— O que você tocava?

Isaac pegou a minha mão e a virou, deixando o lado de dentro do meu pulso voltado para cima. Depois, com o dedo indicador e o médio, começou a dar batidinhas ritmadas no meu pulso. Fez isso por um minuto pelo menos. E então eu entendi.

— Você era baterista.

Eu tinha outra pergunta na ponta da língua, mas desisti de formulá-la quando a enfermeira entrou no quarto. Isaac se levantou, e eu me dei conta de que a nossa conversa tinha terminado. Reproduzi na minha mente o ritmo que ele havia tamborilado no meu pulso, enquanto a enfermeira vestia um capuz na minha cabeça. A qual música pertencia o ritmo que ele improvisou? Talvez fosse de uma daquelas músicas que ele tinha deixado no meu para-brisa.

— Vou explicar os passos do procedimento para você — ele disse, abaixando minha roupa de hospital. — Depois a Sandy vai levar você até a sala de cirurgia.

Em questão de segundos, ele deixou de ser Isaac, o homem, para se tornar Isaac, o médico. Ele me disse onde iria fazer as incisões, desenhando-as nos meus seios com uma caneta preta. Também relatou o que pretendia fazer durante o procedimento. A voz dele era firme, profissional. Enquanto Isaac falava, lágrimas começaram a escorrer pelo meu rosto e pelo meu cabelo, como uma silenciosa, porém vigorosa, cacofonia emocional. Era a primeira vez que eu chorava, desde a infância. Eu não chorei quando a minha mãe me abandonou, nem quando fui estuprada, nem quando descobri que o câncer estava corroendo o meu corpo. Não chorei nem mesmo quando tomei a decisão de cortar fora a própria essência do meu ser feminino, do que me tornava uma mulher. Mas chorei quando Isaac "tocou bateria" no meu pulso e me disse que teve de desistir do instrumento antes que fosse destruído por ele. Quem é que pode entender? Talvez a declaração dele tenha sido a gota que faltava. Como se alguma coisa mais profunda tivesse derrubado a última pedra que continha a barragem.

Isaac viu as minhas lágrimas, mas não prestou atenção a elas. Eu fiquei grata por isso, tão grata. Eles me levaram para a sala de cirurgia, e o anestesista me saudou chamando-me pelo nome. Pediram-me para fazer contagem regressiva a partir de dez. A última coisa que vi antes de perder a consciência foi Isaac, que me olhava bem nos olhos, atentamente. Como se estivesse me pedindo para viver.

— Senna... Senna...

Eu escutei a voz dele me chamando. Meus olhos pareciam pesados. Quando eu os abri, Isaac estava em pé junto a mim. Senti um alívio desconcertante ao vê-lo.

— Olá — ele disse brandamente.

Pisquei para ele, tentando recuperar a clareza da minha visão.

— Tudo correu bem — ele informou. — Agora, precisa descansar. Vou voltar mais tarde para falar com você sobre a cirurgia.

— O tumor foi tirado? — Perguntei num fio de voz. Isaac cheirava a café quando se inclinou na minha direção. Ele falou bem junto ao meu ouvido, como se estivesse me contando um segredo.

— Eu acabei com ele.

Mal consegui acenar que sim com a cabeça antes de fechar novamente os olhos. Caí no sono querendo tomar café e desejando que as minhas pálpebras não estivessem tão pesadas, pois assim eu poderia olhar para o rosto dele mais um pouco.

Quando eu acordei, havia uma enfermeira no meu quarto checando meus sinais vitais. Ela era loira e tinha as unhas das mãos pintadas de rosa. Unhas lisas e brilhantes como balinhas. Ela sorriu para mim e disse que o Dr. Asterholder já havia sido chamado e chegaria em breve. Ele chegou poucos minutos depois, e se sentou na beirada da minha cama. Eu o vi pegar uma jarra de água, entornar o líquido em um copo e aproximar o canudo dos meus lábios. Eu bebi.

— Eu retirei três gânglios linfáticos. Nós fizemos testes para saber até que ponto o câncer se alastrou. — Ele fez silêncio por um instante. — Você tomou a decisão certa, Senna.

Senti um aperto no peito. Como ele conseguiu obter os resultados tão rápido? Quis estender a mão e tocar as bandagens, mas doía demais.

— Agora você precisa descansar. Tem mais alguma coisa que você queira?

Fiz que sim com a cabeça. Quando comecei a falar, minha garganta parecia queimada e minha voz soou estranha.

— Há um livro no meu criado-mudo, ao lado da minha cama. Pode pegá-lo da próxima vez que for à minha casa e trazê-lo para...

— Trarei o livro para você amanhã — ele respondeu. — Seu celular está ali. — Isaac apontou para a mesa ao lado da minha cama. Eu não precisava de um celular, por isso nem olhei. — Tenho que ver outros pacientes. Me chame se precisar de algo.

Fiz que sim com a cabeça e, no fundo, desejava que ele deixasse um cartão de visitas como nos velhos tempos.

Conforme havia prometido, no dia seguinte Isaac me trouxe o livro de Nick. Eu o segurei nas mãos durante um longo tempo, até que uma enfermeira o colocasse na minha mesa de cabeceira. É difícil abandonar velhos hábitos.

Isaac veio me ver depois que seu turno terminou. Já não estava mais de jaleco; vestia calça jeans e camiseta branca. As enfermeiras trocaram olhares de aprovação quando ele entrou no quarto vestido dessa maneira. Isaac parecia mais um baterista do que um médico. Ele se sentou na minha cama. Mas não era um médico dessa vez; era um baterista. Eu me perguntei se o baterista Isaac era muito diferente do médico Isaac. Ele pegou o livro de cima do criado-mudo e o girou nas mãos. Contemplei as tatuagens no antebraço dele. Parecia estranho ver o livro de Nick nas mãos de Isaac. Ele examinou o exemplar por alguns momentos.

— Senna, quer que eu o leia para você?

Eu não respondi, e então ele abriu o livro no primeiro capítulo. Passou batido pela página de dedicatória, sem nem tomar conhecimento dela. *Bravo*, eu pensei. *Ponto para você.*

Quando ele começou a ler, eu quis gritar para que parasse. Fiquei tentada a tapar os ouvidos, em uma tentativa de recusar as injúrias de um livro que havia sido escrito para me fazer sofrer. Mas não fiz nada disso. Em vez disso, fiquei ouvindo enquanto Isaac Asterholder lia as palavras que o amor da minha vida tinha escrito para mim. E essas palavras eram as seguintes...

1

O LIVRO DE NICK

VOCÊ NÃO PRECISA SER SOZINHO. NO ENTANTO, É NESSA condição que nós nascemos. Somos estimulados, durante a vida, a acreditar que a nossa metade da laranja nos espera em algum lugar. Como existem cerca de seis bilhões de pessoas habitando o nosso planeta, a probabilidade é de que uma delas esteja destinada a você. Para encontrar essa pessoa, para encontrar a sua outra metade, ou o seu grande amor, você tem que levar em conta as trajetórias divergentes, as vidas que se entrelaçam, o suave sussurro de uma alma reconhecendo a outra.

Eu encontrei a minha cara-metade. Ela não era o que eu esperava. Se alguém gerasse a alma de uma mulher a partir de grafite, depois a banhasse em sangue e, então, a fizesse rolar sobre as mais macias pétalas de rosa, ainda assim não chegaria nem perto do complicado ser que era a minha cara-metade.

Eu a conheci no último dia de verão. Pareceu apropriado que eu conhecesse uma filha do inverno enquanto o último raio de sol atravessava o céu de Washington. Na semana seguinte choveu muito, choveu sem parar. No entanto, fazia sol no dia em que eu a conheci, e ela estava parada sob o sol; e mesmo atrás de óculos escuros ela apertava os olhos, como se fosse alérgica à luz. Eu estava levando o meu cachorro para passear num movimentado parque no Lago Washington. Nós havíamos acabado de dar meia-volta para ir para casa quando parei e olhei para ela. Ela era magra — provavelmente uma corredora. E estava vestindo um tipo de roupa mais longo que um suéter e mais curto que um vestido. Seria um vestido-suéter? Segui a linha das pernas dela até chegar às botas camufladas. Ela devia gostar muito dessas botas, pois aparentavam estar gastas e bem confortáveis nos pés da dona. Eu adorei aquelas botas para ela. E nela. Eu queria estar nela. Um pensamento rude tipicamente masculino, que eu teria vergonha de dizer em voz alta. Uma bolsa carteiro pendia ao lado de sua perna esquerda, presa por uma alça que cruzava o peito. Eu me considerava um homem ousado, mas não tão ousado a ponto de me aproximar de uma mulher cujos gestos corporais avisavam "me deixem em paz". Mas eu fui até ela. E quanto mais perto eu chegava, mais estranha ela se mostrava.

Ela não me viu... estava ocupada demais olhando a água, como se estivesse perdida nessa contemplação. Como poderia um homem sentir ciúme da água? Era exatamente isso que eu queria investigar.

— Oi — eu disse assim que me coloquei diante dela. Ela não olhou de imediato e quando olhou, sua expressão era de indiferença. Sem perder tempo, eu fui ao ataque. — Sou escritor e, quando vi você aqui, fiquei tentado a pegar um papel e começar a escrever. Isso me faz achar que você é a minha musa. E também me faz achar que eu preciso falar com você.

Ela sorriu para mim, e esse gesto pareceu demandar muito esforço de sua parte. Talvez não estivesse muito acostumada a sorrir e seus músculos faciais destreinados não colaborassem.

— Essa é a melhor cantada que eu já recebi — ela respondeu.

Eu não tinha me dado conta de que estava aplicando uma cantada. Era verdade, uma constrangedora verdade. Reagi enrugando os lábios como se estivesse chupando um limão. Olhei para a bolsa gasta que ela carregava.

— O que é isso na sua bolsa? — perguntei. Eu estava começando a perceber algo peculiar com relação a ela. Como se eu soubesse o que era antes que ela me dissesse.

— Um computador.

Eu descartei a possibilidade de que ela fosse estudante. Como demonstrava muita atitude, pensei nela como alguém que trabalhava por conta própria.

— Você também é escritora — eu disse.

Ela fez que sim com a cabeça.

— Então nós falamos a mesma língua — comentei. Uma mecha grisalha no meio do cabelo castanho dela chamou a minha atenção. Parecia mais uma prova de que ela era feita sob medida para o inverno.

— Você é John Karde — ela disse. — Já vi a sua fotografia. Na Barnes & Noble.

— Bom, isso é embaraçoso.

— Só se eu não gostasse de literatura voltada para mulheres — ela respondeu. — Mas eu gosto.

— É o que você escreve?

Ela balançou a cabeça numa negativa, e eu juro que vi um brilho prateado dançar sob o pôr do sol.

— Estou trabalhando no meu primeiro livro de ficção. Parece uma tarefa monstruosa.

— Vamos falar sobre isso durante o jantar — sugeri. Eu não conseguia tirar os olhos dela. É claro que sua beleza era estonteante, mas não se tratava apenas disso. Ela era como uma casa sem janelas. Você pode enlouquecer dentro de um lugar assim. E eu queria entrar.

Ela olhou para o meu cachorro.

— Eu posso deixá-lo em casa. Fica no caminho para a cidade.

Ela hesitou por um instante, consultou o relógio e, então, concordou com um aceno de cabeça. Nós caminhamos em silêncio por alguns quarteirões. Ela manteve a cabeça baixa, olhando para a calçada e ignorando o resto do mundo. Eu me perguntei se ela gostava das fendas no chão, ou se apenas não queria fazer contato visual com as pessoas por quem passávamos. Esse nosso passeio silencioso poderia ter sido desagradável, mas não foi. Comecei a suspeitar de que ela fosse uma mulher de poucas palavras. As musas muitas vezes falam com os olhos e com o corpo. O poder que elas carregam é eletrizante. Suas sinapses são dinamite pura.

Embora eu a tivesse convidado a entrar, ela esperou na calçada da minha garagem, cutucando com o pé uma erva daninha que havia escapado asfalto acima. Eu não era muito bom com jardinagem. Meu quintal parecia negligenciado. Levei Max até a entrada de casa e abri a porta que eu nunca trancava. Parei diante da tigela de água dele e a enchi até o topo debaixo da torneira, enquanto ele me observava. Max conhecia a minha rotina com mulheres. Eu a levaria para jantar, diria coisas sobre o meu trabalho como escritor e a minha paixão, e depois nós voltaríamos para cá. Antes de sair novamente de casa, ajeitei o cabelo com as mãos, peguei um chiclete e saí para a rua fria. Ela não estava mais lá. Foi então que percebi que não cheguei a perguntar o nome dela em momento algum. E nunca realmente disse a ela o meu nome — não meu nome verdadeiro, pelo menos. Abri com cuidado a embalagem do chiclete e prendi a tira amarela entre meus dentes. Guardei no bolso o pedaço de papel, olhando com atenção cada canto da rua, em busca de algum sinal dela. Eu havia acabado de perder uma garota que queria muito conhecer. Isso não era nada bom.

2

O LIVRO DE NICK

ELA VOLTOU. DOIS DIAS DEPOIS. PELA JANELA DA MINHA
sala de estar pude vê-la de pé no mesmo lugar em que eu a havia deixado, olhando para a minha casa como se fosse alguma visão saída de um pesadelo. Raios de sol a iluminavam na última vez em que eu a vi. Agora, porém, estava chovendo. Ela usava uma capa de chuva branca, e a água que escorria da borda do capuz pingava no rosto dela. Eu podia ver sua mecha de cabelo prateada colada na bochecha. Observei-a pela janela por alguns minutos, só para ver o que ela faria. Ela parecia estar presa ao chão. Decidi sair em seu resgate. Caminhando descalço pela calçada da minha garagem, beberiquei casualmente meu café, passando a língua na borda lascada da caneca; algumas gotas de chuva caíram dentro dela. Quando apenas poucos passos de distância nos separavam, parei e olhei para o céu.

— Você gosta de chuva. — Não foi uma pergunta.

— Sim — ela respondeu.

Fiz um aceno afirmativo com a cabeça.

— Gostaria de entrar para tomar um café?

Em vez de me responder, ela começou a subir pela calçada da garagem, dirigindo-se à entrada. A porta se fechou atrás dela, e então eu me dei conta de que ela estava dentro da minha casa.

Foi minha imaginação ou ela havia pisado em cada erva daninha que encontrou em seu caminho?

A garota não parou para olhar à sua volta quando atravessou o corredor que ligava a entrada ao resto da casa. Eu tinha vários quadros pendurados na parede — arte e algumas coisas de família. As mulheres normalmente paravam para examinar cada um deles. Eu sempre achei que faziam isso para ficar mais relaxadas. A garota tirou a sua capa e a jogou no chão. A água da chuva logo começou a formar poças ao redor da capa. Ela era uma pessoa esquisita. Caminhou direto até a cozinha, como se tivesse feito isso centenas de vezes antes, e parou diante da minha velha máquina de café. Apontou para o armário acima dela, e eu fiz que sim com a cabeça. Escolheu uma caneca de cerâmica do Dr. Seuss — garota esperta. Eu decidi continuar com a que usava, do Walt Whitman, lascada na borda. Observei-a levantar o jarro do aquecedor e despejar o café na caneca, sem olhar. Ela estava olhando pela janela; a mão dela levantou o jarro no exato instante em que o líquido alcançou a borda da caneca. Respirei aliviado. Ela guardava uma noção de tempo perfeita dentro daquela sua cabecinha estranha. Quando terminou, se apoiou de costas na bancada e olhou para mim com atenção.

— Então, sobre o outro dia...

— O quê? — eu disse. — Você é que foi embora sem mais nem menos.

— Não era o dia certo.

Mas do que diabos ela estava falando?

— E hoje é o dia certo?

— Talvez — ela respondeu, dando de ombros. — Eu fiquei a fim de vir até aqui, acho.

Ela deu alguns passos e se sentou na minha frente, na minha mesa de jantar. Era um conjunto de mesa e cadeiras desgastado, que já havia testemunhado a história de três relacionamentos. Pretendia comprar uma mesa nova se ficasse com essa garota. Fiz sexo nessa mesa tantas vezes; isso não era exatamente um estímulo adequado a um relacionamento saudável.

— Esse é um mundo estúpido — ela disse, e correu o dedo pela borda da mesa como se estivesse lendo braile.

Esperei que prosseguisse com o raciocínio, mas ela não o fez. Isso me deu o que pensar. Eu franzi tanto a testa que conseguia sentir a minha pele se enrugar. Ela estava bebericando seu café, já pensando em alguma outra coisa.

— Alguma vez você já formulou um argumento do início ao fim?

Ela pensou seriamente na pergunta que fiz, e, sem pressa, tomou outro gole.

— Sim, já. Muitas vezes.

— Então termine o último pensamento que você estava formulando.

— Eu não me lembro do que estava falando. — Ela bebeu o resto do café e se levantou para ir embora. — Vejo você na terça-feira — ela acrescentou, caminhando em direção à porta.

— O que faremos na terça? —perguntei antes que a garota saísse.

— Vamos jantar na sua casa. Eu não como carne de porco.

Ouvi a porta de tela bater depois que ela saiu. Max correu para a porta, latindo, dando estalidos com as unhas no azulejo ao passar escorregando por mim. Eu me recostei na minha cadeira, sorrindo. Também não comia carne de porco. A não ser bacon, é claro. Todo mundo come bacon.

Terça-feira, às seis da tarde em ponto, ela apareceu. Eu não sabia a que horas ela chegaria, então preparei sushi com o salmão que havia comprado naquela manhã no mercado. Estava ocupado enrolando o meu sushi em alga marinha quando ela entrou em casa. Ouvi a porta de tela batendo e o latido frenético do Max.

A garota colocou uma garrafa de uísque sobre a bancada da cozinha.

— A maioria das pessoas escolhe vinho — eu disse.

— A maioria das pessoas é babaca.

Eu ri com vontade.

— Qual é o seu nome?

— Brenna. E o seu?

— Você já sabe o meu nome.

E não deixava de ser verdade. Ela sabia o meu nome artístico.

— O seu nome real — ela disse.

— Nick Nissley.

— Soa bem melhor do que John Karde. De quem você está se escondendo? — Brenna desenroscou a tampa da garrafa de uísque e bebeu direto do gargalo.

— De todo mundo.

— Eu também.

Olhei para ela com o canto do olho enquanto despejava molho de soja em duas tigelas. Brenna era jovem, bem mais jovem do que eu. Do que ela precisaria se esconder? Provavelmente de algum ex-namorado. Nada sério. Muito provavelmente era um cara que teimava em não sair da vida dela. Eu tinha algumas ex que provavelmente desejavam se esconder de mim. Na verdade, esse pensamento não se sustentava, porque essa mulher não teria atraído tanto a minha atenção se fosse realmente tão simples assim. Eu a vi em pé, imóvel e em silêncio, e ela causou agitação na minha mente. Eu já havia escrito mais de dezesseis mil palavras desde o dia em que ela havia caminhado comigo até a minha casa e depois havia desaparecido. Uma façanha, levando-se em conta que eu vinha passando por um bloqueio criativo no último ano.

Não, se essa mulher dizia que estava fugindo, então ela estava.

— Brenna — eu disse nessa noite, quando nós estávamos deitados na minha cama.

— Mmmmm.

Eu disse o nome dela de novo, deslizando um dedo ao longo do seu braço.

— Por que você fica repetindo meu nome?

— Porque é lindo. Já conheci mulheres chamadas Brianna, mas nunca uma Brenna.

— Puxa. Meus parabéns, então.

Ela rolou para fora da cama e pegou sua saia. A mesma saia que deu início a tudo. Eu vejo uma saia e quero saber o que há embaixo dela.

— Aonde é que você vai?

O canto da sua boca se curvou.

— Eu pareço o tipo de garota que dorme na casa do cara no primeiro encontro?

— Não mesmo.

Ela recolheu o restante das suas roupas espalhadas pelo quarto, e depois eu a levei até a porta.

— Posso levar você para casa?

— Não.

— Por que não?

— Não quero que você saiba onde eu moro.

— Mas... — Eu cocei a minha cabeça. — Você sabe onde eu moro.

— Exatamente — ela respondeu. Então se ergueu na ponta dos pés e me deu um beijo na boca. — Tem gosto de autor *best-seller*... Boa noite, Nick.

Observei-a ir embora e me senti confuso. Eu tinha mesmo deixado uma mulher ir embora da minha casa no meio da noite sem levá-la para casa? Eu não vi nenhum carro. Minha mãe teria tido um ataque cardíaco se soubesse disso. Eu sabia muito pouco sobre Brenna, mas não tinha dúvida de que ela não reagiria muito bem se eu saísse correndo atrás dela para protegê-la de perigos imaginários. E por que diabos ela estava sem carro? Voltei para a cozinha e comecei a lavar a louça do nosso jantar. Nós havíamos comido apenas metade do sushi quando eu me inclinei sobre a mesa e a beijei. Ela não pareceu nem um pouco surpresa, só abaixou seus *hashi* e retribuiu meu beijo. O resto da nossa noite foi incrivelmente agradável. Principalmente graças a Brenna. Ela tirou a minha roupa na cozinha e me fez esperar até chegarmos ao quarto para então se despir. Depois ela me fez sentar na beirada da cama enquanto retirava a própria roupa. As costas dela nunca tocaram os lençóis. Uma maluca realmente controlada.

Coloquei a última tigela na máquina de lavar louça e me sentei à mesa do escritório. Os pensamentos chegavam rápido à minha mente. Eu os perderia se não os registrasse logo. Escrevi dez mil palavras antes de o sol nascer.

Uma semana mais tarde, fizemos nosso primeiro passeio juntos em Seattle. Foi ideia dela. Disse que não tinha carro e, por isso, rodamos no meu. Brenna parecia nervosa sentada no banco da frente e com as mãos cruzadas no colo. Quando perguntei se ela queria que eu ligasse o rádio, a resposta foi não. Nós comemos pastéis russos em embalagens de papel e ficamos observando a balsa, de pé e tremendo, tão perto um do outro quanto poderíamos estar. Quando terminamos, nossos dedos ficaram tão engordurados que foi necessário lavá-los em um bebedouro. Brenna riu quando eu espirrei água no seu rosto. Eu poderia ter escrito outras dez mil palavras usando apenas a risada dela como inspiração.

Nós compramos dois quilos de camarões no supermercado e voltamos para a minha casa. Não sei por que diabos eu pedi dois quilos, mas me pareceu uma boa ideia na hora.

— Você tem uma dessas — eu disse enquanto limpávamos os camarões na pia da cozinha. Corri meu dedo lateralmente ao longo do corpo do camarão, indicando a tripa, uma "veia" escura que precisava ser removida. Ela fez uma careta, olhando para o camarão que eu estava segurando. — Eu chamo isso de veia ruim.

— Veia ruim — ela repetiu. — Não soa lá muito lisonjeiro.

— Talvez não, para algumas pessoas.

Ela cortou a cabeça de um camarão com um movimento da sua faca e a jogou na tigela.

— O seu lado sombrio me atrai. A sua veia ruim. Mas, às vezes, ter uma veia ruim pode matar você.

Brenna pôs a faca de lado e lavou as mãos, secando-as depois na sua calça jeans.

— Tenho que ir embora.

— Certo — respondi. Fiquei parado no mesmo lugar até ouvir a porta de tela se fechar. Eu não fiquei irritado por tê-la afugentado com meus comentários. Ela não gostava de ser analisada. Mas ela voltaria.

3

O LIVRO DE NICK

BRENNA NÃO VOLTOU. TENTEI DIZER A MIM MESMO QUE não me importava. Havia tantas mulheres por aí. Tantas. Para onde quer que eu olhasse havia mulheres. Todas eram feitas de pele e osso, e, muito provavelmente, algumas delas também tinham uma mecha grisalha no cabelo. E se não encontrasse nenhuma com mecha grisalha, eu poderia convencê-las a arranjar uma. Mas há um inconveniente no processo de tentar convencer a si mesmo de que você não se importa — você apenas acaba confirmando que de fato se importa, e se importa muito. Sempre que eu passava pela janela da cozinha, eu acabava olhando para fora, a fim de conferir se Brenna estava parada na chuva, avaliando as ervas daninhas que apareciam no acesso da garagem. Olhei tanto para as tais ervas daninhas que, no fim das contas, saí debaixo de chuva para arrancá-las todas, uma a uma. Passei a tarde inteira fazendo isso, e peguei um resfriado forte. Eu me dei ao trabalho de limpar a garagem por causa de uma mulher.

    Eu queria ir atrás dela, procurá-la, mas sabia pouco ou quase nada a seu respeito. Eu podia contar nos dedos de uma mão as coisas que ela havia me dito de si mesma. O nome dela era Brenna. Veio do deserto. Gostava de ficar por cima. Comia pão partindo-o em pequenos pedaços e colocando-os no centro da língua. Eu fazia perguntas a ela, que habilmente me respondia com outra pergunta. Eu tinha pressa em lhe dar respostas — muita pressa —, e nesse processo eu me esquecia de obter algumas respostas. Sob seu comando, eu alegremente toquei o meu trombone narcisista. Soprei, soprei e soprei na minha própria corneta. Ela devia estar se perguntando como eu pude ser tão tolo o tempo todo.

Fueem, fueeeem.

Voltei ao parque na esperança de encontrá-la mais uma vez. Mas algo me dizia que aquele dia tinha sido apenas um golpe de sorte. Nenhum de nós dois deveria estar lá. Nos encontramos por um grande acaso, porque tinha que ser assim, e eu resolvi estragar tudo dizendo que ela possuía uma veia ruim. Eu pensei que ela soubesse disso. *Deus.* Se tivesse outra chance com a Brenna eu manteria a minha boca fechada. E iria ouvi-la mais. Eu queria conhecê-la melhor.

Sentei-me na frente do laptop e escrevi mais palavras do que já havia escrito em anos — tudo de uma só vez. Meus dedos passeavam sobre o teclado e as palavras simplesmente jorravam na tela. Eu me senti como um deus da escrita. Eu precisava dessa mulher. Eu poderia encher uma biblioteca inteira com os livros que escreveria se ficasse com Brenna por um ano. Imagine se ficasse com ela uma vida inteira. Ela significava muito para mim. Eu retirei as ervas daninhas, limpei meus armários e comprei uma mesa e cadeiras novas para a cozinha.

Terminei o meu livro. Mandei-o por e-mail para o meu editor. Demorei-me um pouco mais olhando pela janela da cozinha, lavando devagar a louça, várias vezes.

Foi na época do Natal que a encontrei novamente. Natal de verdade — o dia dos enfeites, do peru e do papel colorido cobrindo presentes que nós não queremos ou de que não precisamos. Eu tenho mãe, pai e irmãs gêmeas com nomes que rimam. Estava a caminho da ceia de Natal na casa deles quando a vi correndo na calçada vazia. Ela corria na direção do lago; seus tênis fluorescentes deixavam um borrão brilhante debaixo dela. Ela era bem veloz; os músculos das suas pernas vibravam em uma harmoniosa combinação. Aposto que ela poderia ultrapassar um cervo se tentasse. Eu acelerei e parei o carro no estacionamento vazio de um restaurante indiano, mais ou menos meio quilômetro à frente de Brenna. Eu podia sentir o cheiro dos molhos saindo do prédio: verdes e vermelhos e amarelos. Pulei do carro e atravessei a rua, planejando surpreendê-la antes que ela chegasse ao lago. Ela teria que passar por mim para seguir seu caminho. Eu parecia confiante, mas na verdade estava apreensivo. Ela poderia me mandar para o inferno.

No momento em que Brenna me viu, já era tarde demais para fingir que não havia notado a minha presença. Ela diminuiu o passo até se aproximar de mim, e então parou na minha frente, flexionando os joelhos. Estava respirando com dificuldade, arfando bastante.

— Feliz Natal — eu disse. — Me desculpe por interromper a sua corrida.

Ela olhou para mim com cara de poucos amigos, ainda agachada, confirmando a minha suspeita de que não queria me ver.

— Eu não tive a intenção de aborrecer você na última vez em que esteve na minha casa — eu disse. — Se você tivesse me dado a chance de me desculpar, eu te...

— Você não me aborreceu — ela respondeu, interrompendo-me. — Eu terminei meu livro.

Terminou o livro? Essa revelação me deixou de queixo caído.

— Terminou o livro nessas três semanas em que eu não vi você? Pensei que você mal tivesse começado.

— Pois é. E agora ele está terminado.

Eu abri a boca, mas não consegui articular nada, e a fechei de novo. Demorei um ano para terminar um manuscrito, sem falar no tempo que gastei em pesquisas.

— Então, quando você simplesmente sumiu sem mais nem menos, foi porque...?

— Eu sabia o que tinha de escrever — ela disse, como se fosse a coisa mais óbvia do mundo.

— Mas por que não me disse nada? Por que não me ligou? — Eu me sentia como uma colegial carente e grudenta.

— Você é um artista. Achei que fosse compreender.

Eu estava lutando com o meu orgulho para confessar a ela que não tinha compreendido. Eu jamais, em toda minha vida, havia interrompido um jantar para ir escrever uma história. Nunca nem mesmo tive um instante de paixão forte o suficiente para me levar a fazer tal coisa. Eu não disse isso a Brenna por medo do que ela pensaria a meu respeito. Afinal, eu era o autor campeão de vendas de mais de doze romances.

— Você escreveu sobre qual assunto? — perguntei.

— Minha veia ruim.

Senti um calafrio na espinha.

— Escreveu sobre o seu lado sombrio? E por que você faria uma coisa dessas?

Não havia nenhum sinal de arrogância nela. Nenhuma tentativa de me impressionar. Ela nem tentou esconder a triste verdade, que dava a cada uma das suas palavras o efeito de uma ducha de água fria.

— Porque é a verdade sobre mim — Brenna respondeu com total naturalidade.

E eu me apaixonei por ela. Ela não precisava se esforçar para ser coisa nenhuma. E eu não era nenhuma das coisas que ela era.

— Eu senti a sua falta, Brenna. Posso ler o seu trabalho?

— Bem... — Ela deu de ombros. — Se você quiser.

Observei uma gota de suor deslizar pelo pescoço dela e desaparecer entre os seus seios. Seu cabelo estava molhado e seu rosto estava vermelho, mas eu tinha vontade de agarrá-la e beijá-la.

— Venha comigo para a casa dos meus pais. Podemos participar juntos da ceia de Natal.

Achei que ela fosse dizer não, e que eu teria de passar os próximos dez minutos convencendo-a a ceder. Mas ela me surpreendeu de novo e aceitou. Eu estava apreensivo demais para falar alguma coisa enquanto ela me acompanhou até meu carro. Pensei que ela fosse mudar de ideia. Sem nenhuma objeção, ela se acomodou no banco da frente do carro e cruzou as mãos sobre seu colo. Tudo bastante formal.

Assim que pegamos a estrada, estiquei o braço para ligar o rádio. Queria pôr música de Natal; ao menos isso ajudaria a prepará-la para suportar a confusão natalina que ela estava prestes a experimentar na casa dos Nissley. Mas Brenna segurou a minha mão e a interceptou.

— Pode deixar isso desligado?

— Claro — respondi. — Não é muito fã de música?

Ela piscou para mim, e então olhou para fora da janela.

— Todo mundo é fã de música, Nick — Brenna disse.

— Mas você não?

— Eu não disse isso.

— Mas ficou implícito. Eu estou implorando que me revele algum detalhe sobre você, Brenna. Só me dê um.

— Tudo bem — ela respondeu. — A minha mãe adorava música. Ela deixava música tocando em nossa casa da manhã até a noite.

— E por esse motivo você não gosta de música?

Nós estacionamos na calçada da garagem dos meus pais, e ela aproveitou a distração para deixar de responder à minha pergunta.

— Que bonito aqui — ela comentou enquanto eu parava o carro.

Meus pais moravam numa casa modesta. Eles haviam feito melhorias na residência nos últimos dez anos. Se Brenna achava a casa bonita por fora, eu mal podia esperar para saber o que ela acharia das bancadas de granito cor-de-rosa na cozinha, ou da fonte que representava um garoto fazendo xixi, que havia sido instalada no meio da sala de entrada. Quando eu morava na casa de meus pais, nós tínhamos piso de linóleo e um encanamento que não funcionava direito. Brenna não fez nenhum comentário sobre os enfeites gigantes de rena, nem sobre a coroa de flores quase do tamanho da porta da frente. Ela saltou do carro sem nenhuma hesitação e me seguiu até a casa em que eu havia passado uma infância muito feliz. Antes de abrir a porta eu olhei para Brenna — vestida com roupa de corrida e com o cabelo desarrumado e grudado no rosto. Que tipo de mulher toparia entrar no seu carro na noite de Natal, para conhecer a sua família, sem usar um cardigã e um vestido? Essa mulher. Comparadas a ela, todas as outras mulheres que eu havia conhecido pareciam insignificantes e falsas.

A noite prometia ser engraçada.

20

— ESSA É VOCÊ, SENNA?

Isaac olhava fixamente para mim, com intensidade. Eu não sabia o que ele estava pensando, mas sabia o que eu estava pensando: *Maldito Nick com essa porcaria de livro dele.*

Eu mal conseguia... Eu não sabia como... Meus pensamentos estavam fugindo do meu controle.

— Você está tremendo — Ele colocou o livro no criado-mudo e pôs água num copo para mim. Era um desses copos de plástico duros e coloridos. Eu detestava esse tipo de coisa, mas, mesmo assim o peguei e bebi um gole. O copo parecia pesado demais. Um pouco de água caiu na minha roupa de hospital, grudando-a na minha pele. Devolvi o copo para o Isaac, que o colocou de lado, sem tirar os olhos do meu rosto. Ele pôs as duas mãos sobre as minhas para firmá-las. Isso conteve um pouco a minha tremedeira.

— Ele escreveu isso para você — Isaac disse. Os olhos dele pareciam estranhos, desconfiados, como se sua mente estivesse produzindo pensamentos sem parar. Eu não queria responder.

Não havia dúvida de que existiam semelhanças entre os nomes, Senna/Brenna. Também não havia dúvida de que os fatos contados na história eram reais. Uma fina linha separava a ficção da realidade. Era desesperador saber que Nick havia contado a nossa história. A nossa história? Aquela era a versão dele sobre a nossa história. Algumas coisas deveriam permanecer enterradas, apodrecendo por toda a eternidade.

— Leve isso daqui. — Apontei para o livro. — Pode jogar no lixo.

Os olhos dele se arregalaram.

— Por que, Senna?

— Porque o passado não me interessa.

Ele me fitou por um longo minuto, e então pegou o livro, enfiou-o debaixo do braço e caminhou na direção da porta.

— Espere!

Eu estendi a mão no ar para que Isaac me devolvesse o livro; ele voltou e o entregou a mim. Abri o livro na página da dedicatória, e a toquei suavemente, correndo os dedos por cima das palavras... e então eu arranquei a página. De uma só vez. Dei o livro para Isaac novamente, segurando a página que eu havia arrancado com toda a força que podia. Com a cara amarrada, ele se foi, com as solas dos seus sapatos rangendo contra o piso do hospital. *Thwuup... Thwuup... Thwuup.* O som foi diminuindo, e depois de algum tempo não o escutei mais.

Dobrei a página várias e várias vezes, até que ficasse do tamanho do meu polegar: quadrado após quadrado após quadrado. E depois eu a comi.

Recebi alta uma semana mais tarde. As enfermeiras me disseram que normalmente uma paciente que passa por mastectomia dupla vai para casa depois de três dias, mas o Isaac mexeu os pauzinhos para que eu ficasse por mais tempo no hospital. Eu não falei nada sobre esse assunto quando ele me entregou os medicamentos em uma sacola de papel, dobrada e grampeada. Enfiei a sacola na minha mochila, tentando ignorar o barulho dos comprimidos. Supus que fosse mais fácil para ele ficar de olho em mim aqui no hospital do que na minha casa.

Ele adiou cirurgias e tirou a tarde de folga a fim de me levar para casa. Isso me irritou, mas a verdade é que eu não sabia o que faria sem ele. O que você deve dizer a um homem que decide cuidar de você sem a sua permissão? "Fique longe de mim, o que você está fazendo é errado"? Ou "A sua gentileza está me dando nos nervos"? Ou "Que diabos você quer de mim, afinal?". Eu não gostava da ideia de ser o projeto de alguém, mas ele tinha suas habilidades e também um carro, e eu estava entupida de analgésicos.

Eu me perguntei o que Isaac havia feito com o livro de Nick. Será que havia jogado no lixo? Ou resolvera guardá-lo em seu consultório? Talvez encontrasse o livro na minha mesa de cabeceira quando chegasse em casa, como se ele jamais tivesse saído de lá.

Uma enfermeira me empurrou numa cadeira de rodas pelas dependências do hospital até a entrada principal, onde Isaac havia estacionado. Ele caminhava um pouco à minha frente. Observei as mãos dele, a palma das mãos... Eu estava procurando por indícios do livro nos dedos dele. *Estúpida*. Se eu tinha interesse nas palavras que Nick havia escrito, então deveria ter lido o livro. As mãos de Isaac eram mais importantes que o livro de Nick. Afinal, foram essas mãos que entraram no meu corpo para extirpar o meu câncer. Mas eu não conseguia parar de ver o livro nas mãos de Isaac, o modo como os dedos dele levantavam o canto da página antes de virá-la.

Ele colocou música instrumental quando nós entramos no carro. Por alguma razão isso me incomodou. Acho que esperava que ele estivesse reservando algo novo para mim. Tamborilei com os dedos na janela durante o trajeto. Estava frio lá fora. E continuaria frio por mais alguns meses até que o clima mudasse e o sol começasse a aquecer Washington. Eu gostava do contato do vidro frio na ponta dos meus dedos, como pequenos choques gelados.

Isaac levou a minha mochila para dentro de casa. Quando cheguei ao meu quarto, meus olhos buscaram a mesa de cabeceira. Havia o contorno claro de um retângulo no meio da poeira. Um tipo de dor inexplicável me atingiu. *Tristeza?* Eu estava me sentindo muito triste... afinal, tinha acabado de perder os meus seios. Não tinha nada a ver com Nick, eu disse a mim mesma.

— Estou preparando o almoço — Isaac disse, parado de pé na porta do meu quarto. — Quer que eu o traga aqui para você?

— Vou tomar um banho e desço em seguida.

Ele não fez menção de ir embora. Ficou no mesmo lugar, e pigarreou.

— Me deixe dar uma olhada antes que você faça isso.

Fiz que sim com a cabeça, me sentei na beirada da cama e desabotoei a camisa. Quando terminei, inclinei-me para trás, fechando os dedos firmemente em torno da colcha. Seria razoável supor que eu já tivesse me acostumado com isso a essa altura — ter a região do meu peito examinada e tocada constantemente. Eu deveria sentir menos vergonha agora que não havia mais nada ali. Afinal, o que estava debaixo da minha camisa fazia de mim um perfeito garotinho.

Ele retirou as bandagens do meu torso. Senti o ar entrando em contato com a minha pele, e os meus olhos se fecharam automaticamente. Eu os abri, desafiando a minha vergonha, e observei o rosto dele.

Sem expressão

Quando ele tocou a pele ao redor das minhas suturas eu tive um sobressalto e recuei.

— O inchaço está cedendo — Isaac disse. — Você poderá tomar banho desde que tire o dreno, mas use o sabonete antibacteriano que eu coloquei na sua mochila. Não use esponja nos pontos, isso pode causar problemas.

Fiz um aceno afirmativo com a cabeça. Eu sabia de tudo isso, mas um homem precisa dizer alguma coisa quando está olhando para os seios deformados de uma mulher. Seja ele médico ou não.

Puxei a minha camisa para me cobrir e a segurei bem fechada.

— Estarei lá embaixo, caso precise de mim.

Não consegui olhar para ele. Meus seios não eram a única coisa despedaçada e rasgada. Isaac era um estranho, e tinha visto mais das minhas feridas do que qualquer outra pessoa. Não porque eu o tivesse escolhido, como aconteceu com o Nick. Isaac simplesmente estava sempre por perto. Era isso que me assustava. Uma coisa era convidar alguém para entrar na sua vida, fazer a escolha de colocar a sua cabeça nos trilhos do trem e esperar pela morte iminente... mas com Isaac, eu não tinha nenhum controle. O que ele sabia a meu respeito, tudo o que ele viu da minha intimidade, eram coisas que me envergonhavam tanto que eu mal conseguia olhá-lo nos olhos. Andei na ponta dos pés até o banheiro, e espiei mais uma vez a mesa de cabeceira antes de fechar a porta.

Uma pessoa pode atacar você e usar o seu corpo, bater nele, tratá-lo como se fosse lixo; no entanto, o que fere muito mais do que a agressão física em si é a escuridão que esse ataque espalha dentro de você. O estupro age sobre o seu DNA. Você não é mais a mesma pessoa: passa a ser a garota que foi estuprada e não pode tirar isso da sua vida. Você não consegue parar de sentir que vai acontecer de novo, e não consegue deixar de achar que é desprezível, que ninguém mais vai querer você porque foi usada, corrompida e se tornou marcada. Porque alguém achou que você não era nada, você passa a acreditar que todas as pessoas vão achar a mesma coisa. O estupro era um nefasto destruidor da confiança, da autoestima e da esperança. Eu poderia lutar contra o câncer. Eu poderia cortar fora pedaços do meu corpo e injetar veneno nas minhas veias para combater o câncer. Mas eu não sabia como lutar contra o que aquele homem havia feito comigo. Não sabia como recuperar o que ele tinha tomado de mim, e não sabia como lidar com o que ele tinha me dado: o medo.

Não olhei para o meu corpo quando me despi e entrei no banho. A pessoa refletida no espelho não seria eu. Meus olhos haviam se tornado vazios como dois buracos nos últimos meses. Era doloroso quando eu via minha imagem refletida por acaso em algum lugar. Fiquei de pé com as costas voltadas para a água, como Isaac havia me instruído, e fechei os olhos com força. Era o meu primeiro banho desde a cirurgia. As enfermeiras tinham me dado um banho de esponja, e uma delas havia até lavado o meu cabelo no pequeno banheiro do quarto de hospital. Na ocasião ela encostou uma cadeira na borda da pia e me fez inclinar a cabeça para trás, e então massageou o meu cabelo com xampu e condicionador.

Deixei a água correr pelo meu corpo por pelo menos dez minutos, antes de reunir coragem para ensaboar a região vazia abaixo da minha clavícula. Eu não senti nada.

Quando terminei, eu me sequei e vesti uma calça de pijama, e então chamei Isaac e pedi que subisse até o meu quarto. Alguns dos meus curativos tinham se afrouxado. De olhos fechados, e com cabelo molhado pingando água nas costas, esperei pacientemente enquanto ele trocava as ataduras. Ele cheirava a alecrim e orégano. Eu me perguntei o que ele estaria preparando lá embaixo. Quando Isaac terminou, vesti uma camisa e dei as costas para ele enquanto abotoava a parte da frente da roupa. Quando me virei novamente, Isaac estava segurando a escova de cabelo que eu havia jogado na cama. Não era uma tarefa simples levantar os braços alto o suficiente para conseguir desembaraçar o cabelo. Espalhar xampu no cabelo era uma coisa, mas penteá-lo parecia uma missão impossível. Isaac fez um gesto para que eu me sentasse no banco do toucador.

— Você é tão estranho — eu disse assim que me sentei. Fiz o possível para manter os olhos apenas no reflexo dele no espelho, evitando olhar para o meu próprio rosto.

Ele abaixou a cabeça para me olhar, mexendo no meu cabelo com movimentos gentis e serenos. As pontas dos seus dedos eram retas e compridas; não havia nada de feio nem de sujo em suas mãos.

— Por que você disse isso?

— Está penteando o meu cabelo. Você nem me conhece e está na minha casa penteando o meu cabelo, preparando o meu jantar. Você era baterista e agora é um cirurgião. Você quase nunca pisca — eu disse por fim.

Os olhos dele pareceram tão tristes quando terminei de falar, que eu me arrependi do que disse. Ele passou a escova pelo meu cabelo mais uma vez antes de guardá-la.

— Está com fome?

Eu não estava, mas fiz que sim com a cabeça. Então me levantei e o acompanhei para fora do quarto.

Olhei mais uma vez para a mesa de cabeceira antes de segui-lo até o andar de baixo.

As pessoas mentem. Usam você e mentem, e, enquanto fazem isso, não se cansam de dizer o quanto são leais e que nunca deixarão você. Ninguém pode prometer uma coisa dessas, porque a vida tem tudo a ver com as estações, e as estações mudam. Eu odeio mudança. Você não pode contar com promessas; só pode contar com a certeza de que elas serão quebradas. Mas, antes que isso aconteça, e antes que você aprenda a lição, as estúpidas e inúteis promessas fazem você se sentir bem. Você escolhe acreditar nelas, porque precisa disso. Você desfruta de um verão ensolarado onde tudo é lindo e não há sinal de nuvens no céu — apenas calor, calor, calor. Você acredita que as pessoas vão permanecer na sua vida porque os humanos são assim: têm a tendência de ficar juntos quando a vida é boa. Eu chamo esses momentos de doces verões. Eu já tive doces verões suficientes na vida para saber que as pessoas irão abandonar você assim que o inverno chegar... Quando a vida congela, e você treme dos pés à cabeça e se cobre de toda a proteção possível apenas para sobreviver. A princípio, a gente nem se dá conta. O frio nos deixa entorpecidos demais para vermos com clareza. Então, quando percebemos o que está acontecendo, a neve já está começando a derreter, e nos damos conta de que passamos o inverno sozinhos. Isso me deixa louca, furiosa. Furiosa o suficiente para abandonar as pessoas antes que elas me abandonem. Foi o que eu fiz com Nick. E foi o que tentei fazer com o Isaac. A diferença é que ele não foi embora. Ele ficou durante todo o inverno.

21

COMO SE SABE, NÓS ESTAMOS BEM SERVIDOS DE estações. Temos quatro à nossa disposição: primavera, verão, outono e inverno. Eu sempre imaginei as estações como sacos gigantescos cheios de ar, cor e odor. Quando uma estação está prestes a terminar, a próxima emerge e se lança sobre o mundo, afogando com a sua força o seu antecessor exausto e moribundo.

O inverno havia chegado ao fim. A primavera tomou seu lugar e avançou, enchendo toda a Washington de ar quente e de radiantes árvores cor-de-rosa. O azul tomava conta do céu. Isaac estava aparando os arbustos na frente da minha casa. Uma semana atrás, eu havia raspado e ferido o braço em um ramo quando caminhava até a porta da frente, e o ferimento chegou até mesmo a sangrar. Isaac pensou que eu tivesse me cortado de propósito. Eu vi o modo como ele examinou o machucado. Quando ele se convenceu de que o meu ferimento era irregular demais para ter sido produzido pela lâmina de uma faca, ele foi à minha garagem buscar tesouras para podar. Normalmente eu contratava uma empresa de jardinagem para cuidar do meu quintal, mas ali estava o meu médico, aparando os meus pequenos arbustos.

Eu o observei pela janela, e ficava incomodada sempre que os braços dele se flexionavam e as lâminas da tesoura se fechavam sobre um novo ramo. Se ele acidentalmente tivesse um dedo arrancado, eu é que seria a responsável. Havia folhas e ramos espalhados em volta dos tênis dele. Eu nunca senti calor a ponto de realmente transpirar e pingar de suor em Washington, mas Isaac estava sujo e cansado. Não adiantava dizer a Isaac para não fazer isso ou aquilo. Ele não dava ouvidos. Porém o inverno havia acabado, e eu estava cansada de ser o projeto dele. Isaac era uma presença constante na minha casa, no meu sofá, na minha cozinha, aparando a minha cerca viva. O clima estava agradável, quente, e a mudança havia chegado. Nick costumava dizer que eu era filha do inverno e que a mecha grisalha no meu cabelo provava isso. Ele dizia que quando as estações mudavam, eu mudava. Pela primeira vez eu acho que o Nick estava certo.

— Quando é que você vai para a sua casa? — perguntei quando ele entrou. Ele estava lavando as mãos na pia da cozinha.

— Em alguns minutos.

— Não, eu quero dizer para sempre. Quando você vai para a sua casa para *ficar* na sua casa?

Ele levou algum tempo enxugando as mãos antes de responder.

— Você está pronta para a minha partida?

Isso me deixava tão irritada. Isaac sempre respondia minhas perguntas com uma outra pergunta. Era de dar raiva. Eu não era nenhuma criança. Sabia tomar conta de mim mesma.

— Nunca pedi pra você ficar aqui, para início de conversa.

— Não, — Ele balançou a cabeça. — Nunca pediu mesmo.

— Bem, é hora de você partir.

— Mesmo?

Ele caminhou diretamente até mim. Eu esperei, receosa, mas no último instante ele virou à esquerda e passou batido por mim. Fechei os olhos quando o deslocamento de ar fez o cheiro dele vir em minha direção. Passou pela minha cabeça o mais estranho pensamento. O mais estranho. *Você nunca mais vai sentir o cheiro dele de novo.*

Eu não apreciava o ato de cheirar. O olfato era o sentido de que eu menos gostava. Eu não acendia velas, não parava na frente de padarias só para sentir o cheiro do pão feito na hora. O olfato era só mais um sentido contra o qual eu lutava no quarto branco que me servia de escritório. Eu não ligava para o olfato, não era importante para mim. Eu vivia em um quarto branco. Eu vivia em um quarto branco. Eu vivia em um quarto branco. *Mas...* Eu não ia mais sentir o cheiro de Isaac. Isaac tinha cheiro. Esse era o sentido dele. Ele cheirava a temperos e a hospital. Sua pele também tinha um cheiro peculiar. Bastava que ele estivesse a poucos metros de mim para que eu pudesse captar o cheiro da pele dele.

—Isaac. — Minha voz estava cheia de convicção, mas quando ele voltou o rosto para mim, com as mãos enfiadas nos bolsos, eu não soube o que dizer. Nós olhamos um para o outro. Foi terrível. Foi doloroso.

— Senna, o que você quer?

Eu queria a minha sala branca. Queria nunca ter sentido o cheiro dele nem ter ouvido as letras das músicas que ele me trouxe.

— Não sei.

Ele deu um passo para trás, na direção da porta. Eu queria me mover na direção dele. Eu queria.

— Senna...

Ele deu mais um passo para trás, como se quisesse que eu o parasse. *Ele está me dando uma chance*, pensei. Mais três passos e Isaac sairia pela porta. Eu senti um puxão na região bem abaixo das minhas patelas, como se alguma coisa me impelisse na direção de Isaac. Quase coloquei as mãos nos joelhos para fazer o impulso parar.

E ele deu outro passo. E mais outro.

Ele me encarou com um olhar suplicante. Não adiantou. Aquilo já tinha ido longe demais.

— Adeus, Isaac.

Eu considerei isso como uma perda. Foi realmente assim que me senti, pelo menos. Já fazia muito tempo que eu não me sentia triste por perder alguém — vinte anos, para ser exata. Mas eu lamentava a perda de Isaac Asterholder à minha maneira. Eu não chorava; minhas lágrimas haviam secado. Todos os dias eu tocava o lugar onde o livro de Nick costumava ficar na mesa de cabeceira. A poeira estava começando a tomar conta do espaço. Nick tinha significado para mim. Nós compartilhamos uma vida. Isaac e eu não havíamos compartilhado nada. Mas talvez isso não fosse verdade. Nós compartilhamos as minhas tragédias. As pessoas iam embora — eu mesma costumava ir embora —, mas Isaac sempre esteve presente. Sentei-me no meu quarto branco por dias, tentando expulsar de dentro de mim toda a cor que eu havia começado a sentir: bicicletas vermelhas, letras impactantes, o cheiro de ervas. Eu me sentei no chão com o vestido cobrindo meus joelhos e a minha cabeça curvada sobre o meu colo. O quarto branco não podia me curar. A cor tomava conta de tudo.

Sete dias depois que Isaac foi embora da minha casa, eu fui até a caixa do correio, e quando voltei encontrei um CD no para-brisa do meu carro. Eu o mantive apertado contra o peito durante uma hora antes de colocá-lo no aparelho de som. Era um crescimento intenso de letras e percussão e harpa e tudo o que ele estava sentindo — e que eu estava sentindo também. A coisa mais notável é que eu estava sentindo.

Isso me arrebatou, me atingiu de um modo tão profundo que cheguei até a me sentir sem ar. Como poderia a música descrever tão fielmente as nossas emoções? E nos ajudar a dar nome ao que sentimos? Fui até o armário do meu quarto. Havia uma caixa na prateleira mais alta. Eu a peguei e arranquei sua tampa. Havia um vaso vermelho dentro dela. Um vermelho intenso. Mais intenso que sangue. Meu pai havia me mandado esse vaso quando o meu primeiro livro foi publicado. Eu o achava horrível — seu vermelho forte me feria os olhos. Agora, essa cor atraía os meus olhos. Eu levei o vaso para o quarto branco e o coloquei na minha mesa. Agora havia sangue por toda parte.

Durante dias, procurei por uma música. Eu era novata no mundo do iTunes. Pesquisei o trabalho de Florence Welch. Algo na intensidade dela me atraía. Encontrei o que eu queria. Não sabia como transferir a música para um daqueles CDs genéricos que Isaac usava, mas consegui aprender. Então dirigi até o hospital, levando o disco no meu colo o tempo todo. Esperei por um longo tempo ao lado do carro dele. Foi um lance ousado. Dotado de cor. Eu não sabia que existia cor em mim. Prendi o envelope marrom do CD no para-brisa dele, e torci para que desse certo.

⁝

As músicas de Isaac me lembravam de uma atividade que eu já havia esquecido: a natação.

Ele não me procurou de imediato, e provavelmente não me procuraria se não tivesse me visto no hospital algumas semanas mais tarde. Eu tinha ido até lá para assinar alguns papéis relacionados a pagamentos. Bobagens de seguro. Eu vi Isaac só de passagem, por alguns segundos no máximo. Ele estava com a Dra. Akela. Os dois estavam descendo juntos pelos corredores do prédio; seus jalecos os destacavam das outras pessoas que perambulavam em torno da sala de enfermagem — dois semideuses em meio a um mar de humanos. Eu congelei quando o vi, dominada por sensações que só as drogas proporcionam. Ele caminhava na direção do elevador, o mesmo elevador que eu ia tomar. *Ah, era o que me faltava. Isso vai ser um saco.* Se houvesse mais pessoas no elevador eu poderia me esconder atrás delas. Esperei ansiosa, mas quando as portas se abriram, as únicas pessoas dentro do elevador estavam em um anúncio publicitário para disfunção erétil. *Nós deveríamos fazer isso com mais frequência,* dizia o anúncio. Um casal bonito e atlético, perto dos cinquenta anos; a mulher parecia envergonhada. Pulei para dentro do elevador e apertei o botão do andar térreo com a mão fechada. *Vamos, feche logo!* E as portas se fecharam, mas Isaac apareceu no vão entre elas antes que se fechassem por completo. Por um segundo, eu pensei que ele fosse enfiar a mão entre as portas a fim de segurá-las e forçá-las a se abrirem. Em vez disso, porém, ele recuou, com uma expressão de espanto no rosto. Ele não esperava me ver ali. *Nós deveríamos fazer isso com mais frequência*, eu pensei. Tudo aconteceu em três estonteantes segundos. O tempo que leva para alguém piscar três vezes. Mas eu não pisquei, e Isaac também não. Passamos estes três segundos nos encarando fixamente. Não poderíamos ter dito nada nesses três segundos.

Quando você passa uma quantidade extraordinária de tempo afastando alguém de você, a reação dessa pessoa ao seu pedido de desculpa tende a ser longo. Ao menos eu imaginava que fosse assim. Era o que eu escrevia nas minhas histórias. Isaac apareceu uma semana depois. Desde então eu guardei o vaso vermelho, e voltei ao branco total.

Eu estava conferindo a caixa de correio quando o carro dele estacionou na calçada da minha garagem. Eu senti.

Você sente essas coisas.

Quando isso havia começado a acontecer novamente? Eu esperei com uma pilha de correspondência inútil nas mãos. Ele saiu do carro e caminhou na minha direção.

— Oi — ele disse.

— Oi.

— Estou indo para o hospital, mas quis ver você antes.

Eu senti saudade dele. *Você sente saudade de Nick.* Você conhece Nick. Você não conhece esse homem.

Nós caminhamos juntos até a minha casa e entramos. Quando fechei a porta, ele tirou a correspondência das minhas mãos. Vi quando ele colocou na mesa ao lado da porta. Um único envelope, um envelope branco, escorregou da borda da mesa e caiu no chão. O papel derrapou e parou atrás do calcanhar direito de Isaac. Ele se voltou para mim e segurou meu rosto em suas mãos. Eu quis continuar olhando para a segurança branca daquele envelope no chão, mas Isaac estava bem diante de mim, fazendo com que eu olhasse para ele. O olhar dele era cortante, transbordante de emoção. Ele me beijou — um beijo colorido, com ritmo de bateria e a precisão de um cirurgião. Ele me beijou com todo o seu ser, com a essência da sua vida — com tudo o que ele era. E eu me perguntei com que poderia ter retribuído ao beijá-lo, porque eu era uma mulher em pedaços.

Quando ele parou de me beijar, uma sensação de perda me atingiu. Por um breve momento os lábios dele haviam tocado a minha escuridão, projetando nela um pouco de luz. As mãos dele ainda estavam no meu cabelo, tocando a minha cabeça, e nós estávamos a um milímetro de distância um do outro quando nos olhamos.

— Não estou pronta para isso — eu disse delicadamente.

— Eu sei.

Ele moveu o corpo e mudou de posição, e então me envolveu nos braços. Um abraço. Fazia anos que eu não experimentava um momento tão íntimo com um homem. Meu rosto ficou aninhado debaixo do queixo dele, encostado em sua clavícula.

— Boa noite, Senna.

— Boa noite, Isaac.

Ele me soltou, deu um passo para trás e foi embora. O toque dos dedos dele era tão breve e tão poderoso. Ouvi o motor do carro dele roncar quando ele deixou a calçada da minha garagem. Algumas pedrinhas se espalharam quando o veículo chegou à rua. Quando Isaac se foi, tudo continuou imóvel e silencioso como sempre. Tudo menos eu.

PARTE TRÊS

RAIVA E BARGANHA

22

DO LADO DE FORA DA CASA, A MÚSICA COMEÇA A soar. Nós ficamos imóveis, olhando um para o outro. Há uma corda invisível que nos liga; ela tinha surgido desde que Isaac viu a minha dor e a aceitou como a sua própria. Eu posso sentir essa corda se esticando enquanto a música se acelera. Isaac e eu ficamos paralisados devido ao choque. Meu desejo é dar um passo à frente, deixar que os braços dele me envolvam e me protejam, e afundar o rosto no pescoço dele. Estou apavorada. Posso sentir o medo ocupando os espaços vazios da minha mente, rugindo como as trombetas do juízo final.

Dum

Da-Dum

Dum

Da-Dum

A música "Landscape", na voz de Florence Welch, começa a sair das paredes da nossa prisão.

— Pegue roupas de frio — Isaac diz, sem tirar os olhos dos meus. — Separe tudo o que você tiver. Vamos dar o fora daqui.

Eu saio correndo.

Não encontro casacos no armário. Não há luvas, roupa térmica ou nada que aqueça o suficiente uma pessoa exposta a uma temperatura de dez graus negativos. Por que eu não me dei conta disso antes? Empurro os cabides do armário e vasculho tudo desesperadamente. A música soa em volta de mim; está tocando no quarto, por toda parte, me deixando nervosa e fazendo com que eu acelere meus movimentos.

As músicas que Isaac me deu... quem poderia saber sobre elas? Elas eram um segredo, e eram sagradas para mim: tão confidenciais quanto os meus pensamentos.

Há uma grande quantidade de camisas de manga comprida, mas a maioria delas é de algodão fino ou de linho. Eu visto cada uma delas enfiando-as pela cabeça, até ficar tão inchada pelas camadas de roupa que mexer os braços se torna praticamente impossível. Já sei que isso não vai ser suficiente. Para ir a qualquer lugar nesse clima eu precisaria de roupas térmicas, um casaco pesado, botas... Visto o único par de calçados que parece quente: botas forradas com pele na altura do tornozelo — mais bonitas do que práticas. Isaac está me esperando na parte de baixo da casa. Está segurando a porta aberta, como se tivesse medo de soltá-la. Percebo que ele também não tem um casaco. Está usando botas de borracha, feitas para chuva ou para trabalho de jardinagem. Nossos olhares se cruzam quando passo por ele, e então eu passo pela porta e piso na neve. E afundo na neve. Afundo até os joelhos. Isso não pode ser bom — neve até os joelhos não é nada bom. Isaac me segue. Ele deixa a porta aberta e nós avançamos seis ou sete metros antes de pararmos.

— Isaac? — Eu agarro o braço dele. Ele está respirando com dificuldade, esbaforido e bufando. Posso vê-lo tremer. Eu também estou tremendo. *Meu Deus!* Não faz nem cinco minutos que estamos aqui fora.

— Não tem nada por perto, Isaac. Onde é que nós estamos?

Eu giro no mesmo lugar, e os meus joelhos abrem caminho na neve. Tudo o que se vê é uma imensidão de branco que segue em todas as direções. Até as árvores parecem estar longe demais. Concentrando-me para prestar o máximo de atenção, eu aperto os olhos e consigo avistar o brilho de alguma coisa a distância, bem diante da linha de árvores.

— O que é aquilo? — eu pergunto, apontando para o local. Isaac olha na direção em que aponto. A princípio parece apenas parte de alguma coisa. Começo a seguir a coisa com os olhos e, enquanto a sigo, vou girando o corpo, até completar um círculo. Eu solto um ruído parecido com um grito. Começa na minha garganta — um ruído do tipo que fazemos quando nos espantamos, e então se transforma em um lamento triste.

— É só uma cerca — Isaac diz.

— Nós podemos pular. Não parece tão alta assim. Tem talvez uns três, quatro metros...

— É elétrica — Isaac avisa.

Giro o corpo para olhar para ele.

— Como você sabe? — pergunto.

— Escute.

Engulo em seco e escuto. Um ruído de ronco. Ah, Deus. Nós não podíamos ouvir isso por trás das grossas janelas da casa. Estamos presos aqui como animais. Tem de existir uma solução. Algum modo de inutilizar a cerca elétrica, talvez... alguma coisa enfim. Olho para a neve. Ela cobre as árvores que estão além da cerca e, como uma saia branca, desce graciosamente por uma encosta íngreme à esquerda da casa. Não há estradas, nem casas, nem nada visível sobre a cobertura de neve. Um branco que nunca acaba. Isaac começa a caminhar na direção da casa.

— Onde você está indo?

Isaac me ignora, mantendo a cabeça baixa. Ele tem de se esforçar para conseguir caminhar no meio da neve; é um esforço semelhante ao de subir escadas. Eu o observo enquanto ele perambula nos fundos da casa, sem saber o que fazer. Hesito por alguns minutos antes de segui-lo, e aproveito para usar o caminho que ele abriu com sacrifício. Quando o alcanço, ele está diante do que parece ser um galpão. Como a casa não tem janelas voltadas para esse lugar nos fundos, é a primeira vez que vejo o que há aqui atrás.

Há uma estrutura menor à direita da casa. O gerador, eu imagino. Quando olho para o rosto de Isaac, percebo que ele não está olhando nem para o galpão nem para o gerador, mas para um ponto mais à frente. Sigo os seus olhos para descobrir do que se trata, e sinto minha respiração travar. Eu paro de tremer. Paro completamente. Seguro na mão dele e juntos nós abrimos caminho através da neve; nossa respiração retorna, ofegante devido a todo o esforço. Paramos quando alcançamos a beira do penhasco. Diante de nós se estende uma visão tão feroz e perigosamente linda que fico com receio de piscar. A casa fica bem no topo de um penhasco. Um penhasco que o nosso sequestrador — o nosso tratador nesse zoológico improvisado em que fomos trancados — não quis que víssemos através das janelas. Parece que ele está tentando nos dizer algo. Algo que eu não quero ouvir. *Vocês não têm saída*, talvez. Ou então: *Vocês não estão vendo tudo. Eu estou no controle.*

— Vamos voltar para dentro — diz Isaac. Não há o menor sinal de emoção em sua voz. Ele está usando sua voz de médico; sua voz neutra. *A esperança dele acaba de rolar por esse despenhadeiro abaixo*, eu penso. Ele retorna sem mim. Eu fico e continuo olhando: olhando para a paisagem de montanhas. Olhando para o perigoso precipício, que poderia reduzir a uma sopa de ossos e órgãos qualquer corpo que caísse nele.

Quando dou meia-volta, Isaac está carregando toras de madeira do galpão e levando-as para a casa. *Não é uma casa*, digo a mim mesma. *É uma cabana no meio do nada.* O que vai ser de nós quando ficarmos sem comida? Quando terminar o combustível do gerador? Caminho na direção do galpão e dou uma espiada dentro dele. Há pilhas e pilhas de lenha. Vejo um machado encostado na parede perto de onde eu estou; no fundo do galpão há vários contêineres grandes de metal. Estou prestes a examiná-los quando Isaac volta para apanhar mais madeira.

— O que há dentro desses recipientes? — pergunto.

— Diesel — ele responde, sem olhar para mim.

— Para o gerador?

— É, Senna. Para o gerador.

Não entendo a rispidez na voz dele. Por que será que ele está falando comigo dessa maneira? Agacho-me ao lado dele e pego um carregamento de lenha. Nós caminhamos de volta lado a lado e guardamos a madeira no depósito. Preparo-me para retornar com Isaac até o galpão para pegar mais, mas ele me faz parar.

— Fique aqui — ele diz, tocando o meu braço. — Eu termino de fazer isso.

Se ele não tivesse tocado o meu braço, eu teria insistido em ajudar. Mas há alguma coisa no toque dele. Algo que ele quer me comunicar. Eu me abaixo diante do fogo que ele está acendendo na lareira e permaneço assim até a minha tremedeira cessar. Isaac faz mais doze visitas ao galpão até que o nosso depósito de lenha esteja cheio, e então ele começa a empilhar madeira nos cantos da sala. *Para o caso de ficarmos presos aqui dentro de novo*, eu penso.

— Não podemos deixar a porta aberta? Colocar um calço no batente para que não se feche?

Isaac passa a mão ao longo da nuca nervosamente. Suas roupas estão sujas e cobertas de farpas de madeira.

— Vamos ficar de guarda o tempo todo também? Caso alguém tente invadir aqui no meio da noite? — ele argumenta.

Eu balanço a cabeça numa negativa.

— Não há ninguém aqui, Isaac. Eles nos puseram aqui e nos abandonaram.

Ele parece estar escondendo alguma coisa de mim, e isso me tira do sério. Ele tem uma tendência enorme de me tratar como se eu fosse uma menina frágil.

— Que foi, Isaac? — eu pergunto com impaciência. — Diga logo.

— O gerador, Senna. Já vi esse tipo de gerador antes. Eles têm tanques de reserva com um sistema de mangueiras acoplado.

A princípio eu não entendo aonde ele quer chegar. Um gerador... Não há janelas nos fundos da casa... Um sistema de mangueiras para reabastecimento de diesel.

— Ah, meu Deus. — Eu desabo no sofá e enfio a cabeça entre os joelhos. Começo a me sentir sufocada e a ofegar. Ouço os passos de Isaac no piso de madeira. Ele me agarra pelos ombros e me força a endireitar o corpo e ficar de pé.

— Olhe para mim, Senna.

Eu faço isso.

— Agora se acalme. Respire. Eu não vou permitir que nada aconteça a você, certo?

Eu abaixo a cabeça, num movimento apático. Ele me sacode até que eu balance a cabeça.

— Certo? — ele insiste.

— Certo — repito. Isaac me solta, mas não se afasta. Ele me puxa para um abraço, e eu afundo o rosto na curva do seu pescoço.

— Ele está reabastecendo aquele tanque, não está? É por isso que não há janelas nos fundos da casa.

O silêncio de Isaac é resposta suficiente à minha pergunta.

— Será que ele vai voltar? Agora que conseguimos abrir a porta e podemos encher o tanque nós mesmos? — Isso parece improvável. Seria isso uma maneira de nos punir, agora que descobrimos o código? Uma recompensa e uma punição: *Vocês podem sair, mas agora é só uma questão de tempo antes que fiquem sem combustível e congelem até morrer. Tic-tac, tic-tac.*

Ele me aperta forte. Posso sentir a tensão em seus músculos sob as palmas das minhas mãos.

— Se ele voltar... eu vou matá-lo — digo.

23

EU NÃO ME CORTO MAIS DESDE O DIA EM QUE conheci Isaac. Não sei por quê. Talvez seja porque ele me faz sentir coisas, e por isso não preciso mais de uma lâmina para sentir algo. É por essa razão que fazemos isso, não é? Nós nos cortamos para sentir alguma coisa? A Saphira teria dito algo parecido. O Dragão e seu papinho existencialista. "Como os humanos podem escolherrrr serrrem crruéis ou bons, eles não são, na verrrdade, nem uma coisa nem outra essencialmente."

Agora eu sinto muitas coisas. Anseio pelo meu quarto branco. O que é o oposto de se cortar? Enrolar-se em um casulo e nunca mais sair de lá. Eu me enrolo no edredom de penas de ganso na cama do sótão — é assim que o estamos chamando agora, o sótão. O meu quarto. O lugar onde o meu sequestrador vestiu um pijama em mim e me pôs para dormir. Me pôs para dormir por quê? Não sei, mas estou começando a gostar desse sótão. Não posso ouvir muito bem a música quando estou embrulhada no edredom. "Landscape" tem tocado sem parar. É a primeira das nossas músicas. A música que ele me deu para que eu soubesse que ele compreendia.

— Você está parecendo um baseado — Isaac diz.

Ele quase nunca sobe até o sótão. Sinto a mão dele tocando no meu cabelo, que está escapando pelo topo do meu casulo. Eu enterro a cabeça no edredom branco e tento me sufocar. Eu troquei de edredom com o Isaac. Ele ficou com o vermelho porque eu não suportava olhar para ele.

— Tem uma coisa lá no andar de baixo que você deveria ver — Isaac disse.

O jeito que ele toca meu cabelo começa a me dar sono. É melhor parar com isso, ou então não vai conseguir que eu me levante daqui.

Eu vim para cá logo depois que nós carregamos a madeira até dentro da casa e descobrimos a cerca elétrica. Isaac deve ter encontrado mais alguma coisa lá fora.

— Não tenho interesse em ver nada, exceto se for um cadáver.

— Então você gostaria de ver um cadáver?

— Sim.

— Não é um cadáver, mas eu preciso que você venha comigo.

Ele me desenrola do baseado que fiz de mim mesma e me puxa para me colocar em pé. Não me solta de imediato. Continua me segurando, e suas mãos me apertam com força. Então ele pega na minha mão como se eu fosse uma criança. Eu o sigo com passos hesitantes. Ele me conduz escadaria abaixo. Até o depósito de madeira. Então ele abre a porta do depósito, me segura pelos braços e me puxa, posicionando-me à sua frente. E eu olho para dentro do lugar.

No começo, enxergo apenas madeira. Então Isaac segura um isqueiro no alto e o aproxima o máximo que pode do fundo do depósito. *Que estranho*, penso no início. Alguma coisa estava escrita nas paredes. Tem madeira impedindo que a gente veja o que é. Resolvo tirar algumas partes da lenha do caminho. Começo a tremer. Ele passa os braços em torno do meu torso com firmeza, me conduz para fora do depósito e me leva até o sofá, onde eu me sento. Parte de mim deseja se levantar nesse mesmo instante e ir até aquele depósito para ver mais um pouco. Mas esse sentimento é real, e muito forte. Se eu não parar de sentir eu vou explodir. São páginas do meu livro que estão ali. Páginas e mais páginas forram as paredes daquele depósito de madeira, como um tapa na cara.

— O que significa isso? — pergunto a Isaac.

— Algum fã? — Ele levanta as mãos no ar, com as palmas viradas para cima, e balança os ombros. — Não sei. Parece que alguém está fazendo algum joguinho com a gente.

— E como não percebemos isso antes?

Tenho vontade de agarrar a cabeça dele com força e obrigá-lo a olhar para mim. Quero que Isaac me diga que me odeia, porque por alguma razão ele está aqui por minha causa. Mas ele não faz isso. Nada do que ele faz é motivado por culpa ou raiva. Quem me dera eu fosse assim.

— Nós não estávamos olhando — ele responde. — O que mais nós não estamos vendo porque não estamos olhando?

— Eu preciso ler o que está lá. — Eu me levanto, mas Isaac me puxa de volta.

— É o Capítulo Nove.

Capítulo Nove?

Busco por esse capítulo na minha mente e, assim que o encontro, desligo esse pensamento. O Capítulo Nove é doloroso. Gostaria que não o tivesse escrito. Tentei convencer os editores a cortá-lo dos originais antes que o livro fosse impresso. Mas eles julgavam que o capítulo fosse importante para a história.

No dia em que o livro chegou às prateleiras das livrarias, eu me refugiei no meu quarto branco, segurando o vômito, sabendo que todos estavam lendo o Capítulo Nove e tomando conhecimento da minha dor. Não quero ler isso, então permaneço sentada no sofá.

— O Capítulo Nove é...

— Eu sei o que é — eu o interrompo bruscamente. — Mas por que está lá?

— Porque existe alguém obcecado por você, Senna.

— Ninguém sabe o que aconteceu de verdade! Para quem você contou?

Eu digo isso aos gritos. Estou tão furiosa que quero destruir, jogar alguma coisa grande no chão. Mas o guarda do zoológico não nos dá nada grande para jogar. Tudo está preso, pregado ou colado nas paredes e no chão, como se isso fosse uma casa de bonecas.

— Pare com isso! — Isaac me agarra, tentando me conter e me acalmar.

A voz dele fica mais alta. Eu aumento o meu tom de voz também. Se ele vai gritar, então eu vou gritar mais alto ainda.

— E por que *você* está aqui? — Eu bato no peito dele com minhas duas mãos fechadas.

De repente ele se senta. Essa atitude me deixa frustrada. Eu estou preparada para lutar.

— Você já me disse essas palavras tantas vezes que eu até perdi as contas. Mas dessa vez não é minha escolha. Eu queria estar com a minha esposa, fazendo planos para o nosso bebê. Não queria estar aqui trancado, sendo prisioneiro com você. Eu não quero estar com você.

Doeu demais ouvir essas palavras. Se o orgulho não mantivesse meus joelhos firmes, a dor me faria desabar. Isaac sobe as escadas e eu apenas o observo, com o coração batendo tão forte quanto a raiva dele. Acho que estava errada a respeito dele. Eu estava errada a respeito de tantas coisas em relação a Isaac...

Estou enrolada no meu casulo de novo quando Isaac chega com o jantar. Ele traz dois pratos e os coloca no chão diante da lareira antes de me desenrolar.

— Comida — ele diz.

Eu me deito de costas e fico olhando para o teto por um minuto, antes de tomar impulso com as pernas para sair da cama e caminhar lentamente até Isaac e seu piquenique.

Ele já está comendo, olhando as chamas na lareira enquanto mastiga. Eu me agacho no chão, o mais longe dele possível — no canto do tapete — e pego o meu prato. É um prato quadrado. Com quadrados ao longo das suas bordas. É a primeira vez que percebo isso. Durante semanas eu usei esses pratos para comer, mas só agora observo coisas como cor, padrão e forma. Eles me parecem familiares. Toco um dos quadrados com o meu dedinho.

— Isaac, esses pratos...

— Eu sei — ele diz. — Você está meio letárgica, Senna. Eu gostaria que você acordasse e me ajudasse a nos tirar daqui.

Coloco o prato no chão. Ele está certo.

— A cerca. Que distância ela cobre em torno da casa?

— Perto de um quilômetro e meio em todas as direções. Com o penhasco de um dos lados da propriedade.

— Por que ele nos deu todo esse espaço?

— Comida — Isaac responde. — Madeira, talvez.

— Então ele quer que a gente se cuide por conta própria quando a comida acabar?

— Sim.

— Mas a cerca vai manter os animais do lado de fora, e não há muitas árvores para cortarmos.

— Pois é. Eu não sei. Vai ver a intenção dele é nos manter assim até o verão — Isaac pondera. — Pode ser que apareçam alguns animais no verão.

— Existe verão aqui? — eu indago com sarcasmo, mas Isaac faz um aceno afirmativo com a cabeça.

— Sim, há um breve verão no Alasca. Mas pode não haver, dependendo da região em que a gente esteja. Se nós estivermos nas montanhas, o inverno vai durar o ano todo.

Não sinto muita falta do sol. Jamais senti. Mas também não gosto de saber que terei de suportar o inverno durante o ano inteiro. Isso me faz querer subir pelas paredes.

Começo a mexer nervosamente na bainha do meu suéter.

— Quanta comida nós temos ainda?

— Deve durar alguns poucos meses, se nós racionarmos.

— Queria que essa música parasse. — Pego o meu prato e começo a comer. Esses são os pratos do Isaac. Ou eram os pratos dele. Eu só comi na casa dele uma vez. Ele agora provavelmente tem o tipo de porcelana chinesa que as pessoas casadas têm. A esposa dele me vem à mente. Pequena e bonita, comendo sozinha na sua porcelana chinesa porque seu marido está desaparecido. Ela não sente vontade de comer, mas come mesmo assim; afinal, tem que pensar no bebê. O bebê que eles tanto desejaram e que tanto se empenharam para ter. Afasto essa imagem da minha mente. Ela ajudou a salvar a minha vida. Eu me pergunto se o desaparecimento dele foi ligado ao meu. Daphne sabia de algumas coisas que haviam acontecido comigo e com Isaac. Eles já estavam juntos quando Isaac me conheceu. Mas Isaac pôs seu relacionamento com ela em compasso de espera durante os meses em que se ocupou de continuar me mantendo viva.

— Senna — ele diz.

Eu não olho para ele. Faço esforço para não fraquejar. Há arroz no meu prato. Conto os grãos.

— Demorei muito tempo... — ele faz uma pausa. — Para deixar de pensar em você a todo instante.

— Isaac, você não precisa fazer isso. Sério. Eu entendo. Você quer estar com a sua família.

— Nós não somos bons nisso — ele diz. — Não somos bons em conversar. — Ele coloca o seu prato de lado. Eu escuto o barulho dos talheres. — Mas quero que você saiba uma coisa sobre mim. *Quero* é a palavra-chave aqui, Senna. Sei que você não *precisa* de nada que tenho para dizer.

Eu me agarro ainda mais ao arroz no meu prato. É tudo o que me separa dos meus sentimentos: arroz.

— Você ficou em silêncio a sua vida inteira, Senna. Ficou em silêncio quando nos conhecemos, e quando estava sofrendo. Fez silêncio quando a vida continuou castigando você. Eu também era assim, um pouco. Mas não como você. Você é uma pessoa calada. E eu tentei inspirar você, mexer com você. Não funcionou. Mas isso não significa que você não mexeu comigo. Eu ouvi tudo o que você não disse. E ouvi muito bem, porque o seu silêncio soou alto. Seu silêncio ecoou tão forte que eu não poderia deixar de ouvi-lo.

Ponho o meu prato no chão e limpo as mãos nas pernas da minha calça. Posso sentir a angústia em sua voz. Não tenho nada a dizer. Eu não sei o que dizer. Isso prova que ele tem razão, e eu não quero que ele tenha razão.

— Eu ainda escuto o seu silêncio.

Eu me levanto. Acabo batendo no meu prato; ele vira.

— Pare, Isaac.

Mas ele não para.

— Não é que eu não queira estar com você. Não é isso, de jeito nenhum. É que você não quer estar comigo.

Eu saio pelo alçapão. Nem mesmo uso os degraus da escada do sótão. Eu simplesmente pulo... e aterrisso direto no piso de baixo, agachando-me no impacto. Sinto-me selvagem.

"A vida que você escolhe viverrrr é a essência do que você é".

Eu sou um animal lutando pela sobrevivência. Nada mais, nada menos.

24

DEPRESSÃO

ESTOU FEDENDO. NÃO SE TRATA DO ODOR QUE adquirimos em um dia quente, quando o sol tosta a nossa pele e ficamos com o característico cheiro de corpo. Quem dera fosse esse o fedor que sinto em mim agora. Ao menos isso significaria que há sol no lugar em que me encontro. O odor que agora exala de mim é de mofo, como o de uma velha boneca que ficou guardada em uma gaveta durante anos. Estou cheirando a pouco banho e depressão. Isso mesmo. Eu penso com indolência no meu cheiro e na minha mecha grisalha, grudada no meu rosto de um modo deplorável. Nem me importo mais em tirá-la de cima dos meus olhos e prendê-la. Permaneço curvada debaixo das cobertas como um feto. Nem mesmo sei há quanto tempo estou assim: dias? Semanas? Ou talvez seja apenas uma sensação de que já se passaram semanas. Sou governada pelas semanas, e pelos dias das semanas, e horas das semanas e dias e minutos e segundos e...

Eu nem estou no quarto do sótão. É mais quente no sótão, mas eu bebi muitas doses de uísque algumas noites atrás e caí no quarto do carrossel, quase num estado de inconsciência e bem enjoada. Eu estava zonza demais para acender a luz, então me deitei tremendo debaixo das cobertas de plumas de ganso, tentando não olhar para os cavalos. Acordar nesse quarto foi como ter uma noite de bebedeira e depois descobrir que estou na minha cama com o namorado da minha melhor amiga.

A princípio eu fico tão espantada que não consigo me mover, deixando o medo e a vergonha me paralisarem. Não sei exatamente quem eu sinto que estou traindo por estar aqui, mas é como me sinto, de qualquer modo. Isaac não aparece para me ver, mas levando em conta que passamos a noite inteira tomando todas, ele provavelmente está tão fora de combate quanto eu. Isso é o que temos feito ultimamente; depois do jantar nós nos reunimos na sala e bebemos, e a garrafa passa das minhas mãos para as dele sem parar. Uns drinques após o jantar. Só que os jantares estão ficando mais escassos: um punhado de arroz, algumas cenouras enlatadas. Nesses últimos dias os nossos estômagos receberam mais bebida do que comida. Eu começo a gemer quando penso em comida. Preciso fazer xixi, e talvez esteja doente. A ponta do meu dedo corre para a frente e para trás sobre os lençóis de algodão, para frente e para trás. Para frente e para trás, para frente e para trás, até que eu finalmente pegue no sono. *Landscape* está tocando. Está sempre tocando. O guarda do zoológico é cruel.

Para frente e para trás, para frente e para trás. Há papel de parede à esquerda da cama, com pequenos cavalos de carrossel flutuando soltos num fundo cor de creme. Mas eles não estão zangados como os cavalos presos à cama. As narinas deles não estão dilatadas, e não se pode ver o branco dos seus olhos. Eles têm fitas presas em seus topetes e joias avermelhadas decorando as selas. A parede à direita da cama é azul-clara, e instalada no centro dela há uma lareira de tijolos. Algumas vezes eu olho para a parede azul, outras eu gosto de contar os pequenos cavalos de carrossel no papel de parede. Também há ocasiões em que eu fecho os olhos e os aperto com força, e finjo que estou em casa, na minha própria cama. Os meus lençóis e o peso do meu cobertor são diferentes, mas se eu ficasse bem quieta...

É então que as coisas ficam meio malucas. Eu nem mesmo tenho certeza se quero estar na minha própria cama. Falando figurativamente, era uma cama tão fria quanto essa em que estou agora. Não existe nenhum lugar onde eu queira estar. Melhor aceitar o frio, a neve e a prisão. Eu deveria ser como Corrie Ten Boom* e tentar encontrar algum propósito no sofrimento. Eu me torno catatônica a essa altura. Os meus pensamentos, que giraram

---

* Cornelia Johanna Arnolda Ten Boom, conhecida como Corrie Ten Boom, foi uma escritora e resistente holandesa que ajudou a salvar a vida de muitos judeus ao escondê-los dos nazistas durante a II Guerra Mundial.

em círculos praticamente o dia inteiro, simplesmente se desligam. Fico olhando para o vazio até que em dado momento Isaac me traz um prato de comida e o coloca na mesa ao lado da cama. Eu não toco na comida. Não toco em nada há dias, até que ele implora para que eu coma. Para que eu me mova. Para que fale com ele. Eu olho para uma das duas paredes e percebo quão longe posso ir sem me importar com nada. Faço xixi na cama. Na primeira vez é um acidente; a minha bexiga inchou como um balão de água e atingiu seu limite. Acontece mais uma vez. Dormindo, eu simplesmente rolei na cama e encontrei um ponto seco no colchão. Eu acordo mais perto da lareira, com as roupas meio úmidas. Isso não me incomoda. Eu finalmente estou no lugar onde nada me incomoda.

Splash

Eu me debato debaixo da água quente, angustiada e desesperada. Levanto o corpo, ofegante, tentando agarrar as bordas da banheira para sair de dentro dela. Isaac me afunda na água como se eu fosse uma esponja. A água transborda pelas laterais da banheira e molha as pernas da sua calça e as suas meias. Eu resisto por mais alguns segundos, e ele continua me segurando dentro da água. Não tenho energia para lutar. Deixo o meu corpo afundar. A banheira está tão cheia que posso mergulhar completamente. Eu afundo, afundo, afundo no oceano.

Mas não há possibilidade de dormir, porque ele me agarra pela parte de trás dos meus braços e me puxa para que eu fique sentada. Eu seguro com força nos lados da banheira, ofegante. Estou quase nua, usando apenas um sutiã esportivo e calcinha. Ele despeja xampu na minha cabeça; eu bato nas mãos de Isaac como uma criança, até que os dedos dele alcançam meu couro cabeludo. Então, eu paro de reagir. O meu corpo, que um segundo atrás estava rígido, pende mole para a frente enquanto ele esfrega a minha cabeça sem resistência.

Ele usa as mãos e uma esponja que parece ter saído direto de um recife de coral para me lavar. Mãos de cirurgião massageando os meus músculos e a minha pele até me deixar tão relaxada que eu mal consigo me mover. Fecho os olhos quando ele lava o meu cabelo. Ele usa ambas as mãos para segurar minha cabeça e mantê-la levantada, protegendo-a para que não afunde abaixo da superfície da água. Quando as mãos dele param de repente de se movimentar, eu abro os olhos. Isaac está olhando para mim de cima, com uma expressão muito séria. E de total perplexidade. Num impulso, eu levanto a mão e empurro o rosto dele. Minha preocupação é de que ele veja através do fino tecido do meu sutiã branco, mas não há nada para se ver. Eu sou praticamente um garoto. Tiro a minha mão e começo a rir às gargalhadas. Parece um surto de loucura. Por que afinal vestir um sutiã esportivo? Que coisa mais estúpida. Eu posso passar sem sutiã mesmo, não me faz falta nenhuma. Rio mais alto ainda, e acabo engolindo água quando meu corpo rola para o lado. Eu engasgo — e fico engasgando e rindo. Isaac me puxa para cima. De repente, toda a barulheira e o engasgo desaparecem. Volto a ser Senna novamente. Olho para a parede atrás da torneira, sentindo-me cansada. Isaac me segura pelos ombros e me sacode.

— Por favor — ele diz. — Tente apenas ficar viva.

Meus olhos estão tão cansados. Isaac me ajuda a sair da banheira. Fecho os olhos enquanto ele se ajoelha no chão para me enxugar. Ele me enrola em uma toalha que tem seu cheiro. Passo os braços em torno do pescoço dele, e ele me carrega até a escada do sótão. Aperto o pescoço dele de leve, só para que ele saiba que eu vou tentar.

25

EU VOLTO À VIDA, PELO MENOS UM POUCO. SOU tomada pelo febril e horrível pensamento de que o quarto do carrossel tentou me matar. *Não*. É só um quarto. Eu é que tentei me matar. Quando os meus dias negros se vão, os dias negros de Isaac surgem. Parece que nós nos alternamos no ato de desistir da vida. Ele se tranca em seu quarto com o único banheiro, e eu tenho de urinar num balde e esvaziá-lo nos fundos da casa. Eu o deixo em paz; apenas levo comida até o quarto dele e depois recolho o prato vazio. Mantenho fechada a porta do quarto do carrossel. Esse cômodo agora está malcheiroso. Eu lavei os lençóis na banheira uma semana atrás, e esfreguei o colchão com sabão e água, mas o cheiro de urina se impregnou. Depois de algum tempo Isaac sai do seu quarto, e começa a preparar as nossas refeições novamente. Ele não conversa muito. Seus olhos estão sempre vermelhos e inchados. *Quem semeia tristeza colhe lágrimas*, minha mãe costumava dizer. Nós só lidamos com tristeza nessa casa. Quando a minha colheita virá?

Passam-se dias, e uma semana se vai, e então duas. Isaac me impõe o tratamento do silêncio e, quando existem apenas duas pessoas no universo, o silêncio fala alto, muito alto. Eu me enfio nos lugares onde ele costuma estar: na cozinha, no quarto do carrossel, onde ele se senta encostado na parede e olha fixamente para os cavalos. Eu não durmo mais no quarto do sótão; deito-me em posição fetal no sofá da sala e espero. Espero que ele acorde, espero que ele olhe para mim, espero que as emoções implodam.

Estou sentada à mesa certa noite, esperando... enquanto Isaac está diante do fogão, mexendo alguma coisa dentro de uma enorme panela de ferro. A nossa comida está acabando. No freezer restam sete sacos plásticos de uma carne qualquer e uns dois quilos de vegetais congelados. Só feijão--de-lima, que Isaac odeia. Na despensa o cenário também não é dos melhores. Temos um saco de batatas e um pacote de um quilo de arroz. Também temos algumas latas de ravióli, mas eu continuo tentando me convencer de que sairemos desse lugar antes que eu tenha de comer isso. Quando Isaac me entrega o meu prato, alguns minutos mais tarde, eu tento olhá-lo nos olhos, mas ele não permite e foge desse contato. Eu empurro meu prato para afastá-lo de mim. A borda do meu prato bate na do prato dele. Ele olha para cima.

— Por que está me tratando assim, Isaac? Você mal olha para mim.

Eu não esperava que ele respondesse. Mas existia a possibilidade.

— Você se lembra da ocasião em que a gente se conheceu? — ele pergunta. Eu fico arrepiada.

— Como poderia não me lembrar?

Isaac passa a língua nos dentes antes de se inclinar para trás, distanciando-se do prato. *Dessa vez* ele certamente estava olhando para mim.

— Quer que eu lhe conte a história?

— Quero saber por que você não consegue olhar para mim — respondo.

Ele esfrega as pontas dos dedos umas nas outras como se houvesse graxa nelas. Mas não é graxa. Nós estamos comendo arroz com um pouco de batata e carne moída misturada.

— Eu tinha um voo marcado, Senna. No dia de Natal. Era para eu ter ido viajar naquela manhã, para casa, para ver a minha família. Estava a caminho do aeroporto quando resolvi mudar de direção e dirigir até a minha casa. Não sei por que fui fazer isso, porra. Simplesmente senti que precisava ficar. Fui dar uma corrida para espairecer e lá estava você, saindo do meio das árvores daquele jeito.

— Por que não me disse isso antes? — pergunto, encarando-o.

— Você teria acreditado em mim?

— Acreditar em quê? Que você foi correr em vez de pegar um avião?

— Não. — Ele se inclina para a frente. — Não me faça achar que sou um idiota por pensar que existe um propósito. Nós não somos animais. A vida não é aleatória. Eu tinha que estar lá.

— E eu tinha que ser estuprada para que a gente pudesse se encontrar? Porque é isso que você está dizendo. Se a vida não é aleatória, então alguém planejou para que aquele miserável fizesse o que fez comigo! — Eu estou ofegante, com o peito pesado. Isaac passa a língua nos lábios.

— Talvez estivesse nos planos de alguém me colocar lá para que eu a ajudasse... a...

— A me manter viva — eu concluo.

— Não. Eu não disse...

— Sim, é exatamente o que você está dizendo. Meu salvador, enviado para evitar que a patética e chorosa Senna se matasse.

— Senna! — Ele bate com o punho na mesa, e eu dou um pulo. — Nós dois estávamos meio mortos e derrotados quando nos conhecemos. Mas, apesar disso, criamos algo de bom. Você foi um sopro de vida para mim. Eu segui meu instinto e permaneci com você. Eu não pretendia salvá-la, só não sabia como deixar você.

Um longo momento de silêncio se seguiu.

Nem mesmo Nick havia feito isso. Porque Nick não me amou incondicionalmente. Ele me amou enquanto fui a sua musa. Enquanto dei a ele alguma coisa em que acreditar.

— Isaac... — A minha voz soa apagada. Há algo que quero dizer, mas eu não sei o que é. Mas nada do que eu diga vai nos levar a algum lugar, absolutamente nada. Isaac é casado e a nossa situação deixa pouco espaço para qualquer coisa que não seja sobrevivência. — Tenho que ir pegar um pouco de madeira — aviso.

Ele sorri tristemente e faz que sim com a cabeça.

Eu preparo o jantar nessa noite. Carne vermelha; não sei de que tipo é, até cheirá-la na frigideira e perceber que se trata de carne de caça. Quem se deu ao trabalho de caçar esses animais para nós? De embalar a carne? De congelá-la?

Isaac não sai do seu quarto para vir comer. Eu coloco o prato de comida dele no forno para mantê-lo aquecido e subo na mesa da cozinha. É grande o suficiente para que duas pessoas se deitem nela lado a lado. Eu me deito curvada no meio da mesa, com o rosto voltado para a janela. Posso ver a janela sobre a pia, e a porta da entrada refletida na janela. A cozinha é o lugar favorito dele. Vou esperá-lo aqui. É legal estar em um lugar no qual eu não deveria estar. O guarda do zoológico não se importa que eu me deite na mesa dele, mas em geral mesas não foram feitas para que a gente se deite nelas. Isso faz com que eu me sinta um pouco rebelde, o que me ajuda. Não, na verdade não ajuda em nada. A quem eu quero enganar? Saio da minha posição fetal, endireito-me e pulo para fora da mesa. Vou até a gaveta de talheres e a abro com força, escancarando-a. Os talheres fazem barulho ao se chocarem quando a gaveta se trava. Verifico o que há dentro dela, mais exatamente os tipos de facas: longas, curtas, serrilhadas, curvas. Pego a faca que Isaac usa para descascar batatas. Passo a ponta da faca na palma da minha mão, para frente e para trás, para frente e para trás. Se eu pressionar um pouco mais forte, posso tirar sangue. Vejo a minha pele afundar sob a ponta da faca enquanto espero pela picada, pela inevitável dor aguda e pela liberação do líquido vermelho.

— Pare com isso.

Eu levo um susto. Solto a faca, que cai no chão fazendo um grande barulho. Ponho a palma da mão sobre o sangue que está surgindo na minha pele. Ele brota, e então escorre pelo meu braço. Isaac está parado na porta, vestindo apenas uma calça de pijama. Olho para o fogão, e me pergunto se ele desceu para a cozinha porque sentiu fome. Ele caminha rapidamente até o lugar onde eu estou, e com um movimento pega a faca no chão. Então ele faz uma coisa totalmente surpreendente: coloca a faca de volta na minha mão. A minha boca se retorce quando ele aperta os meus dedos em torno do cabo. Paralisada e sem palavras, eu o vejo encostar a ponta afiada na própria pele, bem na direção do coração. A minha mão está presa debaixo da dele, segurando o cabo com trêmula hesitação. Não consigo mover meus dedos — nem um pouquinho. Isaac usa a sua força contra mim quando eu tento me livrar, puxando o meu braço e a lâmina na direção dele. A faca pressiona a pele dele; eu vejo o sangue brotar, e então eu grito. Ele está me forçando a machucá-lo. Eu não quero machucá-lo. Não quero ver o sangue dele. Porém, ele puxa com mais força ainda.

— Não! — Eu luto para me soltar dele, forçando o meu corpo para trás. — Isaac, não!

Por fim ele me solta. A faca cai no chão entre nós. Imóvel, estarrecida, vejo o sangue que começa a escorrer do peito dele. O corte não tem mais de dois centímetros, mas é mais profundo do que um corte que eu teria feito em mim mesma.

— Por que fez isso, Isaac? — eu me queixo aos gritos. Foi cruel demais. Eu pego o material que está mais à mão, que é um pano de pratos, e o pressiono contra o corte que nós dois fizemos juntos. Há sangue escorrendo do peito dele, e eu tenho sangue escorrendo pelo meu braço. É tão mórbido e confuso.

Fico à espera de uma resposta. Ele está olhando para mim atentamente, com expressão muito séria.

— O que você sentiu? — ele pergunta.

Balanço a cabeça numa negativa. Não entendo o que ele está me perguntando. Vamos precisar dar pontos? Deve haver uma agulha em algum lugar por aqui... e linha.

— O que você sentiu quando aconteceu, Senna?

Isaac quer que eu preste atenção nele, que faça contato visual, mas não consigo desviar os olhos do sangue que brota do ferimento dele. Não quero ver a vida se esvaindo dele dessa maneira.

— Precisamos dar pontos nisso — eu digo. — Pelo menos dois...

— Senna, o que você sentiu?

Levo ainda um longo momento para me concentrar nas palavras dele. Ele quer realmente que eu responda essa pergunta? Abro a boca para falar, hesito, tento de novo.

— Dor. Eu não quero que você se machuque. Por que foi fazer isso? Estou tão zangada. E confusa.

— Porque é isso que eu sinto quando você se machuca.

Deixo o pano de prato cair no chão. Não se trata de um gesto dramático — apenas ficou difícil continuar segurando-o na mesma posição. Olho para baixo, para o lugar onde o pano caiu, entre os meus pés. Há uma mancha de sangue nele. Isaac se agacha para pegá-lo. Ele também apanha a faca e a coloca de volta na minha mão. Agarrando o meu pulso, ele me leva até a mesa e me posiciona na frente dela.

— Escreva — ele diz, apontando para a madeira.

— O quê?

Ele agarra a mão que está segurando a faca. Eu tento soltá-la novamente, mas os olhos dele me acalmam.

— Confie em mim, Senna.

Eu paro de resistir.

Dessa vez ele aperta a ponta da faca na madeira, e risca uma linha reta.

— Escreva aqui — ele diz.

Eu sei o que ele está me dizendo, mas não é a mesma coisa.

— Eu não escrevo no meu corpo. Eu o corto.

— Você escreve a sua dor na sua pele. Com uma faca. Linhas retas, linhas profundas, linhas tortas. É só um tipo diferente de letra.

De repente eu percebo. Eu sinto pesar por tudo o que eu sou. *Landscape* está tocando ao fundo; uma trilha sonora estranha, uma trilha sonora constante.

Eu olho para o tampo de madeira liso. Pressiono a ponta e aprofundo a linha que nós entalhamos. A lâmina se flexiona um pouco. A sensação é boa. Faço isso mais um pouco. Acrescento mais linhas, mais curvas. Meus movimentos se tornam mais frenéticos cada vez que a faca toca na mesa. Isaac deve pensar que estou enlouquecendo. Talvez até pense de fato, mas mesmo assim ele não se move. Permanece parado atrás de mim, como se estivesse ali para fiscalizar o meu ataque. Quando termino, atiro a faca longe. Eu me inclino sobre a mesa e ponho as duas mãos sobre as minhas gravuras. Estou ofegante, como se tivesse acabado de correr dez quilômetros. Eu realmente corri, em termos emocionais. Isaac estende a mão e toca na palavra que eu gravei na madeira. Não planejei isso, nem mesmo sabia o que estava gravado ali até que vi os dedos dele seguirem os traços entalhados. Dedos de cirurgião. Dedos de baterista.

ÓDIO

— Quem você odeia? — ele pergunta.

— Eu não sei.

Giro o corpo e dou de cara com o peito de Isaac, esquecendo-me de que ele estava logo atrás de mim. Ele me segura pelos ombros e me aperta contra o seu corpo. Então passa o braço em torno da minha cabeça, pressionando meu rosto em seu peito. Com a outra mão, acaricia as minhas costas em movimentos circulares. Sinto o apoio e a proteção dele, e estremeço. E eu juro... Juro que ele acabou de me curar um pouco.

— Você continua sendo importante para mim, Senna — ele diz, a boca encostada no meu cabelo. — Uma pessoa jamais consegue deixar de considerar importante o que reconhece como parte de si mesma.

Uma semana mais tarde, *Landscape* para de tocar. Estou saindo do meu banho morno e com pouca água, quando subitamente a música é interrompida no meio do refrão. Enrolo uma toalha em torno do corpo e saio rápido do banheiro à procura de Isaac. Ele está na cozinha quando eu entro meio desequilibrada pela porta, ainda segurando a toalha presa ao meu corpo. Estou pingando água. Nós ficamos olhando um para o outro por minutos, esperando a música começar a tocar novamente, imaginando que fosse alguma falha na reprodução. Mas a música não voltou. Parece ser um alívio, até que o silêncio passa a incomodar. Silêncio genuíno, ensurdecedor. Estamos tão acostumados com o som que precisaremos de alguns dias para nos adaptar à falta dele. É o que acontece quando você é prisioneiro de alguém. Você quer a sua liberdade, mas quando finalmente a consegue, se sente perdido fora da sua prisão. Eu me pergunto se sentiremos falta daqui se algum dia conseguirmos escapar. Isso parece piada, mas sei como funciona a mente humana.

Dois dias depois, a energia elétrica é cortada. Nós ficamos no escuro. A escuridão não toma conta apenas da casa. O mês de novembro chega. O sol não vai aparecer no Alasca por dois meses. É a suprema escuridão. Não encontramos luz em lugar nenhum, a não ser agachados perto da lareira enquanto a nossa lenha é consumida. Agora não resta dúvida: nós vamos morrer.

26

NÓS COMEMOS A ÚLTIMA BATATA EM ALGUM momento no final de novembro. O rosto de Isaac estava tão esquelético que, se eu ainda tivesse alguma gordura no corpo, tiraria para dar a ele.

— Sempre tem alguma coisa tentando me matar — disse certo dia, quando estávamos diante da lareira. O chão é o nosso perpétuo ponto de encontro, no sótão. É o mais perto possível do fogo. Luz e calor. Os barris de diesel no galpão estão vazios, as latas de ravióli na despensa estão vazias, o gerador está vazio. Já derrubamos as árvores do nosso lado da cerca. Não há mais árvores. Eu ficava observando da janela do sótão enquanto Isaac as derrubava, e eu sussurrava "rápido, rápido...", até que ele as cortava e trazia a lenha para dentro, para que pudéssemos queimá-la.

Não há mais árvores, mas há neve. Neve a perder de vista. Nós podemos comer neve, beber neve, tomar banho na neve.

— É o que parece mesmo, concordo. Mas até agora não conseguiram fazer isso.

— Fazer o quê?

— Matar você — responde.

Ah, claro. Com que facilidade o cérebro adormece quando não há comida para mantê-lo desperto.

Que sorte a minha.

— A nossa comida está no fim, Senna.

Isaac olha para mim como se eu realmente precisasse ser informada disso. Como se eu não tivesse visto a maldita despensa e a porcaria da geladeira. Perdemos tanto peso que eu não poderia ignorar isso nem que quisesse. Sei muito bem o que está chegando ao fim: comida... madeira... esperança...

Isaac montou as armadilhas que encontramos no galpão, mas com uma cerca elétrica seria difícil que qualquer animal atravessasse para o lado de dentro sem antes virar churrasco. A nossa energia elétrica se foi, mas a cerca continua ligada. Nela a eletricidade está mais ativa que nunca, e escutar seu zumbido é um tapa na cara.

— Se o nosso gerador não tem mais força, deve haver outra fonte de energia na propriedade.

Isaac coloca mais lenha no fogo, que começa a consumir a madeira lentamente; fecho os olhos e digo: *mais quente, mais quente, mais quente...*

— Tudo isso foi planejado, Senna. O guarda do zoológico preparou tudo para que o combustível do gerador acabasse na mesma semana em que a escuridão permanente chegou. Tudo o que está acontecendo foi planejado.

Não sei o que dizer e, por isso, não digo nada.

— Temos o suficiente para mais uma semana, talvez, se formos cuidadosos — ele me avisa.

Como sempre acontece, a mesma pergunta ricocheteia no meu cérebro. Por que alguém se daria ao trabalho de nos trazer para cá apenas para nos deixar morrer de fome e de frio? Faço essa pergunta a mim mesma, em voz alta e com pouco entusiasmo.

Isaac responde com menos entusiasmo ainda.

— A pessoa que fez isso, seja lá quem for, é louca. Tentar encontrar sentido nas intenções de um louco também é loucura.

Acho que ele tem razão. Mas eu já estou louca.

Nossa comida acaba três dias depois. Nossa última refeição é um punhado de arroz cozido direto no fogo da lareira, em uma panela que Isaac coloca sobre barras de ferro que encontrou no galpão. O arroz não fica macio como deveria, mas o suficiente para que possamos mastigá-lo. Isaac me dá a maior porção, mas eu deixo a maior parte da comida no prato. Não me importo se morrer de fome. A grande verdade é que vou morrer. Quando finalmente acharem o meu corpo, não quero que me abram e encontrem arroz meio digerido no meu estômago. Parece ofensivo. Prisioneiros sempre têm direito a escolher sua última refeição. Onde está a minha?

Penso nas cascas de batata que eu comi. Ficaram em cima da pia. Agora parece bom saber que não as joguei fora. Na última semana nós comemos borra de café no desjejum. Chegou a ser engraçado no início, como uma situação que vemos em histórias de horror e de luta pela sobrevivência, mas eu quis chorar quando a borra entupiu a minha garganta com o seu sabor amargo.

Eu me enrolo bem no cobertor. O frio é intenso, mas só podemos queimar duas toras de madeira por dia. Se pudéssemos atravessar aquela cerca, teríamos todas as árvores que desejássemos à nossa disposição. Algumas vezes eu vejo Isaac do lado de fora, olhando para a cerca com as mãos nos bolsos e de cabeça baixa. Ele caminha para cima e para baixo com uma chave de fenda que encontrou no galpão, segurando-a contra os postes da cerca para verificar a potência da eletricidade. Acho que ele tem esperança de que um dia o guarda do zoo se esqueça de ligar o sistema.

Nós já queimamos toda a madeira disponível, incluindo o próprio galpão. Só não usamos as portas do interior da casa porque elas são feitas de fibra de vidro. Queimamos os móveis. Isaac serrou e cortou as camas até que restassem apenas as estruturas de metal. Queimamos livros. *Deus meu* — livros! Queimamos os quebra-cabeças. Até arrancamos da parede as pinturas de Oleg Shuplya; no começo usamos apenas a armação de madeira como lenha, mas no final das contas acabamos atirando os próprios papéis no fogo também. Eu poderia definir toda essa situação como o meu inferno particular, se não fosse quente no Inferno. Eu adoraria estar no Inferno neste exato momento.

Isaac vem para o meu quarto. Escuto sua movimentação perto da lareira. Ele está colocando lenha no fogo. Uma lenha preciosa, a única que resta. Nós a estávamos economizando. Acho que o tempo de economizar chegou ao fim. Geralmente Isaac fica algum tempo no sótão e depois volta para o seu próprio quarto, mas o quarto do sótão é o mais quente da casa e o único que deixamos com um pouco de lenha queimando. Sinto o colchão se mexer quando ele se senta ao lado do meu casulo.

— Você tem um desses protetores labiais sobrando?

— Sim — respondo baixinho. — No armário.

Escuto os passos dele caminhando até o móvel. Começa a mexer nas coisas dentro do armário. Ainda temos um isqueiro sobrando, com apenas algumas gotas de fluido nele. Nós o usamos com muito cuidado; mas as coisas um dia terminam, por mais cuidadoso que você seja.

— O protetor labial vai manter o fogo queimando por mais tempo — diz. — E também vai tornar o fogo mais intenso.

De algum lugar remoto do meu cérebro uma dúvida surge: como é que o Isaac sabe disso? Tenho uma pergunta irreverente na ponta da língua: "Você aprendeu isso na escola de sobrevivência médica?", mas não consigo articular as palavras para formular uma pergunta.

— Eu vou dormir aqui com você — diz, sentando-se na cama.

Abro os olhos e observo atentamente a brancura da colcha. A cor branca tem presença muito marcante aqui. Eu já estava cansada dessa cor quando tudo se tingiu de negro. Agora sinto saudade do branco. O peso de Isaac faz a cama balançar quando ele desenrola as minhas cobertas. No instante em que a última coberta se separa do meu corpo, eu começo a tremer incontrolavelmente. Deitada de costas, olho para Isaac. Ele parece irritado. Perdeu tanto peso que chega a ser assustador. *Espere.* Esse pensamento já me ocorreu antes? Faz semanas que eu não olho para mim mesma. Mas as minhas roupas — as roupas que o guarda do zoo me deixou — balançam frouxas no meu corpo, como se eu fosse uma criança vestindo as coisas da mãe.

Isaac se abaixa, enfia os braços debaixo de mim e me levanta. Não sei como ele ainda encontra forças para fazer uma coisa dessas; eu mal tenho força suficiente para manter a cabeça erguida. O cobertor ainda está debaixo de mim. Isaac me coloca no chão, diante da lareira, e abre bem o cobertor ao meu redor. Não sei o que ele pretende fazer. Então o meu coração começa a bater acelerado. Isaac se debruça sobre mim. Estou entre as pernas dele. Nossos olhos se encontram quando ele se abaixa sobre mim. Primeiro ele acomoda seus joelhos no chão. Depois acomoda os cotovelos. Eu não me mexo. Nem respiro. Fecho os olhos e sinto o peso dele, a princípio numa pressão suave e depois do corpo inteiro. O corpo dele é quente. O choque provocado por esse contato me faz gemer. Quero abraçá-lo e me enrolar nele, absorver seu calor, mas permaneço imóvel. Ele me puxa apenas o suficiente para passar os braços por trás das minhas costas. Os meus olhos ainda estão fechados, mas posso sentir o seu hálito no meu rosto.

— Senna? — diz baixinho.

— Hmmm?

— Role comigo.

Eu demoro um pouco para entender. O cérebro humano funciona como uma conexão ruim de internet quando está congelando. Isaac quer ficar enrolado comigo no casulo. Eu acho.

Com dificuldade eu aceno que sim com a cabeça. Meu pescoço está rígido. Ele dobra a borda do cobertor em torno de nós. Sinto o meu corpo duro, como se os meus ossos fossem feitos de gelo. O peso de Isaac pode me causar fraturas. Nós rolamos juntos no cobertor, nos posicionando de lado. Posso sentir o calor de Isaac na minha frente, e o calor do fogo lambendo as minhas costas. Percebo que ele me posicionou assim de propósito, para que eu ficasse mais perto do fogo.

As minhas mãos estão sobre o peito de Isaac, e eu resolvo acomodar o meu rosto no peito dele também. Ele continua cheirando a temperos. Começo a listá-los na minha cabeça: *cardamomo, coentro, alecrim, cominho, manjericão...* Depois de alguns minutos, minha tremedeira diminui. Isaac segura o meu pulso. Não sei por quê. E na verdade não me importo. Ele pressiona a minha pele com o dedo polegar. Finalmente percebo que ele está tomando o meu pulso.

— Eu estou morrendo, doutor? — pergunto lentamente. Exige energia articular essas palavras na ordem correta.

— Sim — responde. — Nós dois vamos morrer. Todos vamos.

— Que reconfortante.

Ele beija a minha testa. Os lábios dele estão frios, mas seu calor está me trazendo de volta à vida. Um pouco, pelo menos.

— Quando foi a última vez que você se sentiu viva? — Ele tropeça nas próprias palavras como se tivesse bebido, mas o álcool já se foi faz tempo. É o frio que o faz falar dessa maneira.

Balanço a cabeça. Sentir é uma coisa perigosa para uma pessoa como eu. Não temos mais nada a temer quando estamos morrendo. Levanto o rosto para transmitir a minha resposta sem palavras.

As mãos dele tocam o meu rosto.

— Posso fazer você sentir? Uma última vez?

Eu agarro a camisa dele com as duas mãos e me colo nele. Esse é o meu "sim".

A boca de Isaac é tão quente. Estamos tremendo e nos beijando, nossos corpos espalhando calor e desejo. Estamos frios e quentes ao mesmo tempo. Estamos emocionalmente destruídos. Desesperados para sentir as vibrações de vida um do outro, e para sentir esperança — sentir um último ato de vida. Nas nossas bocas não existe nada de prazeroso nem doce. Só frenesi e pânico. Eu sinto gosto de sal. Estou chorando. Um beijo desentupiu o meu canal lacrimal, acho.

Quando o nosso beijo chega ao fim, nós ficamos imóveis.

Os lábios dele se movem junto ao meu cabelo.

— Me desculpe, Senna.

Eu estremeço. *Ele está se desculpando?*

— Por quê?

Seguiu-se um silêncio de milhares de anos.

— Não consegui salvar você dessa vez.

Choro com o rosto encostado no peito dele. Não porque ele não conseguiu. Mas porque ele queria ter conseguido.

Acho que acabei pegando no sono. Quando acordo, noto que a respiração de Isaac está constante. Penso que ele ainda está dormindo, mas ele retira as mãos das minhas costas quando me mexo para mudar de posição, permitindo que eu me movimente até encontrar uma posição confortável de novo. Ficamos deitados assim por horas. Até que as chamas se apaguem por completo, até que eu saiba que a noite se tornou dia, ainda que o dia não dê mais as caras. Até que eu queira me acabar em lágrimas de alívio e sofrimento. Até que eu me lembre de toda a dor indescritível de anos atrás, que Isaac curou com o seu jeito sensível de amar. Vamos morrer. Mas pelo menos vou morrer com alguém que me ama.

Isaac tem um toque mágico. Não tenho a menor dúvida a respeito disso, e não poderia mesmo ser diferente. Ele ficou ao meu lado uma vez para me ajudar a superar os meus pesadelos, e agora está aqui comigo para me proteger do frio. Ele toca bem no ponto onde a dor se encontra, e então, num piscar de olhos, a dor para. Sim, Isaac tem um toque mágico... Posso sentir partículas de borra de café... Então eu vejo a Muralha da China, e me dou conta de que o meu cérebro está entrando em curto-circuito, compartilhando imagens de coisas que estão no meu subconsciente. Quando vejo a imagem da mesa na minha mente — a mesa de madeira entalhada da cozinha no andar de baixo — sinto alguma coisa realmente forte. Como quando eu durmo e o meu cérebro me diz o que escrever. O que há de tão especial em relação a essa mesa? Nesse instante eu entendo, mas estou tão cansada que não consigo manter meus olhos abertos. *Não se esqueça*, digo a mim mesma. *Você precisa se lembrar da mesa...*

O fogo se apaga.

Nossos corações estão batendo lentamente. Nós estamos determinados.

27

EU ACORDO. NÃO ESTOU MORTA. CUTUCO O PEITO de Isaac para que acorde. A pele dele parece estranha — fria e rígida. *Ah, meu Deus.*

— Isaac! — Eu o empurro com a pequena reserva de força que tenho. — Isaac!

Pressiono o meu ouvido no peito dele. Meu cabelo está na minha boca, caindo sobre os meus olhos. Não consigo sentir a pulsação no pescoço dele; estou presa entre ele e o cobertor. Vou ter um ataque de asma. Posso sentir o ataque chegando. Não há ar suficiente dentro das cobertas. Tudo o que consigo ouvir é a minha própria respiração frenética. Eu tenho que me desvencilhar desse casulo, mas Isaac parece pesar cem quilos. Eu o empurro para tentar desloca-lo e luto para sair do cobertor. Luto para respirar enquanto as minhas vias aéreas se fecham. Tenho que me mover de um lado para o outro até encontrar uma saída. Quando por fim consigo me libertar, o ar me atinge em cheio. É congelante, mas preciso dele nos meus pulmões. Só não sei como fazer com que chegue nos meus pulmões. Puxo o cobertor de cima do rosto de Isaac e pressiono seu pescoço com meus dedos. Não paro de murmurar: *por favor! Por favor!*

Por favor, não morra.
Por favor, não me deixe aqui sozinha.
Por favor, não me abandone.
Por favor, que esse ataque de asma não venha justo agora.

Consigo sentir pulsação. Está bastante fraca. Eu rolo e me deito de costas, respirando com dificuldade. O som é terrível. O som da morte. Por que estou sempre agonizando? Arqueio as costas, reviro os olhos. Preciso ajudar Isaac.

A mesa! Tenho que me lembrar de algo sobre essa mesa, mas o quê?

Já sei. Eu vejo tudo agora — vejo o que vi na noite passada em meu delírio. A mesa do meu livro. Eu escrevi sobre isso metaforicamente: o conceito de que todas as grandes coisas são feitas em torno de uma mesa: relacionamentos, planos para uma guerra, as refeições que mantêm nossos corpos vivos. A mesa é uma imagem que representa a vida e as escolhas que fazemos. Temos um exemplo disso em Camelot, com os cavaleiros do Rei Arthur reunindo-se em torno da Távola Redonda. Também temos um exemplo disso na Última Ceia. Vemos essa ideia em comerciais nos quais famílias jantam, riem e os alimentos passam de mão em mão.

Certa vez eu escrevi sobre uma mesa que era um poço. Meu relacionamento com Nick estava chegando ao fim, e eu tentava buscar uma explicação que mostrasse em que nós havíamos errado. Tivemos que voltar à mesa, injetar vida em nosso relacionamento agonizante. Foi melodramático e estúpido, mas o guarda do zoológico resolveu dar vida a isso. Instalou essa mesa em nossa cozinha, e eu me recusei a enxergar isso.

Eu me ajoelho e rastejo... até o buraco do alçapão. Tento descer, mas na metade do caminho eu caio. Não sei se o frio me deixou entorpecida ou se a falta de ar comprometeu meus sentidos, mas não sinto nada quando meu corpo bate na madeira. Rastejo um pouco mais até as escadas... na direção da mesa. Não... consigo... respirar.

Consigo chegar à mesa. Consigo sentir meus garranchos na madeira com as pontas dos dedos, embora tudo esteja tão escuro. Vou até o armário debaixo da pia e pego a lanterna industrial que Isaac guarda para ser usada em emergências. Ligo a lanterna e a coloco sobre o balcão, apontada na direção do objeto do meu interesse. Cambaleio para a frente. Sei o que preciso fazer, mas não tenho energia para fazê-lo. Dar alguns passos é um sacrifício. Posicionada de costas para a mesa, seguro a extremidade dela firmemente com as duas mãos. Com um pé plantado na parede e o outro no chão, empurro com toda força.

A princípio nada acontece, e então eu ouço o rangido. É mais alto que o ruído dos sibilos e chiados que escapam da minha boca. Isso confirma que estou no caminho certo. É o suficiente para que eu empurre com mais força ainda. Eu empurro até que a pesada peça de madeira se move, sai do lugar e começa a tombar. Eu me afasto para observar. Ouve-se um baque impressionante quando o móvel se inclina e cai, aterrissando com o tampo paralelo à parede. Eu avanço tropeçando e dou uma espiada. Vejo um buraco negro bem na minha frente. É um poço. Ou pelo menos um tipo de poço, porque não tem água. Há alguma coisa abaixo da mesa *barra* poço. Mas eu ainda não consigo respirar, e Isaac está morrendo. Não tenho nada a perder. Subo na saliência da borda e passo as pernas para dentro do buraco. Balanço as pernas e pulo.

A queda não é longa, mas ouço o som de algo se quebrando ao cair. Não sinto dor, mas sei que quebrei alguma parte do meu corpo; e em um minuto, quando o choque passar e eu tentar ficar de pé, vou saber qual parte é. A lanterna que deixei na cozinha ainda envia luz na minha direção. Mas essa luz é insuficiente para fazer frente à escuridão que me envolve. Por que não trouxe a lanterna comigo?

Uso as mãos para tatear e fazer um reconhecimento do lugar; tateio acima de mim, ao meu redor. O guarda do zoológico é preciso. Se ele me deu um poço escuro, vai providenciar a luz para que eu possa enxergar dentro do poço. O piso é irregular — de terra. Estou com as costas no chão. Estendo o meu braço mais para baixo. Meus dedos tocam um cilindro de metal do tamanho de meu antebraço. Eu o levanto e o trago para perto do rosto. É uma lanterna.

Nenhum dos meus braços está quebrado. *Isso é tão bom,* digo a mim mesma. *Tão, tão bom!* Mas também significa que alguma outra parte de mim foi atingida. Eu estou respirando novamente. Não normalmente, mas melhor. A queda deve ter reativado minha respiração, dando uma nova perspectiva ao meu corpo. Faço uma careta e giro nervosamente a lanterna nas mãos, apalpando-a até encontrar o botão de ligar e desligar. Aperto o botão e um forte facho de luz branca surge instantaneamente. Direciono o feixe de luz para o meu corpo, e o meu receio se confirma. Há um osso saindo da minha canela. A dor me atinge assim que vejo isso. Ela começa a tomar conta de mim, cada vez mais intensa. Eu me contorço de dor. Abro a boca para chorar, mas não há som para expressar esse tipo de dor. Sinto náusea e ânsia de vômito, mas não tenho nada no meu estômago para vomitar.

Não tenho tempo a perder. Por isso, enquanto tento controlar a ânsia de vômito, aponto a luz da lanterna para o lugar que me cerca. Meus olhos estão embaçados de água, mas eu consigo enxergar pilhas de madeira, sacos de arroz, latas e latas e mais latas de comida, prateleiras cheias de comida. Eu tiro a minha blusa — apenas uma das três que estou vestindo. Faço um torniquete, e o amarro acima do meu joelho. Engasgo e me ponho de pé. *Você vai desmaiar,* penso. *Isso não é hora de desmaiar. Respire!*

Eu me arrasto até onde a madeira está. Preciso aquecer Isaac. Ele tem de recuperar a consciência. Não sou médica! Eu estudei história da arte, diabos! Mas sei que Isaac está com um pé nesse mundo e um pé no outro. Há uma saca de arroz aberta. Eu a rasgo ainda mais e a viro rapidamente, esvaziando o arroz no chão. Então, apoiando-me na parede, arrasto uma, duas, três toras de lenha para dentro da saca. Apanho uma lata de creme de milho da prateleira — é o que tenho mais à mão — e a coloco na saca também. Há uma escada de alumínio em um canto, encostada numa parede. Apesar do frio, estou suando. Suando e tremendo. O guarda do zoológico nos deixou todas as coisas de que precisamos para viver mais... o quê? Seis meses? Oito? Estava tudo aqui durante todo esse tempo... enquanto passávamos fome, e não percebemos. Eu passo por um compartimento de metal com uma grande cruz vermelha estampada na porta e o abro. Dentro dele há frascos, muitos frascos. Eu pego o de aspirinas, tiro a tampa, inclino a cabeça para trás e despejo uma dúzia de comprimidos na minha boca. Vejo um rolo de gaze. Rasgo a embalagem com os dentes até que o material se desenrole entre os meus dedos. Então me agacho estremecendo e envolvo o osso com a gaze sentindo o sangue quente correr pelos meus dedos. Quero olhar para os frascos, ver o que mais ele deixou. *Não. Primeiro Isaac.*

Eu grito quando abro a escada... O frio e o tempo a fizeram travar, e acabo sacudindo a parte de baixo do meu corpo ao forçá-la; a dor que isso provoca é indescritível. Subo a escada de costas, mantendo a perna estendida e usando os braços e a perna boa para me erguer de um degrau para o outro. Meus braços estão no limite, doendo pelo esforço de arrastar a saca comigo. Quando chego ao topo da escada, tenho de erguer a perna e passá-la por cima da borda do poço. Não há uma maneira graciosa e indolor de chegar até a parte de cima. *A sua perna já está quebrada. O que mais pode acontecer?* Olho para o osso: danos aos nervos, danos ao tecido, eu posso sangrar até a morte, morrer de infecção. *É, Senna, muita coisa ainda pode acontecer.* Então eu fecho os olhos e iço a perna boa para o piso da cozinha, com a saca firmemente apertada contra o meu peito. Fico parada por um segundo, tiritando e querendo morrer. Agora só falta subir a escadaria, depois mais uma escada de mão até o sótão, e eu chegarei lá. Antes preciso pegar o abridor de latas. *Isso não é nada,* digo a mim mesma. *Tem um osso saindo da sua perna, e daí? Isso não pode matar você.* Ou será que pode? Quem sabe que tipo de infecção eu posso ter depois disso? Essa conversa que estou tendo comigo mesma não está ajudando. Se Isaac morrer, a morte dele vai me matar. A minha perna está me impedindo de chegar até Isaac. *Ignore a perna. Vá até Isaac.*

É mais fácil sentar-me na escadaria e subir de costas, deixando a minha perna esticada e imóvel enquanto uso a força dos braços e da perna boa para me erguer, degrau após degrau. Vou jogando a saca à minha frente à medida que subo. Sinto cada solavanco, cada movimento. A dor é tão intensa que já não consigo nem ao menos gritar. Sou obrigada a me concentrar muito para não desmaiar. Estou suando sem parar. Posso sentir rios de suor descendo pelo meu rosto e pela minha nuca. Uso a balaustrada para me levantar no último degrau, e então uso minha perna boa para saltitar até a escada que leva ao sótão. Diferente da escada no poço, esta não tem inclinação. Não há nada onde eu possa me apoiar, e os degraus são estreitos e escorregadios. Eu choro com o rosto pressionado contra a parede. Então me recomponho, me controlo e começo a escalar o *meu* Monte Everest.

Ponho a lenha na lareira. Acendo. Começo queimando uma tora apenas, depois acrescento uma segunda. Coloco a cabeça de Isaac no meu colo e esfrego o peito dele. Já fiz muita pesquisa no meu trabalho como escritora... sei que quando uma pessoa tem hipotermia, deve receber calor principalmente no peito, na cabeça e no pescoço. Esfregar os braços e as pernas pode empurrar o sangue frio de volta para o coração, os pulmões e o cérebro, piorando ainda mais as coisas. Eu sei que deveria fornecer o calor do meu próprio corpo para ele, mas não posso tirar a minha calça, e mesmo que pudesse eu não saberia como e onde posicionar o meu corpo com um osso saltando dele. Eu me sinto tão culpada. Tão absolutamente culpada. Isaac estava certo. Eu sabia que o guarda do zoológico estava jogando comigo. Soube disso quando vi os isqueiros e o quarto do carrossel. Mas eu me fechei e me recusei a ajudá-lo a desvendar as coisas. Eu me fechei. Por quê? *Deus.* Se eu tivesse somado dois e dois, nós poderíamos ter descoberto isso semanas atrás. A culpa será minha se ele morrer. Ele veio parar aqui por minha culpa. Eu nem mesmo sei por quê. Mas quero saber. Isso é um jogo, e terei que descobrir a verdade se quiser escapar daqui.

28

O CARROSSEL

HÁ UM CARROSSEL EM MUKILTEO. ELE FICA NUM bosque de plantas perenes no sopé de uma montanha chamada A Espinha do Diabo. Os animais empalados naquele brinquedo são mal-encarados, com olhos revirados e cabeças projetadas para trás, como se alguma coisa os tivesse assustado. Não se poderia esperar outra coisa de um brinquedo localizado no cóccix do diabo. Isaac me levou lá no dia do meu aniversário de trinta anos, no último dia de inverno.

Eu me lembro de ter ficado surpresa ao descobrir que ele sabia a data do meu aniversário, e que também sabia aonde me levar. Não para um jantar luxuoso, mas para uma clareira no bosque onde ainda existia um certo toque de magia.

— Como seu médico, eu tenho acesso aos seus registros médicos — me lembrou quando perguntei como ele sabia.

Isaac não me disse aonde estávamos indo. Ele me colocou no seu carro e pôs um rap para tocar. Seis meses atrás eu só escutava música instrumental, sem letra, e agora estava ouvindo rap. Isaac era impossível.

A Espinha do Diabo é uma montanha curva como uma serpente, um trecho de rocha íngreme que torna impossível dar um passo sem escorregar. Isaac segurou a minha mão enquanto caminhávamos, esquivando-nos de pedras que brotavam do chão como as saliências de uma coluna vertebral. Quando entramos no círculo de árvores, a lua já estava pairando sobre o carrossel. Eu soube imediatamente que alguma coisa estava fora de lugar. Eram as cores erradas, os animais errados, os sentimentos errados.

Isaac entregou cinco dólares para um idoso sentado diante dos controles. O homem estava comendo sardinhas, pegando-as diretamente da lata com os dedos. Enfiou os cinco dólares no bolso da frente da camisa e se levantou para abrir o portão.

— Escolha com sabedoria — Isaac sussurrou quando cruzamos a entrada. Eu fui para a esquerda; ele foi para a direita.

Havia, no carrossel, um carneiro, um dragão e um avestruz. Eu os ignorei. A ocasião parecia importante, como se o animal no qual eu escolhesse passear no meu aniversário de trinta anos fizesse diferença. Parei ao lado de um cavalo que parecia mais zangado do que assustado. Ele era negro, e uma lança lhe perfurava o peito. Sua cabeça estava arqueada, como se estivesse pronto para o combate, flechado ou não. Eu escolhi esse, olhando de lado para Isaac enquanto passava a perna sobre a sela. Isaac se encontrava algumas fileiras à minha frente, já montado em um cavalo branco. Na sela do cavalo que ele escolheu havia uma cruz vermelha, e seus cascos tinham sangue.

Perfeito, eu pensei.

Ele não tinha necessidade de fazer o passeio bem ao meu lado, e eu gostei disso. Ele levou a sério a escolha dele, assim como eu levei a sério a minha; e no final das contas, nós aproveitamos o brinquedo separados um do outro.

Não havia música, apenas o farfalhar das árvores e o ruído das máquinas. O homem idoso nos deixou passear duas vezes. Quando o passeio terminou, Isaac se aproximou para me ajudar a descer. Com um dedo ele acariciou meu mindinho, que ainda estava enganchado na lança que atravessava o meu cavalo.

— Estou apaixonado por você — disse.

Olhei para o idoso. Ele não estava mais no seu posto. Não estava em lugar algum.

— Senna...

Será que o homem foi buscar mais sardinhas? Talvez.

— Senna?

— Eu ouvi o que você disse.

Desci do meu cavalo e fiquei olhando para Isaac. Eu teria começado a bagunçar o meu cabelo se ele já não estivesse preso. Isaac não estava muito longe de mim, talvez apenas um passo de distância nos separasse. Estávamos presos entre dois cavalos de carrossel, ambos ensanguentados e lutando contra as garras da morte.

— Quantas vezes já se apaixonou, doutor?

Ele arregaçou as mangas da camisa até a altura dos cotovelos, e olhou para as árvores atrás de mim. Continuei olhando para o rosto de Isaac, para que os meus olhos não descessem até as pinturas nos braços dele. As tatuagens me confundiam. Elas me passavam a sensação de que eu não sabia nada sobre ele.

— Duas vezes. Pelo amor da minha vida e, agora, pela minha alma gêmea.

Eu me espantei. Eu era a escritora... eu selecionava as palavras mais adequadas — e raramente empregava o já batido conceito de alma gêmea. O amor era desrespeitado demais para que eu acreditasse nessa ideia tão ultrapassada e combalida. Se uma pessoa amasse você tanto quanto ama a si própria, por que então ela trairia, quebraria promessas e mentiria? A autopreservação não faz parte da nossa natureza? Nós não deveríamos preservar nossa alma gêmea com o mesmo fervor com que nos preservamos?

— Está querendo dizer que existe uma diferença entre essas duas? — pergunto.

— Sim — ele respondeu com tanta convicção que quase acreditei.

— Quem era ela?

Isaac me encarou.

— Ela era uma baixista. Viciada. Linda e perigosa.

O outro Isaac, aquele que eu não conheço, amou uma mulher que era muito diferente de mim. E, agora, o dr. Isaac dizia que estava apaixonado por mim. Eu tenho por hábito não fazer perguntas. Quando perguntamos coisas às pessoas, damos a impressão de que existe uma relação, o que torna difícil nos livrarmos delas. Mas as eu não queria me livrar de Isaac, não mesmo, por isso achei seguro fazer a pergunta mais urgente. Aquela que apenas ele poderia responder.

— Quem era você?

Começou a chover. Não o chuvisco costumeiro de Washington, mas abundantes e pesadas gotas de água que soavam como tiros ao bater no chão.

Isaac agarrou a parte de baixo do seu suéter e o puxou até passá-lo por cima da cabeça. Permaneci parada no lugar, embora estivesse assustada. Ele estava sem camisa na minha frente.

— Eu era isso — ele disse.

A maioria das pessoas se tatuava com imagens dispersas: um coração, uma palavra, um crânio, uma pirata com peitos enormes... pequenos símbolos que representavam alguma coisa. Isaac tinha uma tatuagem, e ela era contínua.

Uma corda, que passava pela sua cintura e pelo seu peito, enrolando-se no pescoço como se fosse um laço. Ela se enrolava duas vezes em cada bíceps antes de terminar bem em cima das palavras que eu já havia visto, que escapavam sob as mangas da camisa. Era doloroso olhar para essa tatuagem. Causava desconforto.

Eu compreendi. Eu sabia como era a sensação de estar amarrado.

— Agora eu sou isso — ele disse. Usou dois dedos para apontar as palavras em seu antebraço.

Morrer para salvar

Meus olhos se voltaram para o outro braço dele.

Salvar para morrer

— O que isso significa?

Isaac olhou para mim com atenção, como se não tivesse certeza de que deveria me contar.

— Uma parte de mim teve que morrer para que eu pudesse me salvar.

Olhei para o braço esquerdo de Isaac.

Salvar para morrer

Ele salvava vidas para morrer para si mesmo. Ele tinha de ser constantemente lembrado da fragilidade da vida para manter sua parte ruim morta. Ser médico era a única salvação para Isaac.

Meu Deus.

— Qual é a diferença? — perguntei. — Entre o amor da sua vida e a sua alma gêmea?

— Um você escolhe, e o outro não.

Eu nunca havia pensado no amor como uma escolha. Pelo contrário: parecia não ter relação nenhuma com escolha. Mas quando uma pessoa está ao lado de alguém autodestrutivo e opta por levar o relacionamento adiante, então eu suponho que isso seja uma escolha.

Esperei que ele continuasse a falar, que me explicasse como eu me encaixava nisso.

— Existe um fio que nos conecta, que os olhos não podem enxergar — disse ele. — Talvez cada indivíduo esteja conectado a mais de uma alma, e esses fios invisíveis existam no mundo todo. Isaac correu o dedo sobre uma fita negra ao longo da crina do meu cavalo como se quisesse salientar algo. — Talvez sejam ínfimas as chances de que você encontre cada uma das suas almas gêmeas. Mas, às vezes, temos sorte suficiente para topar com uma. E você se sente atraído. E não se trata de escolher amar *apesar* dos defeitos e diferenças da outra pessoa. Na verdade você ama sem fazer esforço. Você ama os defeitos do outro.

Isaac estava falando sobre poligamia entre almas gêmeas. Como alguém poderia levar a sério uma coisa dessas?

— Você é um tonto — murmurei. — O que você diz não faz o menor sentido.

Fiquei zangada com ele. Tive vontade de atacá-lo e mostrar-lhe o quanto ele era estúpido por acreditar em ideais tão frágeis.

— Eu faço sentido demais para você — ele respondeu.

Eu o empurrei. Ele não esperava por isso. A distância entre nós aumentou por um segundo apenas, quando ele deu um passo para trás com o pé esquerdo, a fim de se equilibrar. Então eu me lancei sobre ele, jogando-o contra o cavalo do carrossel atrás dele. Punhos em fúria. Dei-lhe um soco no peito e um tapa no rosto, e ele recebeu meus golpes sem fazer nada. *Como ele se atreve? Como ele se atreve?*

Cada pancada que eu desferia em Isaac fazia com que a intensidade da minha raiva diminuísse. Bati nele até me sentir exausta. Então eu escorreguei até chão, firmando minhas mãos nos triângulos de metal do chão do carrossel e apoiando as costas nos cascos do cavalo que eu havia montado.

— Você não pode me consertar — disse, olhando para os joelhos dele.

— Não quero fazer isso.

— Estou deformada — continuei. — Por dentro e por fora.

— E eu amo você mesmo assim.

Isaac se agachou, e eu senti as mãos dele nos meus pulsos. Deixei que ele me puxasse para cima. Eu vestia um casaco de lã com zíper frontal. Isaac encostou a mão na gola do meu casaco; então, segurou a alça do meu zíper e a puxou para baixo, até a minha cintura. Fiquei tão chocada que não tive tempo de reagir. Minutos atrás ele havia exibido o peito nu; agora, o meu é que estava nu. Se eu tivesse mamilos, eles teriam se enrijecido ao contato do ar frio. *Se.*

Eu era apenas uma mulher em pedaços que exibia suas cicatrizes. Isaac já havia me visto assim. De certo modo ele havia me deixado assim, com seu bisturi e suas mãos firmes. Ainda assim, eu ergui as mãos para cobrir meu peito. Ele me deteve. Pegou-me pela cintura e me levantou, colocando-me sentada de lado na sela do meu cavalo. Então, terminou de abrir o meu casaco, e depois me beijou na região que um dia foi ocupada pelos meus seios. Ele me beijou suavemente, em cima das cicatrizes. Meu coração... sem sombra de dúvidas Isaac podia ouvir o meu coração batendo. Minhas terminações nervosas tinham sido comprometidas, mas eu sentia os seus lábios quentes e sua respiração circulando pela minha pele. Um som saiu da minha boca. Não chegou a ser um som... foi ar e sopro. Todo o ar que eu havia segurado saiu sibilando de mim, de uma só vez.

Isaac beijou meu pescoço, a parte de trás da minha orelha, o meu queixo, o canto da minha boca. Virei a cabeça quando ele tentou beijar o outro canto e, nesse movimento, nossos lábios se encontraram. Lábios suaves e o cheiro dele. Ele já havia me beijado antes, na entrada da minha casa: um selinho. Mas o beijo no carrossel foi como uma explosão. Foi uma libertação, e nos deixou tão extasiados que nos colamos um ao outro como se tivéssemos esperado a vida inteira por um beijo assim. As mãos dele envolveram as minhas costelas, por dentro do meu casaco. As minhas mãos estavam no rosto dele. Ele me tirou do cavalo. Eu o conduzi na direção do único banco do carrossel. Era uma carruagem, curvada com um assento de couro. Isaac se sentou. Eu me sentei no colo dele.

— Não me pergunte se eu tenho certeza — eu disse. Baixei o zíper da calça dele. Estava determinada. Tinha certeza. Isaac não tirou as mãos da minha cintura, e não falou nada. Ele esperou enquanto eu me erguia, tirava a calça jeans e voltava a sentar no seu colo. Eu não tirei a calcinha. A calça dele estava abaixada até o meio das coxas. Nós estávamos vestidos e nus ao mesmo tempo. Isaac deixou que eu fizesse tudo, e tudo aconteceu do modo como eu gostaria: meio às escondidas, expostos ao ar frio, e eu tinha a possibilidade de me levantar e ir embora quando quisesse. Senti menos prazer do que imaginava. Também senti mais. Não havia medo, apenas as vibrações de algo estridente que eu não soube bem o que era. Isaac me beijou enquanto fazíamos os movimentos. E me beijou novamente depois que terminamos. O idoso não voltou mais. Colocamos nossas roupas, e voltamos a subir a montanha, com frio e em transe. Não conversamos mais. No dia seguinte, eu solicitei um mandado de restrição contra ele.

E foi assim que terminou o meu relacionamento com Isaac Asterholder.

Eu tentei me lembrar algumas vezes das últimas palavras que Isaac me disse. Se ele disse alguma coisa enquanto caminhávamos por aquela montanha, ou no carro, de volta para casa. Mas eu só conseguia me lembrar da sua presença e do seu silêncio. E do distante eco das palavras: "E eu amo você mesmo assim".

E mesmo assim ele me amava.

E, mesmo assim, eu não podia corresponder ao amor dele.

29

ISAAC NÃO ESTAVA LÁ QUANDO EU ACORDEI. NÃO posso lidar com dor e pânico ao mesmo tempo... preciso me concentrar em uma coisa de cada vez. Escolho a minha dor, porque ela não vai diminuir a pressão na minha mente. Estou familiarizada com dor emocional — com a dor que se sente no coração, intensa e penosa. Mas eu jamais havia experimentado uma dor física tão insuportável. A dor no coração e a dor física têm apenas uma coisa em comum: quando agarram, nunca mais soltam. Um coração partido provoca uma dor que não tem fim, a dor na minha perna é tão intensa e atroz que não me deixa nem respirar.

Luto com a dor por um minuto... dois, antes de desistir. Meu corpo está quebrado e não há como consertá-lo. Não me importo. Preciso encontrar Isaac. E então, um pensamento sinistro me ocorre. *Ah, Deus.* E se o guarda do zoológico entrou aqui enquanto eu estava desmaiada e fez alguma coisa com ele? Rolo com cuidado para o lado até encontrar mais apoio para o corpo, e tento utilizar minha perna boa para me colocar em pé. É então que olho para a perna quebrada. A parte de baixo da minha calça havia sido cortada. A região onde o osso atravessa a pele estava envolvida em gaze fina. Sinto um líquido correr pelo meu pé enquanto me movo. Ponho a mão na boca e respiro pelo nariz. Quem esteve aqui? Quem fez isso? O fogo está queimando. O fogo que eu acendi já teria se apagado completamente a essa altura. Alguém havia colocado mais lenha na lareira, acendendo-a novamente.

Eu cambaleio. Preciso de luz. Preciso...

— Sente-se.

Eu me assusto ao ouvir isso. Viro o pescoço o máximo que posso para olhar ao meu redor.

— Isaac — choramingo. Começo a perder o equilíbrio e a cambalear no mesmo lugar, mas ele corre até mim e me segura. *Corre é uma palavra forte,* eu penso. Por um momento eu tenho a impressão de que ele vai cair comigo. Levanto a mão e toco o rosto dele. Ele parece horrível, mas está vivo e consegue andar. Ele me desce com delicadeza até o chão.

— Você está bem?

Ele dá de ombros.

— Estou vivo. Não é o suficiente para você?

— Não devia estar — retruco. — Achei que você fosse morrer.

Ele não dá importância ao meu comentário. Em vez disso, caminha até uma pilha de alguma coisa que não consigo ver no escuro.

— Olha só quem está falando — diz amavelmente.

— Isaac, escute. A mesa... — Subitamente começo a me sentir quente... fraca. A adrenalina, que me fez superar o poço, a escadaria e a subida até o sótão havia sumido.

Isaac vem até mim novamente com os braços carregados de coisas.

— Eu sei — ele responde num tom de voz indiferente. — Eu vi.

Isaac olha para minha perna sem parar enquanto coloca as coisas ao meu lado. Ele alinha os itens e confere cada um deles duas vezes, mas a todo instante volta a olhar para a minha perna como se não soubesse como consertar tal estrago.

— Foi assim que isso aconteceu? — ele pergunta.

— Eu pulei no poço sob a mesa — respondo. — Não estava raciocinando direito. A asma...

Os cantos da boca de Isaac se crisparam.

— Você teve um ataque de asma, Senna? Enquanto tudo acontecia?

Eu faço que sim com a cabeça. Só consigo ver o rosto dele sob a luz fraca da lareira, mas ele parece abatido.

— A sua tíbia está fraturada. O impacto deve ter sido forte para causar uma fratura quando você caiu.

— Quando eu pulei — eu disse.

— Quando você caiu.

As mãos dele se movem a todo instante, abrindo um pacote atrás do outro. Eu escuto sons de rasgadura e barulho de metal. Inclino a cabeça para trás e fecho os olhos. Eu escuto estalos de ar e a princípio penso que Isaac está fazendo esses barulhos, mas então me dou conta de que estou ofegante.

Ele olha para mim com expressão séria.

— Você deve ter feito a minha temperatura corporal aumentar. Você fez tudo certo.

— O quê? — Estou zonza. Quero vomitar de novo.

— Você salvou a minha vida — Isaac diz.

Ele olha para mim no momento em que eu abro um olho.

— Preciso mover você.

— Não! — Eu agarro o braço dele. — Não, por favor. Só me deixe ficar aqui. — Estou resfolegando. Eu me sinto mal só de pensar em me deslocar.

— Não há lugar para onde me levar, Isaac. Faça aqui o que tem de fazer.

Fazer o quê aqui? Será que ele realmente tinha a intenção de me operar no chão do sótão?

— Não há iluminação suficiente — digo. A dor está aumentando. Minha esperança é que ele desista do que quer que tenha em mente e me deixe morrer. Ele estende uma mão para atrás e apanha a nossa lanterna de emergência. Quando eu era uma garotinha, minha mãe me repreendia por usar essa luz para ler, e agora, Isaac planejava me operar com ela.

— O que você vai fazer? — Eu dou uma espiada no material que está próximo dele. Vejo seis rolos do que parecem ser bandagens, álcool, um balde de água, agulha e linha, uma garrafa de tequila. Há mais algumas coisas, mas Isaac as colocou em uma assadeira e as cobriu com o que parecia ser uma bandagem.

— Dar um jeito na sua perna.

— Onde está a morfina? — eu ironizo.

Isaac usa travesseiros para escorar a parte de cima do meu corpo na cama, me deixando em uma posição inclinada e não deitada. Então, tira a tampa da garrafa de tequila e a aproxima da minha boca.

— Beba pra valer — ele diz sem olhar para mim. E eu viro a garrafa e bebo um grande gole.

— Onde foi que você encontrou isso tudo, Isaac? — Tomo um pouco de fôlego enquanto espero que o líquido que já bebi se assente, e então levo a garrafa de volta à boca. Quero que ele me conte como encontrou as coisas que descobri. Ele fala enquanto a tequila, que vou tomando em doses pequenas, abre caminho pelo meu estômago, deixando um rastro de fogo por onde passa.

— Onde acha que encontrei?

Eu mordo o lábio. Minha mente está entorpecida pelo álcool. Passo a mão no queixo para retirar a tequila que escorre da minha boca.

— Nós aqui, passando fome, e todo esse tempo...

— Senna, vou ter que operar — avisa.

É a minha imaginação ou há gotas de suor escorrendo pela testa dele? A iluminação é tão ruim que poderia ser apenas ilusão de ótica.

Isaac abre a tampa de uma garrafa que contém um líquido claro, e antes que eu possa abrir a boca para impedi-lo, ele desembrulha a gaze e a coloca sobre o meu ferimento. Eu me preparo para gritar, mas a dor não é tão terrível quanto eu pensei que seria.

— Você podia ter me avisado! — esbravejo.

— Calma, Senna. É apenas solução salina. Eu preciso limpar o tecido morto... irrigar o ferimento.

— E depois?

— Dar um jeito no osso. Já faz tempo que está assim... Existe risco de infecção... O seu tecido mole... — Ele está murmurando coisas. Palavras que não fazem sentido para mim: debridamento... osteomielite. Ele ergue o braço e enxuga a testa com a manga da camisa. — Vou ter que colocar o osso no lugar. Não sou cirurgião ortopédico, Senna. Nós não temos equipamento...

Olho com atenção para Isaac, que se inclina para trás, sentado com as pernas dobradas. Ele está com a barba por fazer, e a cabeleira toda despenteada. Parece tão diferente do médico que me operou da última vez. Vincos de preocupação surgem em torno dos seus lábios quando ele examina o meu ferimento. *Ele está mais assustado do que eu*, penso. Esse é o trabalho de Isaac; sua profissão é salvar vidas. Ele é especialista em salvar vidas. No entanto, meu caso está fora da área de atuação dele. Isaac Asterholder está diante de um teclado e não de uma bateria, e não sabe nem por onde começar.

— Tudo bem. — A minha voz soa estranhamente calma. Distante até. — Faça o que puder.

Ele pega a lanterna e a segura bem em cima do ferimento.

— O tecido está vermelho, isso é bom — observa.

Faço que sim com a cabeça, mesmo sem saber do que ele está falando. O quarto começa a girar, e eu só quero que ele vá em frente e resolva o problema.

— Isso vai doer como o diabo, Senna.

— Que se foda — digo. — Faça logo isso. — Um gemido escapa de minha boca ao dizer a última palavra.

Isaac se prepara para entrar em ação. Lava as mãos no balde de água, usando um sabão meio amarelado. Então, esfrega bastante álcool nas mãos e nos braços. Veste um par de luvas. Provavelmente encontrou essas luvas no poço lá embaixo, junto com os outros suprimentos. Então, o guarda do zoológico deixou luvas. Mas para quê? Cirurgia? Ou para que as usássemos quando resolvêssemos fazer faxina na casa? Talvez tenha pensado que nós poderíamos enchê-las de ar e pintar rostos felizes nelas. Nosso sequestrador pensou em tudo. Menos morfina, é claro. Algo me diz que essa ausência de morfina é proposital. Não há conquista sem sofrimento. Nosso sofrimento é diversão para esse cara.

Isaac entra em ação. De surpresa, sem aviso. Enquanto eu estou pensando no guarda do zoológico. Dessa vez eu nem grito. Desmaio.

Quando acordo, a minha perna está latejando e eu estou um caco. É o que você ganha ao despejar meia garrafa de tequila em um estômago vazio. Isaac está sentado a poucos metros de mim, com as costas apoiadas na parede, descansando. A cabeça dele está caída para a frente, como se estivesse dormindo.

Estico o pescoço na tentativa de enxergar a minha perna. Isaac limpou a maior parte da bagunça, mas eu posso ver pontos escuros no chão em torno do meu corpo — é sangue. Minha perna está acomodada sobre um travesseiro, e a área onde o osso rasgou a pele está coberta de gaze. Isaac imobilizou a perna entre o que parecem ser placas de madeira. Fico feliz ao imaginar a cicatriz que vou ganhar. Será bem grande e feia.

Isaac acorda. Mais uma vez não posso deixar de perceber que a aparência dele está terrível. Na noite passada pensei que ele estivesse morto, e agora ele está aqui me socorrendo. As coisas não deviam ser assim. Quero fazer alguma coisa para melhorar a situação dele, mas estou deitada aqui, imobilizada e bêbada. Ele se levanta e vem até mim. Com passos largos, mas se arrastando.

— Você teve sorte. O osso só quebrou em uma parte. Foi uma fratura limpa, por isso não havia nenhum fragmento na região da ferida. Mas o osso rompeu a pele e, por isso, é possível que haja danos a nervos e tecidos. Eu não encontrei nenhum sangramento interno.

— Existe risco de infecção? — pergunto.

Isaac faz um aceno positivo com a cabeça.

— Você pode desenvolver uma infecção no osso. Eu achei um frasco de penicilina. Vamos fazer o que for possível. Os maiores danos foram causados ao osso, aos tecidos moles, aos nervos e aos vasos sanguíneos, e o maior risco é de infecção. E como você se arrastou pela casa inteira...

Inclino a cabeça para trás, porque o quarto está girando. Eu me pergunto se vou me lembrar de alguma coisa do que falamos quando o efeito da tequila passar.

— Eu fiz tudo o que podia — diz. E eu sei que fez mesmo.

Isaac me entrega uma caneca com uma colher dentro. Eu a pego, espiando o seu conteúdo. Ele pega a sua própria caneca.

— O que é isso? — Vejo um líquido amarelo meio espesso na caneca. Parece desagradável, mas mesmo assim o meu estômago vibra de expectativa.

— É creme de milho. — Ele enfia a colher na boca e ingere o creme. Eu o imito. Não é ruim como parece, nem um pouco. Tenho uma vaga lembrança de ter apanhado a lata de creme de milho na noite passada, e de senti-la espetando meu quadril enquanto eu subia a escada do sótão.

— Tome isso devagar — Isaac avisa. Sou obrigada a me controlar para não entornar garganta abaixo o conteúdo de toda a caneca de uma só vez. O ronco na minha barriga aos poucos vai diminuindo. Com a dor da fome aliviada, posso me concentrar apenas na outra dor que meu corpo está sentindo. Isaac me dá quatro comprimidos grandes.

— Isso só vai deixar você dopada, Senna.

— Tudo bem — sussurro, deixando que ele coloque os comprimidos na minha mão. Ele me entrega um copo com água, e eu coloco todas as quatro pílulas na boca. — Isaac... por favor, vá descansar.

Ele me beija na testa.

— Fique tranquila.

O quarto está aquecido quando acordo novamente. Eu me dei conta de que os pontos altos da maioria dos meus dias aqui são o momento de acordar e o momento de ir dormir. É o que eu mais me lembro de ter feito nessa longa temporada na *Gaiola de Senna e Isaac:* acordar... ir dormir... acordar... ir dormir. Poucas coisas dignas de nota aconteceram entre esses dois momentos. Nós perambulamos... nós comemos... mas, acima de tudo, dormimos. E, com sorte, fazia calor quando acordávamos. Agora há uma nova sensação: a dor. Olho ao redor do quarto. Isaac está dormindo no chão, a poucos metros de mim. Sobre o corpo, tem um único cobertor, que não é longo o suficiente para lhe cobrir os pés. Quero dar a ele o meu cobertor, mas não sei como me levantar. Dou um gemido e me inclino para trás, apoiada nos travesseiros. O efeito dos analgésicos passou. Estou sentindo fome novamente. Eu me pergunto se Isaac se alimentou, se está bem.

Como foi que isso aconteceu? Desde quando eu me preocupo com as necessidades de Isaac? Eu olho para o teto. Aconteceu a mesma coisa com o Nick. No início ele se apaixonou por mim, ficou obcecado por mim. E então, quando eu me dei conta... isso me pegou por osmose.

No instante em que eu comecei a amar Nick pra valer, ele me deixou.

30

ISAAC VAI ATÉ O POÇO TRÊS VEZES POR DIA PARA pegar comida e reabastecer o nosso estoque de madeira. Usamos um balde como vaso sanitário e esvaziá-lo também fica a cargo dele. Ele é cuidadoso. Posso ouvir as tábuas do piso do andar de baixo rangendo com os passos dele em direção à escada, e depois o *clomp, clomp, clomp* enquanto ele desce. Não consigo ouvir sua movimentação quando ele entra no poço, mas ele nunca permanece fora por mais de cinco minutos, a não ser quando vai lavar roupa ou jogar nosso lixo no penhasco. Lavar a roupa, no caso, consiste em encher a banheira com neve e sabão e sacudir as roupas ali dentro até que elas pareçam estar limpas. Nunca tivemos desabastecimento de sabão; há pilhas de barras de sabão brancas, embrulhadas num papel transparente, na última prateleira da despensa. Elas têm cheiro de manteiga, e em mais de uma ocasião, quando eu estava vesga de fome, cheguei a pensar em comê-las.

Isaac usa a menor das duas lanternas, aquela que eu encontrei quando ferrei com a minha perna. Ele me deixa com a lanterna maior. Ele sempre deixa a lanterna bem ao meu lado, e pede para que eu não a use. Mas no instante em que escuto o som dos passos dele descendo a escada, meus dedos tateiam a lanterna em busca do botão que a liga. E eu vejo a luz brotar dela. Às vezes eu coloco a mão na frente dela, brincando com as sombras. É bem triste quando o ponto alto do seu dia é poder passar cinco minutos com uma lanterna. É triste, triste mesmo.

Certa ocasião, quando Isaac retornou das suas tarefas, eu lhe perguntei por que ele simplesmente não trazia tudo para cima de uma vez.

— Preciso do exercício — respondeu.

Uma semana depois, ele sobe as escadas com um punhado de ataduras verdes.

— Eu não vejo nenhuma infecção em torno do ferimento. Está cicatrizando. — Percebo que ele não fala isso com uma grande convicção. — O osso ainda pode infeccionar, mas eu acho que a penicilina vai resolver esse problema.

— O que é isso? — pergunto, indicando com a cabeça as coisas que ele trouxe.

— Vou engessar a sua perna. Assim vou poder mover você até a sua cama.

— E se o osso não se fixar da maneira correta, Isaac?

Ele fica em silêncio por um longo momento enquanto lida com os materiais.

— Isso não vai cicatrizar corretamente — responde, enfim. — Você provavelmente vai mancar pelo resto da sua vida. E muitas vezes vai sentir dor.

Fecho os olhos. É claro. É claro. É claro.

Quando volto a olhar para Isaac, ele está cortando a ponta de uma meia branca. Com todo o cuidado, ele enfia a meia no meu pé e a empurra até a perna. Eu me forço a respirar pelo nariz para não gemer de dor. Deve ser uma das dele. Uma das meias dele. O guarda do zoológico não me deu nenhuma meia branca. Não me deu nada que fosse de cor branca. Isaac faz a mesma coisa com uma segunda meia, e depois com uma terceira, até conseguir alinhá-las da metade do meu pé até o meu joelho. Então, pega uma das ataduras de dentro de um balde de água. Eu noto que na verdade não são ataduras. São rolos de fibra de vidro.

Ele começa pela metade do pé, enrolando a fibra sem parar, até que o rolo acabe. Então ele apanha outro rolo e faz a mesma coisa. O processo segue dessa maneira até Isaac usar todos os cinco rolos e recobrir completamente a minha perna. Ele se inclina para trás para examinar seu trabalho. Parece exausto.

— Vamos esperar algum tempo até que seque, e depois vou levar você até a cama.

Ficamos no sótão, e esquecemos o restante da casa. Dia após dia... após dia... após dia.

Eu conto os dias que estamos perdendo. Dias que jamais vou recuperar. 277 dias que não voltam mais.

Um dia eu peço a Isaac que toque bateria para mim.

— Com quê?

Eu não posso enxergar direito o rosto dele — está escuro demais — mas sei que suas sobrancelhas estão levantadas de curiosidade e interesse, e há sinais de um sorriso em seus lábios. Ele precisa disso. Eu preciso disso.

— Galhos — eu sugiro. — Por favor, Isaac, por favor... Eu quero ouvir música.

— Música sem letra — diz gentilmente.

Balanço a cabeça numa negativa, embora ele não consiga me ver fazendo isso.

— Isaac, quero ouvir qualquer tipo de música que você consiga fazer.

Eu gostaria de poder ver a expressão do rosto dele. Queria ver a reação dele ao meu pedido, já que ele odiou ter que desistir de tocar bateria. Talvez ele tenha se ofendido, quem sabe ficou aliviado. Eu só queria ver o rosto dele. Então eu faço uma coisa bem estranha. Estendo a mão e toco o rosto dele com a ponta dos dedos. Os olhos dele se fecham enquanto meus dedos correm pela sua testa, descem pelos seus olhos e passeiam em torno dos seus lábios. Ele está sério. Sempre tão sério. O dr. Isaac Asterholder. Eu estou à procura do baterista Isaac.

Ele desaparece por uma hora. Quando retorna, seus braços estão carregados de coisas que não consigo reconhecer no escuro. Eu me sento na cama, e a minha mente vibra de excitação. Isaac trabalha diante da lareira para não ter que usar a lanterna. Eu o observo descarregar o material que trouxe para cima: dois baldes, um menor que o outro, uma frigideira e uma panela, fita adesiva, tiras de borracha, um lápis e dois galhos. Os galhos parecem lisos, como baquetas de verdade. Eu me pergunto se ele andou cortando e polindo secretamente esses galhos enquanto sumia todos os dias nos andares de baixo da casa. Eu não posso culpá-lo.

Ele está fazendo coisas. Não sei dizer que coisas são essas, mas escuto o som da fita adesiva sendo rasgada de tempos em tempos. Ele xinga algumas vezes. É uma trilha sonora: rasga... xinga... bate... rasga... xinga... bate.

Por fim, depois do que pareceram ser horas de espera, ele se levanta para examinar o trabalho.

— Me ajude a levantar! — imploro. — Só dessa vez, para que eu possa ver.

Isaac coloca mais lenha no fogo, e relutantemente se aproxima da minha cama. Eu olho para ele, movimentando os lábios sem parar: *por favor, por favor, por favor.* Ele me levanta antes que eu tenha tempo de reclamar da ajuda, e me leva para ver o que ele havia feito.

Olho maravilhada para a criação dele, projetando minha perna à frente de modo desajeitado. Ele amarrou o balde maior numa estação improvisada que construiu com toras de madeira. O balde menor foi instalado de cabeça para baixo ao lado do maior. No lado oposto estão as duas panelas — ambas viradas com a boca para baixo.

— O que é aquilo? — pergunto, apontando para uma coisa estranha no chão.

— É o meu pedal. Eu enrolei a borracha em torno de um lápis e cortei a sola de um dos meus sapatos para fazer o pedal.

— Onde conseguiu a borracha?

— Na geladeira.

Mexo a cabeça para cima e para baixo. Genial.

— Essa é a minha caixa. — Isaac aponta para o balde menor. — E o bumbo... — Indica o balde maior, virado de lado.

— Quero me encostar na parede, você me ajuda? Prometo que não vou me apoiar na perna machucada.

Eu me escoro nele para me acomodar apoiada na parede, perto de onde se encontra a a bateria. Inclino-me para trás, animada por estar fora da cama e com os pés... ahn, com o pé no chão.

Isaac se senta na beirada do banco junto à janela. Abaixa-se para testar seu pedal e, então, começa a tocar.

Fecho os olhos e escuto as coisas que saem direto do coração de Isaac. Essa é a primeira vez — a primeiríssima vez — que eu conheço esse lado dele. Depois de todos esses anos. Sem sua permissão, eu ligo a lanterna e a aponto para ele, como se fosse um holofote. Ele me lança um olhar de censura, mas eu simplesmente sorrio e continuo apontando a luz para ele. Esse momento merece um toque especial.

Faltam quatro dias para o Natal. Bem, não exatamente... talvez eu tenha errado na contagem dos dias. Faço o melhor que posso para marcar a passagem do tempo, mas perdi o rastro dos dias algumas vezes. Alguns dias escapavam ao meu controle, embaralhando o meu calendário mental. *Você vai acabar como um daqueles doidos infelizes que mijam em si mesmos, enfiada numa instituição para doentes mentais.* Isaac não leva isso muito a sério. Mas, ainda assim, eu aguardo a chegada do Natal.

Natal em meio à escuridão.

Natal no sótão.

Natal bebendo neve derretida e comendo feijão enlatado.

Era Natal quando nos conhecemos. E era Natal quando a nossa desgraça aconteceu. O guarda do zoológico tinha alguma coisa em mente para o Natal. Eu sei disso. E de repente a minha ficha caiu. Estava bem ali, no meu subconsciente, o tempo todo.

Eu tento gritar. Isaac está lá embaixo, e não consegue escutar os meus gemidos. Então, subitamente, eu começo a ter dificuldade para respirar.

— Isaac — eu chamo num grito abafado. — Isaac!

Eu odeio essa sensação. E odeio o fato de que isso me atinge de repente e me pega sempre completamente desprevenida. Não sei o que é mais insuportável nesse momento: ficar impossibilitada de respirar ou constatar que o fenômeno é poderoso o suficiente para me roubar a capacidade de respirar. Seja como for, eu preciso ter um nebulizador à mão. Isaac encontrou alguns sob a mesa e trouxe um para cima. Onde está? Impotente, busco com o olhar por todo o quarto. Está em cima do guarda-roupa. Eu saio da cama. É um esforço tremendo. Quando estou na metade do caminho, Isaac aparece, carregando a nossa cota de lenha do dia. Ele deixa a madeira cair no chão quando vê a expressão do meu rosto e dispara até o guarda-roupa para pegar o nebulizador. No instante seguinte, ele está segurando o dispositivo entre os meus lábios. Eu sinto o alívio chegar numa brisa fria, o vapor alcança os meus pulmões e eu consigo respirar novamente.

Isaac parece irritado.

— O que aconteceu?

— Tive um ataque de asma, seu idiota.

— Senna — diz, enquanto me pega pelos braços para me carregar de volta para a cama. — Em 90% das vezes os seus ataques de asma têm origem em algum episódio de estresse. Então me diga: O que aconteceu?

— Não sei se é preciso que aconteça mais alguma coisa — retruco. — Como se já não fosse suficiente ser prisioneira numa casa de gelo com o meu...

De repente eu fico sem palavras.

— O seu médico — ele conclui.

Eu giro o corpo e fico de costas para Isaac.

Preciso pensar. Organizar toda a confusão que toma a minha mente.

Isaac me dá espaço.

Estou presa numa casa com o meu médico. Ele tem razão.

Estou presa numa casa com o meu médico.

Estou presa numa casa com o meu médico.

Com o meu médico.

Médico...

O Natal chega. Isaac está muito quieto. Mas eu estava errada, nós não comemos feijão. Ele cozinha um banquete para nós, no pequeno fogão que improvisamos no sótão: milho em lata, carne em lata, ervilhas e, como ponto alto, uma torta de abóbora em lata. Para o café da manhã.

Por um momento nós ficamos felizes. Então Isaac olha para mim e diz:

— Quando eu abri os olhos e vi você em cima de mim, eu me senti como se estivesse respirando de verdade depois de três anos.

Eu rilhei os dentes.

Cale a boca! Cale a boca! Cale essa boca!

— Não nos conhecíamos antes disso — digo. — Você não me conhece. — Mesmo dizendo essas palavras sei que isso não é verdade. — Você era só o meu médico.

No rosto dele está estampada a expressão de quem foi profundamente insultado e ofendido. Então, lanço um último insulto para colocar um fim na questão.

— Você exagerou, levou as coisas longe demais.

Ele sai do sótão para não ter que ouvir mais nada de mim.

Eu afundo o rosto no travesseiro.

— Vá se foder, Isaac! — eu ralho, a boca pressionada contra o travesseiro.

As luzes se acendem no meio da tarde.

A cabeça de Isaac aparece na porta do alçapão um minuto depois. Eu me pergunto por onde ele andou. Aposto que estava no quarto do carrossel.

— Você sabia, Senna — ele diz, encarando-me.

Eu sabia.

— Eu não sabia, suspeitava — respondo.

Isaac me olha com expressão de incredulidade.

— Suspeitava que a energia voltaria?

— Não, eu suspeitava que alguma coisa aconteceria — eu o corrijo. *Eu sabia que a energia voltaria.*

Ele desaparece de novo, e eu escuto os seus passos enquanto ele caminha pela escadaria. *Clomp, clomp, clomp.* Conto os passos dele até que chegue ao fim dela, e então escuto a porta da frente bater na parede quando ele a escancara. Eu estremeço ao pensar em todo o ar frio que Isaac deixa entrar, mas então me lembro de que a força voltou. *CALOR! LUZ! UM BANHEIRO EM FUNCIONAMENTO!*

Eu fico impassível, sem demonstrar emoção alguma. Isso é um jogo. O guarda do zoológico nos deu energia elétrica. Como um presente. No dia de Natal. É simbólico.

Ele acredita que uma luz se acendeu na minha vida no dia de Natal, quando eu conheci Isaac.

— Você é só um personagem mal escrito — eu digo em voz alta. — Vou cortar você da história, meu bem.

Quando Isaac volta, seu rosto está pálido.

— O guarda do zoológico estava aqui, Senna.

Eu sinto calafrios percorrerem todo o meu corpo, deslizando por minhas pernas e braços como pequenas aranhas.

— Como você sabe?

Ele estende a mão na minha direção.

— Temos que ir para o andar de baixo.

Dou a mão a Isaac, que me puxa para me ajudar a ficar em pé. Ele não gosta que eu force a perna para andar, o fato de estar abrindo essa exceção significa que isso é bem sério. Eu uso Isaac para me apoiar. Quando chegamos à escada do sótão, ele me ajuda a me sentar no chão. Ele se posiciona abaixo da porta do alçapão, e me ajuda primeiro a encaixar a minha perna ferida num degrau da escada. Levo dez minutos para conseguir fazer isso da maneira devida, com movimentos cuidadosos para não acabar caindo. Mas estou determinada. Não quero ficar no sótão nem mais um segundo. Quando as minhas duas pernas estão apoiadas no degrau, ele me segura pela cintura. Por um momento fico com medo de que nós dois acabemos caindo, mas ele me leva até o chão com segurança. *Mãos firmes,* digo a mim mesma. *Mãos firmes de cirurgião.*

Ele tem algo para mim. É um galho de árvore — quase da minha altura — entalhado na forma de um osso de galinha. É uma muleta.

— Onde conseguiu isso?

— É um dos nossos presentes de Natal.

Ele me encara com atenção, convidando-me com os olhos para que o siga, e vai para a escada. Nós queimamos tudo o que pudemos algumas semanas atrás. Esse pedaço de madeira não poderia ter escapado do fogo; não havia a menor possibilidade de que isso acontecesse. Apoiando-me na minha bengala, ando bamba até a escadaria. Tenho vontade de gritar quando percebo o tempo que vou levar para chegar até lá embaixo. Olho à minha volta. Não vejo essa parte da casa desde que quebrei a perna. Sinto uma necessidade de caminhar de um lugar a outro, tocar as coisas, mas Isaac me leva em direção à porta.

Está escuro lá fora. E tão frio. Eu estremeço.

— Não consigo enxergar nada, Isaac.

O meu pé está prestes a afundar na neve quando o meu gesso bate em alguma coisa.

31

O HOMEM QUE ME ESTUPROU NUNCA FOI ENCONtrado. Jamais houve outro registro de estupro naquele bosque, nem em nenhum bosque em Washington. A polícia considerou que foi um incidente isolado. Com uma indiferença desconcertante, eles me disseram que o homem provavelmente andou me observando por algum tempo e provavelmente me seguiu pela floresta. Eles usaram palavras como "intenção" e "perseguidor". Eu já tive que lidar com isso antes: cartas, e-mails, mensagens no Facebook que passavam dos mais rasgados elogios à demonstração de raiva mais intensa quando eu não respondia. Mas não havia nenhum homem envolvido nisso. E nenhuma ameaça foi séria o suficiente para que eu me preocupasse. Nada sugeria a possibilidade de ataque de um estuprador, ou de um sádico, ou de um sequestrador. Apenas mulheres coléricas que queriam alguma coisa de mim — reconhecimento, talvez.

Mas havia uma coisa que eu nunca disse à polícia sobre o dia em que fui violentada. Nem mesmo quando eles me pressionaram para que eu lhes fornecesse mais detalhes. Eu não tive coragem de dizer.

"Não, eu não vi o rosto dele."

"Não, ele não tinha tatuagens nem cicatrizes."

"Não, ele não me disse nada..."

A verdade era que ele havia falado comigo, sim. Ou talvez tenha apenas falado. Com Deus, com o ar, consigo mesmo, ou talvez com alguma pessoa que o tivesse abandonado. Eu ainda posso ouvir a voz dele. Eu a ouço quando durmo, sussurrando ao meu ouvido, e então acordo aos gritos. Do momento em que ele começou até o momento em que terminou, ele cantou uma coisa sem parar.

Zippo Cor-de-rosa
Zippo Cor-de-rosa

Zippo Cor-de-rosa
Zippo
Cor-de-rosa

Eu omiti essa informação da polícia. Talvez o agressor consiga se safar por causa disso. Talvez outra mulher acabe sendo estuprada porque eu não fiz tudo o que poderia ter feito. Mas quando uma coisa dessas acontece, quando você é vítima de um estupro, quando a sua alma é encarcerada nas sombras simplesmente porque alguém quis satisfazer a sua crueldade sádica, você se preocupa apenas com a sua própria sobrevivência.

Eu não sabia como viver com a minha sobrevivência, mas também não sabia como me matar. Em vez disso, tramei o que faria com o agressor. Enquanto Isaac me alimentava, e me arrancava dos sonhos que me faziam espernear e gritar, eu estava cortando o homem que havia me estuprado, eu o estava jogando no Lago Washington. Colocando gasolina nele e queimando-o vivo. Torturando-o e fazendo marcas horríveis na pele dele, e gravando insultos nela, como Lisbeth Salander fez com Nils Bjurman na Série *Millenium*. Tive a vingança que a Senna de carne e osso jamais realizaria na vida real.

Mas isso não era suficiente. Nunca é o suficiente. Então, eu passei a me vingar em mim mesma por permitir que a coisa acontecesse. Eu me senti inútil, um nada sem valor. Não queria que nenhuma pessoa valorosa se aproximasse de mim. E Isaac era uma pessoa valorosa. Por isso, eu me livrei dele. Mas aqui estamos nós: trancafiados e famintos. O homem que cantava *Zippo Cor-de-rosa* pode ser um perseguidor, mas não um perseguidor qualquer, com certeza. Você pode perseguir o corpo de uma mulher, mas esse predador estava perseguindo a minha mente.

O meu gesso bate em alguma coisa. Isaac toca o interruptor que acende a lâmpada logo acima da porta. A escuridão é minha companheira há tanto tempo que leva algum tempo até que meus olhos consigam reconhecer o que havia diante de mim. O guarda do zoológico tinha mesmo me deixado uma coisa: uma caixa de formato retangular, que chegava à altura dos meus joelhos. A caixa é toda branca, brilhante e lisa como o fundo de uma concha de ostra. Em sua tampa há palavras escritas em vermelho, as letras traçadas como se alguém tivesse mergulhado o dedo em sangue antes de escrevê-las. *Para VR.*

A minha reação é interna. Tudo dentro de mim se contorce em dores, como se eu fosse uma ferida aberta e alguém tivesse jogado sal em cima de mim, como meu vizinho costumava fazer com as lesmas quando eu era criança. Capengando, chego perto da caixa. *Deus, eu peço, não permita que seja sangue.*

Que não seja sangue.

Que não seja sangue.

A minha mão está tremendo quando eu me inclino e toco as palavras. Passo a ponta do dedo no V, apertando-o. Está seca, mas um pouco dela se desmancha no meu dedo. Ponho o dedo na boca, e as lascas vermelhas encostam na minha língua. Enquanto isso, Isaac permanece parado atrás de mim como uma estátua. Quando eu me abaixo, deixando cair a minha bengala, e gemendo numa espécie de aflição, sinto os braços dele se fecharem em torno da minha cintura. Ele me puxa de volta para casa e fecha a porta.

— Nãããããooo! É sangue, Isaac. É sangue. Me largue!

Ele me segura por trás enquanto eu me debato para me livrar dele.

— Calma — ele diz ao meu ouvido. — Vai acabar machucando a sua perna. Que tal se sentar no sofá, Senna? Eu pego a caixa para você.

Eu paro de lutar. Não estou chorando, mas por algum motivo o meu nariz está escorrendo. Levanto o braço e o esfrego no nariz, Isaac me leva até a sala e me coloca sentada no sofá. O sofá já nem parece um sofá. Nós arrancamos partes dele para queimá-las quando nos demos conta de que havia uma estrutura de madeira debaixo do estofamento. As almofadas estão rasgadas, e afundam debaixo do meu corpo. A parte de trás do sofá se foi; não há nenhum lugar onde eu possa apoiar minhas costas. Sento-me ereta, com a perna balançando diante de mim. A minha ansiedade aumenta a cada segundo enquanto espero Isaac voltar. Sigo o som dos passos até a porta, e ouço a respiração dele vacilar ao erguer a caixa. É pesada. A porta se fecha novamente. Quando Isaac retorna à sala, ele está carregando o objeto como se carregasse um corpo, com os braços bem abertos lateralmente. Não há mesa de centro para colocar a caixa — nós também a atiramos no fogo. Então, ele põe a caixa no chão, bem diante de mim, e dá um passo para trás.

— O que é vr, Senna?

Eu olho para o sangue, a parte do V que eu manchei com o dedo.

— Sou eu — respondo.

Ele inclina a cabeça para a frente, olhando dentro dos meus olhos, e espera. Espera que eu explique. Parece que vou ter que abastecê-lo com um pouco de verdade.

— Veia Ruim. Eu sou a Veia Ruim. — Sinto que a minha boca está seca. Quero usar um balde de neve para descontaminá-la.

Os olhos de Isaac se estreitam. Ele está se lembrando.

— A dedicatória no livro dele.

Nossos olhares estão conectados, tornando inútil que eu confirme a informação com um aceno.

— Será que ele...?

— Não faço a menor ideia.

— O que significa *Veia Ruim*? — ele pergunta. Eu desvio o olhar, e olho para as letras em sangue. *Para VR.*

— O que tem aí dentro? — pergunto.

— Vou abrir a caixa quando você me explicar por que o guarda do zoológico enviou isso para Veia Ruim.

A caixa está fora do meu alcance. Para chegar a ela, vou precisar me projetar para a frente. Mas esse sofá já não tem mais encosto, então não tenho no que apoiar para me projetar. Percebo que Isaac tem um trunfo e não vai ceder. Respiro fundo. A angústia que sinto me corrói e me faz tentar conter o choro a todo custo. Nem um lamento sai dos meus lábios. Com a aflição apertando o meu peito, abro a boca para falar. Não quero contar nada a ele, porém não tenho escolha.

— É uma espécie de tira escura que fica na parte de trás do camarão. Nick a chamava de veia ruim. É preciso retirar essa veia para limpar o camarão... — A minha voz soa monótona.

— Por que ele chamava você disso?

Sempre me lembro de uma partida de tênis quando Isaac e eu fazemos perguntas um ao outro. Quando você lança uma bola por cima da rede, você sabe que ela vai voltar, só não sabe que direção vai tomar.

— Não parece óbvio?

Ele pisca e levanta as sobrancelhas. Um segundo, dois segundos, três segundos...

— Não, Senna.

— Eu não entendo você.

— Você não consegue entender você mesma — ele retruca.

Nós retomamos o nosso contato visual. Meu olhar é intenso, mas o dele é mais tranquilo. Ele hesita por mais um instante, e então vai até a caixa e a abre. Eu tento não me inclinar para a frente. Tento não demonstrar a impaciência que sinto, mas diante de mim há uma caixa branca com as palavras "Para VR" gravadas na tampa em sangue. Estou louca para saber o que há dentro.

Isaac coloca as mãos dentro da caixa. Ouço um ruído de papel sendo manipulado. Quando a mão dele se ergue, ele está segurando uma página solta, que parece ter sido arrancada de um livro. Os cantos da página estão manchados de sangue.

"Para VR".

Páginas manchadas de sangue, para VR...

Quem sabia que Nick me chamava assim, além do próprio Nick?

Isaac começa a ler. "A punição para a tranquilidade dela estava nas mãos dele, e ele deu descanso a ela."

Eu levanto a mão no ar. Quero ver a página, saber quem a escreveu. Não foi Nick, eu conheço o seu estilo. E isso também não é meu. Pego a página manchada de sangue, tomando cuidado para não encostar meus dedos nas partes vermelhas. Leio em silêncio o que Isaac havia lido em voz alta. O número da página é 212. A página não mostra o título do livro nem o nome do autor. Leio o resto do texto, mas fico com a sensação de que essas são as palavras que eu deveria ter lido primeiro. Isaac me entrega outra página, essa com uma mancha de sangue do tamanho do meu punho que se abria no meio da página, como uma flor. A fonte é diferente, assim como o tamanho da página. Eu a esfrego entre os meus dedos. A sensação que me transmite não me é estranha, eu a conheço: é a sensação do livro de Nick. É uma página de *Amarrado*.

Isaac empurra a caixa para perto de onde estou sentada, a fim de que eu possa alcançar dentro dela. As páginas estão todas soltas da sua amarração, dispostas em quatro fileiras. Eu pego outra página. O estilo coincide com o do primeiro livro, lírico, com um toque conservador em sua prosa. Há alguma coisa estranha na escrita, algo que eu sei que deveria me lembrar, mas não consigo. Começo a folhear as páginas aleatoriamente, separando as páginas do livro de Nick das páginas do outro livro. Trabalho rapidamente; meus dedos levantam as folhas e as empilham, levantam e empilham. Encostado a uma parede, Isaac me observa com os braços cruzados e os lábios franzidos. Sei que os seus dois dentes da frente são ligeiramente sobrepostos embaixo dos lábios dele. Não sei por que esse pensamento me ocorreu justamente agora, mas enquanto eu separo as páginas, os dois dentes da frente de Isaac não saem da minha cabeça.

Depois de já ter vasculhado metade do conteúdo da caixa, eu percebo que existe um terceiro livro. E é um livro meu. Os meus dedos se demoram nas páginas muito brancas — brancas porque eu disse ao editor que, se meu livro fosse impresso em páginas de cor creme, eu os processaria por quebra de contrato. Três livros. Um escrito por VR, outro escrito por Nick... Mas e o terceiro? Meus olhos se detêm sobre a pilha de páginas de autor desconhecido. A quem pertence esse livro? E o que é que o guarda do zoológico está tentando me dizer? De repente Isaac se desencosta da parede e caminha na direção da pilha que pertence a Nick.

— Nós precisamos terminar de ler este — ele diz.

O sangue desaparece do meu rosto, eu fico rígida, e sinto um formigamento nos meus ombros quando eles travam.

Entrego a pilha de páginas a ele.

— Está fora de ordem e as páginas não são numeradas — aviso. — Boa sorte.

Nossos dedos se tocam. Arrepios percorrem os meus braços, e eu desvio o olhar rapidamente.

32

NÓS NOS DEDICAMOS A COLOCAR OS LIVROS EM ordem. Trabalhamos nisso durante a mais longa noite, a noite que nunca tem fim. É bom ter alguma coisa para fazer; isso nos impede de enveredar pela rua da loucura — se bem que nós já chegamos a passear por ela. É uma rua que você não vai querer visitar muitas vezes na sua vida. Nós temos energia elétrica de novo... calor. Assim podemos ficar acordados, os nossos dedos deslizando sobre as páginas, as sobrancelhas vincadas devido à concentração e ao esforço. Isaac está cuidando do livro de Nick, enquanto eu me encarrego dos outros dois livros: o meu e...? Parece que há páginas demais para formarem apenas três livros. Eu me pergunto se ainda acabaremos descobrindo um quarto livro.

Mesmo quando encontro páginas de *Amarrado* e as entrego a Isaac, é o livro desconhecido que atrai a minha atenção. Em todas as páginas eu me deparo com um trecho que me intriga. Eu as leio, e então as leio de novo. Ninguém que eu conheça escreve dessa maneira, e ainda assim é tão familiar. Eu me apanho cobiçando as palavras desse autor. A capacidade que ele exibe de articular sentenças tão ricas me deixa enciumada. A primeira linha que li volta à minha mente a cada novo trecho que eu leio. *A punição para a tranquilidade dela estava nas mãos dele, e ele deu descanso a ela.*

Eu não percebo quando Isaac sai do quarto para ir preparar a nossa comida. Sinto o cheiro da comida quando ele retorna e me entrega um prato de sopa. Eu o coloco de lado, pois não quero parar o trabalho antes de terminá-lo, mas Isaac pega o prato e o coloca de volta na minha mão.

— Coma — insiste.

Eu não percebo o quanto estou faminta até colocar com relutância a colher na boca, sorvendo o caldo escuro e salgado. Deixo a colher de lado e bebo o caldo direto do prato, sem tirar os olhos das pilhas de folhas dispostas cuidadosamente em torno de mim. Minha perna e minhas costas doem, mas eu não quero parar. Se eu pedir ao Isaac para me ajudar a mudar de posição, ele vai perceber que estou desconfortável e vai me forçar a repousar. Quando ele não está olhando, massageio as costas, pouco acima da cintura, e sigo em frente com o trabalho.

— Sei o que você está fazendo — ele diz, debruçado sobre a sua pilha de páginas.

— O quê? — respondo surpresa, encarando-o.

— Quando você pensa que eu não estou olhando, na verdade estou, sim.

Fico vermelha, e a minha mão busca automaticamente os meus músculos doloridos. Eu me contenho no último instante, e em vez de tocar as minhas costas, fecho os dedos e me espreguiço. Isaac dá uma risadinha e balança a cabeça, retornando ao trabalho. Ainda bem que ele não insiste nessa questão. Eu pego mais uma página. É do meu livro. A história que escrevi para Nick. Em vez de colocá-la na pilha, eu a leio. Foi a minha resposta a ele, pura e simplesmente. A primeira linha do livro diz o seguinte:

Você procura por mim sempre que quer se lembrar o que significa o amor.

Esse trecho conquistou todas as mulheres que alguma vez ofereceram seu coraçãozinho palpitante a um homem, porque todas nós temos alguém que nos faz lembrar a dor que um amor pode trazer. Aquele amor indestrutível que escapa por entre os nossos dedos como areia. A segunda linha do livro confundiu um pouco as leitoras. E, por isso, os olhos delas continuaram seguindo o meu rastro de palavras. Eu estava deixando migalhas de pão pelo caminho, para o desastre que estava por vir.

Fique bem longe de mim!

Eu só escrevi o livro porque ele escreveu um livro para mim. Me pareceu justo. As pessoas costumam mandar mensagens de texto, telefonar ou escrever e-mails. O meu amor e eu escrevemos livros um para o outro. *Mas espere aí! Aqui há cem mil palavras tratando do tema "Por que diabos nós rompemos, afinal?".* Foi o Nick quem pôs um ponto final em tudo. Foi Nick quem destruiu a minha convicção. E eu decidi, em algum momento após pedir o mandado de restrição contra Isaac, que eu tinha uma história que valia a pena contar.

O nosso rompimento aconteceu por escolha de Nick. Ele gostava de me amar. Eu não era como ele, e ele valorizava isso. Acho que Nick se sentia mais artista quando estava comigo, porque não sabia sofrer até que entrei na vida dele. Mas ele não me compreendia. Tentou me mudar, e isso causou a nossa destruição. E então Isaac leu aquele livro para mim, empoleirado na beirada da minha cama de hospital, enquanto os meus seios jaziam em algum contêiner de lixo hospitalar. De repente eu estava ouvindo os pensamentos de Nick, vendo a mim mesma da maneira como ele me via, e o ouvi pedir a minha ajuda.

Nick Nissley era perfeito. Perfeito na aparência, perfeitamente falho, perfeito em tudo que dizia. A vida dele era elegante e ele se expressava de maneira extremamente estimulante — tanto na palavra escrita como na falada. Mas ele não acreditava em nada do que dizia, e isso me causou um grande desapontamento. Nick era um impostor que tentava compreender a sensação de viver. Quando ele me encontrou eu estava olhando para um lago, e ele se agarrou a mim. Porque eu vestia um manto de escuridão, e ele queria desesperadamente entender como era sentir-se assim. Eu fiquei encantada por algum tempo. Encantada por ter alguém tão talentoso interessado em mim. Eu achava que se estivesse com Nick, os talentos dele se transmitiriam a mim.

Eu estava sempre esperando para ver as coisas que Nick faria, que atitudes tomaria em qualquer situação. Como ele lidaria com a garçonete que derrubou um prato inteiro de sopa de abóbora com curry na calça dele (ele tirou a calça e comeu a refeição só de cueca); ou o que ele diria a uma fã que descobriu seu endereço e apareceu na porta da casa dele no momento em que estávamos transando (ele autografou o exemplar dela meio pendurado para fora da porta, todo despenteado e com um lençol enrolado na cintura). Ele me ensinou a escrever simplesmente pelo fato de existir — e de viver bem. Não sei dizer ao certo quando foi que me apaixonei por ele. Pode ter sido quando ele me disse que eu tinha uma veia ruim. Pode ter sido dias depois, quando eu percebi que era verdade. Mas no momento em que o meu coração decidiu amar Nick, ele decidiu rapidamente, e decidiu por mim.

Deus sabe que eu não quis me apaixonar. Homens e mulheres, e seus acordos sociais para celebrar o amor eram clichês. Fotografias de noivado me davam ânsia de vômito — principalmente quando eram tiradas nos trilhos de um trem. Eu sempre imaginava o Trem Thomas passando por cima do casal e rindo, com seu rosto azul coberto do sangue dos dois. Eu não queria desejar essas coisas. O amor era bom o bastante sem o bolo de três andares com amêndoas e glacê e os brilhantes diamantes de sangue incrustados em ouro branco. Apenas o amor já era suficiente. E eu amava Nick. Muito.

Nick adorava bolo de casamento. Ele me disse isso. E me disse também que gostaria que nós tivéssemos o nosso um dia. Naquele instante o meu coração desacelerou, meus olhos ficaram vidrados e eu vi a minha vida inteira passar diante dos meus olhos num flash. Foi bonito, porque foi com Nick. Mas eu odiei aquilo. Me deixou furiosa saber que ele esperava que eu vivesse daquela maneira. Que vivesse como as pessoas normais viviam.

— Eu não quero me casar — disse a ele, tentando controlar meu tom de voz. Nós tínhamos uma brincadeira só nossa. Assim que nos víamos, começávamos a descrever as características físicas um do outro. Era uma brincadeira de escritores. Ele sempre começava com *narizinho, olhos límpidos, lábios cheios, sardas.*

Agora, porém, ele estava olhando para mim como se nunca tivesse me visto antes.

— Bem, o que você quer fazer então?

Nós estávamos ajoelhados diante da mesa de centro dele, bebendo saquê e comendo yakisoba.

— Eu quero comer com você, transar e ver coisas bonitas — respondi.

— E por que não podemos fazer isso depois de casar? — perguntou. Passou a língua nos lábios e se recostou no sofá.

— Porque eu respeito demais o amor para me casar.

— Nossa, que amargo.

Eu o encarei. *Será que ele estava brincando comigo?*

— Não acho que eu seja amarga só porque não quero as mesmas coisas que você quer.

— Nós podemos encontrar um meio termo. Podemos ser como Perséfone e Hades.

Eu ri. Tinha tomado saquê demais.

— Você não é sombrio o suficiente para ser Hades, e eu, diferente de Perséfone, não tenho mãe.

Parei de falar e comecei a suar. A cabeça de Nick se inclinou para a direita no mesmo instante. Limpei a boca com um guardanapo e me levantei, pegando os recipientes de comida e levando-os até a cozinha. Ele me seguiu até lá. Queria que ele sumisse da minha frente. A mãe de Nick ainda estava casada com o pai dele. Trinta e cinco anos de casamento que, pelo que pude ver, foram felizes e tranquilos. Nick era tão equilibrado que chegava a ser ridículo.

— Ela morreu?

Ele precisou me perguntar duas vezes.

— Para mim, sim.

— Onde ela está?

— Vivendo a vida egoísta dela em algum lugar.

— Ah, tá — ele disse. — Você quer sobremesa?

E era isso que me agradava em Nick. Se algo não interessasse a você, então não interessava a ele também. E eu não estava interessada no meu passado. Ele gostava que eu fosse sinistra, mas não sabia por que eu era assim. E não me perguntava. Sem sombra de dúvida ele não compreendia. Apesar de todas as nossas diferenças, ele me aceitava. Eu precisava disso.

Até que ele não conseguiu me aceitar mais. Até que disse que eu era blindada emocionalmente. Até que nada a meu respeito fosse fácil. Até que ele cansou de tentar. Nick e suas palavras. Nick e suas promessas de amor sem fim. Acreditei em suas promessas e, então, ele me deixou. O amor demorava a chegar, mas por Deus, como ia embora rápido. Nick era lindo — e de repente se tornou feio. Eu o admirava, e de repente não o admirava mais.

A dra. Saphira Elgin tentou me en inar a controlar a raiva. Ela queria que eu conseguisse localizar a fonte da minha raiva a fim de que pudesse racionalizar os meus sentimentos. Talvez eu jamais encontrasse a fonte. A raiva percorria o meu corpo de um lado a outro, sem ter um ponto de origem.

Eu ignorei a dra. Saphira. Sempre a ignorava. Mas agora tento encontrar a fonte da minha raiva. Estou com raiva porque...

Isaac é tato, e também audição. Ele é olfato e é visão. Tentei reduzi-lo a um único sentido, como eu fazia com todos, mas todos os sentidos estão representados nele. Ele supera os meus sentidos, e é exatamente por esse motivo que fugi dele. Eu tinha medo de me sentir radiante — medo de me acostumar à cor e aos sons e aos cheiros, e depois ter tudo isso tomado de mim. Eu era uma profecia autorrealizável: eu destruía antes de dar a chance de me destruírem. Eu escrevia sobre mulheres assim, mas não percebia que era uma delas. Durante anos acreditei que Nick havia me deixado porque eu tinha falhado com ele. Eu não podia ser o que ele precisava porque era vazia e superficial... Era o que ele insinuava.

Por que você não consegue gostar de bolo de casamento, Brenna?

Por que eu não posso fazer a sua tristeza desaparecer?

Por que você não pode ser o que eu preciso?

Mas eu não falhei com Nick. Ele é que falhou comigo. O amor insiste e persiste, e enfrenta as bobagens que surgem pelo caminho. Como Isaac fez. E eu sou louca por Isaac, porque ele é tão diferente de mim. É irracional.

33

NÓS TERMINAMOS O NOSSO PROJETO — QUE resolvemos chamar de projeto das páginas. Por fim temos quatro pilhas e apenas três livros: o meu, o de Nick e o de autoria desconhecida. A quarta pilha é a mais grossa e a mais confusa. Eu organizo cada pilha cuidadosamente, como é meu hábito, ajeitando os cantos até que nenhuma folha fique desalinhada. O problema é que não há nada nessa quarta pilha de páginas. Todas são totalmente brancas. Passa rapidamente pela minha cabeça o pensamento de que o guarda do zoológico quer que eu escreva um novo livro, mas então me lembro de que o meu venerável sequestrador não me deixou uma caneta. Eu me pergunto se poderia ressuscitar a velha caneta Bic que nós usamos quando acordamos nesse lugar pela primeira vez.

Deve ser algo simbólico, como os quadros pendurados pelas paredes da casa — imagens de pardais ocos e de arautos da morte. Olho para as pilhas de papel enquanto Isaac nos prepara chá. Posso ouvir o tilintar da colher batendo nas laterais da xícara de cerâmica. Eu murmuro alguma coisa para os livros dispostos ao meu redor, meus lábios se movem como se tivessem vida própria. Sim, nós até separamos os livros, mas sem os números das páginas eles continuam fora de ordem. Como colocar na sequência correta um livro que você nunca leu? Ou talvez este seja o propósito desse pequeno exercício. Talvez eu deva estabelecer a minha própria ordem para os dois livros que nunca li. Seja como for, estou pedindo aos livros que eles mesmos se organizem e falem comigo. As vozes são, e sempre serão, temerosas demais para falar tão alto quanto um livro. É por isso que os escritores escrevem, para dizer coisas em voz alta com tinta. Para dar movimento aos pensamentos. Para fazer sentimentos inertes e silenciosos soarem alto e forte. Nessas páginas há pensamentos que o guarda do zoológico quer que eu escute. Eu não sei por que, e não me importa saber; só quero descobrir para sair daqui. Para tirar Isaac daqui.

— Você deseja ter filhos? — ele me pergunta ao voltar para o quarto com o nosso chá.

A pergunta é tão aleatória que me deixa surpresa. Nós não falamos sobre coisas normais. As nossas conversas são a respeito de sobrevivência. Minha mão treme quando eu pego a xícara. Quem poderia pensar em crianças num momento como esse? Dois colegas sentados tranquilamente, papeando sobre suas expectativas de vida? Tenho vontade de arrancar a camisa e lembrá-lo de que ele cortou fora os meus seios. Lembrá-lo de que nós somos prisioneiros. Pessoas metidas numa encrenca da dimensão da que estamos não falam sobre a possibilidade de ter filhos. Ainda assim... porque é Isaac que me faz a pergunta, e porque ele tem dado tanto de si, eu resolvo dar uma chance ao assunto.

Certa vez eu vi uma criança pequena fazer um escândalo no Aeroporto de Heathrow, em Londres. A irmã mais velha dela tomou um iPhone de suas mãos quando ela ameaçou atirar o aparelho ao chão. Assim como a maioria das criancinhas, a pequenina, que cambaleava com suas perninhas macias de bebê, respondeu com uma choradeira indignada. Ela gritou, caiu de joelhos e abriu um berreiro incrível, que parecia a sirene de uma ambulância. O berreiro aumentava e diminuía de intensidade, atraindo a atenção das pessoas, que olhavam e faziam careta. Enquanto se lamuriava, a criança foi caindo para trás ainda ajoelhada no chão, até ficar com o rosto voltado para cima e os joelhos dobrados sob seu pequeno corpo. Observei com espanto a menina se debater e mexer os bracinhos de um lado a outro, em movimentos que ora lembravam nado de costas, ora lembravam uma dança maluca. O rosto dela estava contraído por uma carranca angustiada, e ainda saíam da boca da garotinha aqueles sons terríveis quando, num piscar de olhos, ela se levantou toda atrapalhada, e saiu correndo, rindo, na direção de um chafariz a alguns metros de distância.

Na minha opinião, crianças têm distúrbio bipolar. Elas são coléricas, imprevisíveis, emocionais sirenes de ambulância com trancinhas, mãos encardidas e bocas lambuzadas de comida que em questão de segundos passam de sorridentes a zangadas e a sorridentes novamente. Não, muito obrigado. Se eu quisesse ter um general nanico para mandar na minha vida, arranjaria um macaco raivoso para fazer o serviço.

— Não — eu respondo a Isaac. — Não penso em ter filhos.

Ele toma um grande gole de chá. E faz que sim com a cabeça.

— Eu imaginei.

Fico esperando que ele me diga por que fez a pergunta, mas ele não diz. Depois de alguns minutos a minha ficha cai, e eu me sinto mal. Isaac não tem comido nem dormido. Anda falando pouco. Ele vem se deteriorando lentamente diante dos meus olhos e só ganhou vida agora, com a entrega da caixa branca. De súbito eu me sinto menos zangada por causa da pergunta fora de hora. E mais preocupada.

— Quanto tempo faz que estamos aqui? — pergunto.

— Nove meses.

O cubo mágico gira. A minha irritação diminui ainda mais. Quando nós fomos trazidos para cá, Isaac me contou que Daphne estava grávida de oito semanas.

— Ela levou a gravidez até o fim — digo com firmeza. Vasculho o meu cérebro em busca de mais coisas que ele precise ouvir. — Você tem um bebê saudável, e é reconfortante para Daphne ter uma parte de você junto dela.

Não sei se isso é reconfortante para ele, mas é tudo que me ocorre no momento.

Isaac não se move nem reage às minhas palavras. Está sofrendo. Eu me levanto com um pouco de hesitação. Preciso fazer alguma coisa. Preciso alimentá-lo, do mesmo modo como ele me alimentou quando eu estava sofrendo.

A culpa é minha. Isaac não devia estar aqui. Eu arruinei a vida dele. Nunca li o livro de Nick além daqueles poucos capítulos que Isaac leu para mim ao pé da minha cama, naquele quarto de hospital. Eu não quis saber como a história terminou. Mas agora eu quero saber. Repentinamente eu sinto uma enorme necessidade de saber como foi que Nick encerrou a nossa história. O que ele tinha a dizer sobre como as coisas entre nós se dissolveram. Foi a história dele que me compeliu a escrever uma resposta, e depois eu acabei enjaulada numa prisão no meio da porra de uma região gelada. Com o meu médico, que não deveria estar aqui.

Eu faço o jantar. É difícil me concentrar em qualquer outra coisa que não seja o presente que o guarda do zoológico deixou na porta, mas o sofrimento de Isaac merece mais atenção que a minha obsessão. Eu abro três latas de vegetais, e cozinho massa em forma de borboleta. Misturo os ingredientes e adiciono um pouco de caldo de galinha enlatado. Levo os pratos até a sala. Nós não podemos mais comer na mesa, então comemos na sala. Eu chamo Isaac. Ele desce instantes depois, mas não faz mais do que empurrar a comida no prato de um lado a outro, espetando um vegetal diferente em cada ponta do garfo. Foi assim que ele se sentiu quando me viu afundando em um mar de escuridão? Quero abrir a boca de Isaac e empurrar a comida para dentro da garganta dele. Forçá-lo a viver. *Coma, Isaac!*, imploro mentalmente. Mas ele não come.

Guardo o prato de comida dele na geladeira, que não funciona direito desde que ele arrancou a vedação de borracha para fazer um pedal para a bateria.

Eu subo mancando até o quarto do carrossel, usando a minha nova bengala. O quarto cheira a mofo, e há um ligeiro odor de urina. Olho para o cavalo negro que, assim como eu, tem uma lança atravessada no coração. Ele parece hostil hoje. Eu me inclino e recosto a cabeça no pescoço dele. Toco sua sela de leve. Então a minha mão desliza até a lança. Fecho os meus dedos em torno dela, desejando poder arrancá-la e dar um fim ao nosso sofrimento. Mais que isso: desejando dar um fim no sofrimento de Isaac.

Algo me ocorre subitamente, e eu sinto um formigamento na cabeça. Quem disse que o guarda do zoológico era um homem? As coisas não se encaixam. A minha editora realizou uma pesquisa com os meus leitores, e a maioria é composta de mulheres na casa dos trinta e dos quarenta anos. Eu tenho leitores do sexo masculino. Eu recebo e-mails deles, mas para as coisas chegarem assim tão longe... eu devia suspeitar que fosse uma mulher. Mas eu não enxergava uma mulher. Eu enxergava um homem. De uma maneira ou de outra estou na cabeça dele. Ele é apenas um personagem para mim. Alguém que eu não posso ver de fato, mas consigo entender o funcionamento de sua mente pelo modo como tem feito joguinhos comigo. E quanto mais tempo eu permaneço aqui, mais forma ele ganha. Esse é o meu trabalho; é nisso que sou boa. Se eu conseguir descobrir o que ele está tramando, posso passar a perna nele. Tirar Isaac daqui. Ele tem de conhecer o bebê dele.

Eu volto aos livros. Examino cada um deles. Minha mão se demora um pouco mais em *Amarrado* antes de se deter na pilha sem nome. É exatamente por ela que vou começar.

34

EU LEIO O LIVRO. A FALTA DE NUMERAÇÃO DAS páginas me força a ler desordenadamente. É como pular de costas num banco de neve sem saber a que altura você está. A ordem sempre foi uma constante na minha vida, até que fui trazida para cá e largada nesse lugar para apodrecer. Esse lugar é o caos, e ler sem uma ordem estabelecida é o caos. Eu odeio isso, e ainda assim estou escravizada demais pelas palavras para desistir.

O livro é sobre uma garota chamada Ofélia. Na primeira página que leio, que pode ser a página 5 ou a 500, Ofélia é forçada a dar o seu bebê prematuro para adoção. Não por seus pais, como acontece na maioria das histórias, mas por seu marido controlador e esquizofrênico. O marido ouve vozes na cabeça dele. É músico, e escreve o que as vozes lhe dizem para escrever. Assim, quando as vozes lhe dizem para oferecer sua bebê de dois quilos para adoção, ele intimida fisicamente Ofélia, ameaçando a vida dela e da sua menininha.

Na próxima página que pego, Ofélia é uma garota de doze anos. Ela está fazendo uma refeição com os pais. Parece ser uma família normal reunida à mesa, mas o diálogo que Ofélia trava dentro da sua mente é recheado de indicações que anunciam uma garota estranha e estranhamente madura. Tem raiva dos seus pais por existirem, por não passarem de peças úteis à sociedade. Ela os compara ao seu purê de batatas, e então passa a falar das tentativas fracassadas dos pais de substituí-la por outro bebê. "A minha mãe teve quatro abortos involuntários. Eu entenderia isso como um aviso de Deus para que vocês parassem de querer ferrar com a vida de mais crianças".

Essa parte me impressiona, me comove, e eu quero saber mais sobre o útero avariado de Carol Blithe; mas a minha página chega ao fim, e sou forçada a pegar outra. Fico nisso durante horas, mas consigo reunir muita informação sobre Ofélia, que tem as características de uma anti-heroína. Ofélia é narcisista, tem complexo de superioridade, nada prende a atenção dela por muito tempo, e ela logo se entedia com as coisas. Ofélia se casa com um homem que não se entedia com nada, e paga um preço por isso. Ela acaba deixando o marido, e se casa novamente, mas também põe fim a esse casamento. Encontro uma página na qual ela fala sobre uma boneca de porcelana que vai perder depois de se divorciar do segundo marido. Ela lamenta a perda da boneca de porcelana de um modo bem peculiar. Eu acumulo esses detalhes até ficar com dor de cabeça. Estou tentando classificar tudo isso, colocar tudo em ordem, quando me deparo com a última página. Ofélia está em plena ação na última página do livro. Quando chego à linha final, meus olhos se arregalam: "sempre que você cair eu vou estar com você".

Eu vomito.

Isaac me encontra deitada de costas no chão. Ele se posiciona em pé sobre mim, com uma perna em cada lado do meu corpo, e me puxa para cima para me ajudar a ficar em pé. Ele rapidamente avalia a poça de vômito do meu lado, e depois leva a mão à minha testa para senti-la, até se convencer de que a minha temperatura está normal.

— O que foi que você leu?

Eu viro o rosto para o outro lado.

— O livro de Nick?

Balanço a cabeça numa negativa.

Ele olha para a pilha mais próxima de onde eu estava deitada.

— Você sabe quem escreveu isso?

Não consigo olhar para ele. Fecho meus olhos e aceno que sim com a cabeça.

— A minha mãe — respondo.

Vejo a surpresa se estampar no semblante dele.

— Como você sabe, Senna?

— Eu sei.

Entro na cozinha mancando. Preciso de água para enxaguar a boca. Isaac entra logo atrás de mim.

— Como vou saber se não foi você mesma quem fez isso?

Ele caminha na minha direção de modo ameaçador. Eu recuo e bato numa saca de arroz. A saca vira e cai. Horrorizada, vejo os grãos se espalharem pelo chão, em torno do meu pé descalço.

— Eu trouxe você para cá? Acha mesmo que eu coloquei nós dois aqui dentro para congelar e passar fome? Por que faria isso?

— É muito conveniente que você tenha sido a pessoa que me soltou. Por que eu é que fui amarrado e amordaçado e não você?

— Ouça o que você está dizendo, Isaac. Eu não sou a responsável por isso!

— Como eu posso ter certeza disso? — As palavras são agressivas, mas ele as pronuncia devagar.

Eu mudo o pé de apoio, e os grãos de arroz se encaixam entre os meus dedos.

Meu queixo estremece. Posso sentir o meu lábio inferior tremendo também. Eu prendo o lábio entre os dentes.

— Acho que você tem que confiar em mim.

Ele aponta para a sala onde estão a caixa e os livros empilhados.

— O seu livro, o livro de Nick, e agora o livro da sua mãe? Por quê?

— Não sei. Eu nem sabia que a minha mãe havia escrito um livro. Não vejo a minha mãe desde que era menina!

— Você sabe quem fez isso — ele diz. — Lá no fundo você sabe.

Eu nego balançando a cabeça. Como ele pode acreditar em tal possibilidade? Vasculho o meu cérebro em busca de respostas.

Isaac recua, cobrindo os olhos com as palmas das mãos. Suas costas se chocam contra a parede, e ele dobra o corpo para a frente, apoiando as mãos nos joelhos. Tenho a impressão de que ele não está conseguindo respirar direito. Estendo a mão na direção dele, mas mudo de ideia e a recolho. É inútil, não vai adiantar. Não importa o que eu diga. Ele foi arrancado da sua mulher e do seu bebê por minha culpa. Eu fiz nascer essa obsessão doentia.

Três semanas mais tarde, Isaac remove o meu gesso. Usa uma faca de cozinha para cortá-lo e tirá-lo, a mesma faca que ele carregou de um lado para outro no nosso primeiro dia aqui. Nossos olhos se arregalam quando o material de fibra de vidro se abre. Mal nos atrevemos a respirar. O que vamos encontrar? Será que eu ficaria ainda mais arruinada do que já estava? No fim das contas é apenas uma perna peluda e fina que parece meio esquisita. Ela me lembra sangue em um copo, um suéter numa banheira, uma pedra em uma boca. É *estranha* apenas visualmente, e eu não sei dizer por quê.

Eu ainda preciso usar a minha bengala, mas gosto da liberdade que sinto depois de todas aquelas semanas na cama. Isaac ainda não fala comigo, mas o sol volta a brilhar. Ele aparece novamente. Paramos de usar as luzes para economizar o combustível do gerador. Eu leio *Amarrado* até o fim, mas surpreendentemente ele não me fere tanto quanto o livro sem nome que a minha mãe escreveu. Eu vejo Nick de modo um pouco diferente; com menos brilho. É o melhor trabalho dele, mas sua mensagem de amor não me impressiona.

Isaac leva o resto dos suprimentos do poço até a cozinha. Ele enche os armários, a geladeira e o depósito de madeira. "Assim não precisaremos mais ir lá embaixo. Ele leva o dia inteiro para fazer isso. Depois recoloca a mesa no lugar. Quando ele volta para o quarto, eu saio do quarto do carrossel e desço até a cozinha. Eu ainda estou usando robe, e as minhas pernas estão frias. Eu me sinto nua sem o gesso. Pressiono a parte de trás das pernas contra a beirada da mesa, dou um pequeno impulso e subo nela. Chego para trás até me acomodar sentada nela, com as pernas balançando. As minhas pernas de corredora parecem finas e fracas. Uma cicatriz atravessa a minha tíbia como uma fenda. Passo delicadamente a ponta do dedo sobre ela. Estou começando a ficar parecida com uma boneca de pano costurada. Só me faltam os olhos de botão. Coloco a mão dentro da abertura na parte de cima do robe, e corro os dedos pela pele do meu peito. Há cicatrizes aqui também. Cicatrizes feias. Estou acostumada a ser desfigurada. É como se partes de mim continuassem a ser tiradas; devoradas pela doença, arrancadas, cortadas ao meio. Eu me pergunto quando o meu corpo vai se cansar disso e simplesmente desistir.

Eu nunca mais serei capaz de correr como antes. Eu manco para andar. Eu não contei a Isaac, mas a minha perna dói constantemente. Eu gosto disso.

Está escuro na cozinha. Eu não quero correr o risco de chamar a atenção de Isaac ao acender a luz, não quero que ele saiba que estou aqui. Se ele está tentando me evitar, vou ajudá-lo nisso. Quando olho ao meu redor, percebo que ele está de pé na porta da cozinha, observando-me. Ficamos olhando um para o outro por um longo tempo. Eu me sinto ansiosa. Tenho a impressão de que ele quer me dizer alguma coisa. Imagino que ele tenha aparecido para me dizer mais desaforos, mas então eu noto que há algo de diferente no seu olhar.

Ele começa a caminhar na minha direção. Um passo... dois... três... quatro.

Isaac agora está parado bem na minha frente. O meu cabelo está todo despenteado, caótico. Nem me lembro quando foi que o penteei pela última vez. Está crescendo e avançando pelo lugar onde os meus seios costumavam ficar, como uma espécie de xale sobre a parte de cima do meu corpo; dessa maneira, mesmo quando estou nua não tenho que ver a minha própria imagem. Eu nem me dou ao trabalho de esconder minha mecha grisalha atrás da orelha, como costumo fazer quando Isaac está por perto. Ela cai numa curva na frente do meu olho, obstruindo parcialmente minha visão.

Isaac empurra o meu cabelo para cima do meu ombro, e eu me esquivo involuntariamente. Ele põe as mãos nos meus joelhos. A intensidade do toque dele é pungente. Ele afasta os meus joelhos para o lado, abrindo as minhas pernas, e então dá um passo para a frente e se posiciona no meio delas. Ele abaixa a cabeça até as nossas bocas quase se tocarem. Quase. Os dedos das minhas mãos estão estendidos no tampo da mesa atrás de mim, e assim me equilibro. Posso sentir os vincos das gravuras que fiz na madeira. As gravuras que Isaac me ajudou a fazer. Ele não me beija. Nós nunca tínhamos conversado sobre o beijo que trocamos no quarto do sótão pouco tempo atrás, quando a nossa morte pareceu tão próxima. Sinto o hálito dele soprando na minha boca enquanto suas mãos sobem, deslizando pelas minhas coxas. As mãos dele são como água quente correndo pela minha pele. Fico arrepiada. Meu robe é empurrado para o topo das minhas coxas. Quando as mãos dele se afastam das minhas pernas eu quero gritar "Não!", quero continuar sentindo esse calor; mas ele ergue os braços e segura as lapelas do meu robe, abrindo-as e expondo o meu peito. Eu fico paralisada. Entorpecida. Ele toca as minhas cicatrizes. O deserto da minha feminilidade. *Imóvel... imóvel... imóvel...* Até que não aguento mais.

Eu engasgo e agarro as mãos dele, afastando-as de mim.

— O que você está fazendo, Isaac?

Ele não me responde de imediato. Em vez disso, leva as mãos ao meu pescoço. Em qualquer lugar que ele me toque eu sinto calor. Inclino a cabeça para trás, e o seus polegares acariciam o meu maxilar.

— O que eu quero — diz.

Giro a cabeça para tentar me afastar dele, mas sua mão escorrega até a minha nuca e se encaixa no meu cabelo. Então, ele me beija na lateral do pescoço até fazer com que todo meu corpo estremeça. Isaac está em vantagem com relação a mim, estou tentando manter as costas retas apoiando-me com uma mão enquanto tento afastá-lo com a outra. Mas, então, a mão que eu usava para me apoiar acaba escorregando do tampo, e nós desabamos em cima da mesa.

Isaac me beija. Com força a princípio, como se estivesse zangado, mas diminui o ímpeto quando toco seu rosto. Relaxo quando os lábios dele passeiam sobre os meus lentamente, e sua língua se movimenta com agilidade na minha boca. Levanto minhas pernas da mesa e engancho os pés na cintura dele. Calor: calor nos arcos dos meus pés, calor na minha boca, calor latejante entre as minhas pernas. Ele abaixa os braços e termina de abrir o meu robe. Faço os meus braços escorregarem para fora do robe e envolvo Isaac num abraço. Ele rola comigo até me deixar por cima dele. Eu me sento e Isaac me agarra pela cintura, erguendo-me até me posicionar logo acima da sua ereção. Ele está a postos, a ponta do seu membro está tocando em mim. Tudo o que eu tenho de fazer é baixar meu corpo, e ele estará dentro de mim. E eu quero que isso aconteça. Porque preciso tocar e ser tocada.

Mas Isaac está hesitante. Não quer soltar a minha cintura. Está pensando na mulher dele... eu estou pensando na mulher dele. Estou quase dizendo "esqueça isso" quando ele subitamente afrouxa a pressão das suas mãos na minha cintura. Sem a ação dele para me manter suspensa, meu corpo desce sobre o dele sem hesitação. Eu inspiro com força, como se gemesse e engasgasse ao mesmo tempo. Num momento eu estou vazia e, logo em seguida, estou cheia. Mas ele não pertence a mim, e pensar nisso faz com que o pânico me domine. O que estou fazendo? Tento me separar de Isaac, mas ele agarra meus pulsos, gira o corpo e fica por cima de mim, imobilizando-me. Ele me beija vagarosamente, com ambas as mãos coladas nos lados do meu rosto, entrando e saindo de mim com movimentos lentos e constantes.

— Eu quero você — ele diz com sua boca tocando a minha. — Pare com isso.

E então eu paro. Paro de resistir e deixo que ele me beije, me toque e me possua. Nós transamos apenas uma vez: debaixo da chuva, no carrossel; eu fiquei por cima. O que está acontecendo agora não parece ser apenas sexo. É mais íntimo. Eu nunca fiz o que estamos fazendo. Com ninguém. Nem mesmo com o Nick. Eu nunca mergulhei as mãos no cabelo de um homem nem gemi e arfei incontrolavelmente com a boca colada à de um homem. E nunca quis que ninguém me penetrasse o mais profundamente que pudesse — porque parecia mais real dessa maneira. E nenhum homem jamais afundou seu rosto no meu pescoço e gemeu, como se cada movimento dentro de mim lhe arrancasse uma reação.

Mas nós estamos aqui, em cima da mesa, mandando ver como se não houvesse amanhã, fazendo amor com entrega total. O tipo de sexo de tirar o fôlego e ao mesmo tempo cheio de ternura e de intensidade. Isaac está me tocando em todos os lugares. Sinto os seus dedos no meu peito, nas minhas costas, nas minhas coxas. Isso faz com que eu me sinta uma mulher linda, e não essa criatura deplorável em que a vida me transformou. Enquanto Isaac está dentro de mim, eu me esqueço de tudo. Eu me esqueço que sou uma prisioneira, que tive ossos quebrados, que nós quase morremos. Eu me esqueço que Isaac tem uma vida com outra pessoa. Esqueço que fui estuprada e que não tenho seios. Esqueço que luto com tanto empenho para não sentir coisa alguma. Isaac está fazendo amor comigo, e tudo o que eu sinto nesse momento é valioso.

Ele me carrega até a cama e me deita no colchão. Posso senti-lo escorrendo pela minha coxa enquanto ele sobe na cama e se acomoda ao meu lado. *Me abrace*, penso. Não passam de palavras na minha cabeça, mas Isaac dobra o seu corpo junto ao meu. Eu fecho os olhos com força.

Bate, coração... Bate... Tum-tum, Tum-tum...

O medo dança em torno de mim com seus pés ligeiros. Ele sussurra de modo sedutor nos meus ouvidos. Nós somos amantes, o medo e eu. Ele me chama e eu o deixo entrar.

Vá, eu digo a ele. Me deixe ir, me deixe ir, me deixe ir.

— Me conte uma mentira, Isaac.

Ele traça círculos no meu ombro com a ponta dos dedos.

— Eu não amo você.

Ele não pode ver, mas o meu rosto está contraído em tormento: as pestanas, os lábios, as linhas de expressão na minha testa.

— Senna, me diga uma verdade.

— Eu não sei como — respondo num fio de voz.

— Então me diga uma mentira.

— Eu não amo você, Isaac. — O peso disso tudo é demais para mim, e me esmaga.

Isaac se move atrás de mim, e no momento seguinte ele está se inclinando sobre mim, minha cabeça posicionada entre seus cotovelos.

— A verdade é para a mente. Mentiras são para o coração. Então vamos continuar mentindo. — ele diz.

Eu beijo o homem para quem minto. Ele me beija com verdade. Eu estou livre.

35

ISAAC ADOECE DOIS DIAS DEPOIS. É O TIPO DE doença que me assusta. No início, quando lhe pergunto o que está acontecendo, ele me diz que não há nada de errado. Mas, então, pequenas gotas de suor começam a se acumular na testa e no lábio superior dele. Eu o observo com preocupação enquanto estamos comendo. Ele está claramente se forçando a comer. Sua pele parece feita de cera, está brilhante e sem cor.

— Vamos lá, doutor — digo, colocando meu garfo na mesa. — Faça um autodiagnóstico e depois me explique o que devo fazer.

Minha voz soa tranquila, mas algo me diz que essa situação não é nada boa. Nós não temos mais antibióticos. Não temos absolutamente mais nada. Chequei nossos suprimentos mais cedo: dois tubos de pomada para queimaduras, sobras de ataduras e compressas embebidas em álcool. Estamos tentando economizar energia e usar a lenha retirada do poço, mas ela também está acabando. Percebo que já esperei tempo demais pela resposta de Isaac. Ele está olhando fixamente para o seu prato de comida, mas, na verdade, não está vendo coisa nenhuma.

— Isaac... — Toco a mão dele, e os meus olhos se arregalam. — Acho que você está com febre.

Sinto que meus lábios estão secos. Passo a língua sobre eles e avalio a situação. Preciso tomar uma providência em relação à febre de Isaac.

— Vou levar você lá para cima, certo?

Ele faz que sim com a cabeça.

Uma hora mais tarde, ele está tremendo incontrolavelmente. Sei como é tremer dessa maneira — consigo me lembrar muito bem. Mas a minha tremedeira tinha origem emocional. O corpo lida com ataques da mesma maneira, sejam eles de origem emocional ou não. Isaac sempre foi aquele que tinha a solução para esses problemas. Não posso fazer o mesmo por ele. Não tenho forças para fazer o que ele precisa que eu faça.

Não consigo fazê-lo acordar. Ele acabou não me dizendo o que eu deveria fazer. O corpo de Isaac está quente, muito quente, mas essa casa está uma geladeira. Devo mantê-lo aquecido ou devo baixar sua temperatura? Sento-me ao lado dele e tento rezar. Consigo sentir o calor emanando da sua pele ao me aproximar do rosto dele. Ninguém me ensinou a rezar. Não sei para quem estou rezando: um deus obeso que está sempre sorrindo? Um deus com cabeça de mulher e corpo de homem? Um deus com buracos nas mãos e nos pés? Rezo para quem quer que seja. Minha boca se move pronunciando palavras de súplica e de desespero. Nunca falei com um Deus antes. Eu O culpo em parte pelas coisas ruins que estão acontecendo comigo. Digo que não, mas eu O culpo. Mas juro que nunca mais vou culpá-Lo novamente se Ele salvar Isaac.

Tenho a esperança de que Deus está me ouvindo quando a tremedeira de Isaac para de repente. Mas percebo que sua respiração está fraca quando aproximo a cabeça de sua boca. Então eu rezo diretamente ao Deus com os buracos nas mãos. Provavelmente é a Ele que devo me dirigir. Parece ser um Deus que compreende a dor.

— Este é o Isaac — digo a ele. — Isaac me ajudou e agora está assim. Ele não fez nada para merecer isso. E não é justo que ele morra por minha causa. — Então, apelo diretamente a Isaac. — Você não pode fazer isso de novo, Isaac! É a segunda vez. Não é justo. É a minha vez de quase morrer.

Eu me abaixo e encosto minha testa na dele. Quero me deitar sobre ele e retirar todo o calor de seu corpo, mas agora não é a hora para ser fria. Levanto a cabeça e olho para ele. Tenho medo de sair para procurar remédios e deixá-lo sozinho. Semanas atrás nós fechamos o acesso ao poço sob a mesa, mas pode ser que ele tivesse esquecido alguma coisa. Pode ser que ainda haja algum medicamento lá embaixo; um comprimido perdido no meio da poeira, um milagre num canto escuro. Sei que a possibilidade de sucesso é muito remota, mas não posso simplesmente ficar aqui parada sem fazer nada. Eu o beijo na boca e me levanto.

— Não morra — aviso. — Se você se for, eu vou logo atrás de você.

Se Isaac pudesse me ouvir, ameaçá-lo com a minha morte funcionaria. Ele iria aguentar firme apenas para me manter viva. Manco para fora do quarto e sigo para a cozinha. Dessa vez é mais fácil tirar a mesa do caminho. Estou mais forte. Pego a lanterna e desço a escada de mão que ele deixou no lugar. Há pequenos grãos de arroz espalhados pelo chão desde o dia em que derrubei a saca. Os grãos espetam meus pés através das meias, fazendo meus dedos se curvarem. Não há nada nos armários, nem no chão. Vasculho o fundo das prateleiras com as mãos em busca de algo que tenha passado despercebido. Uma farpa de madeira entra em minha palma, e a arranco. A caixa de metal que continha medicamentos, e que estava presa à parede, está aberta. Dentro dos seus compartimentos não há mais nada além de poeira. Agarro a caixa e tento arrancá-la da parede, mas está aparafusada. Meus músculos são menos poderosos que minha raiva.

— Não consigo nem arrancar da parede uma porcaria inútil dessa! — grito para o vento.

Enfio os dedos no cabelo e puxo até machucar. Primeiro eu me sinto impotente, depois me sinto desesperada e, em seguida, sinto uma imensa aflição. Não posso lidar com isso. Não sei o que fazer comigo mesma, é impossível continuar dessa maneira. Caio de joelhos e levo as mãos à cabeça. Não posso fazer isso. Não posso. Quero morrer. Quero matar. Todas as minhas emoções estão aflorando de uma só vez.

"Você é egoísta", ouço uma voz dizer. "Isaac está morrendo e você só consegue se preocupar com a sua própria situação."

A voz está certa. Me levanto e bato as mãos nos joelhos para tirar o arroz grudado neles. Subo a escada para fora do poço. A única indicação de que estou no meu limite é o tremor nas minhas mãos.

Retorno ao quarto a fim de ver como Isaac está. Ele ainda respira. Nesse instante eu me lembro de um livro que encontrei numa caixa no quarto do carrossel. Sempre achei bastante estranho que o nosso sequestrador tenha colocado aquele livro na mesma casa que aprisionou um médico.

Abro a tampa da caixa com um empurrão e vejo o livro no fundo dela. Há uma peça de jogo em cima da sua capa. Eu a retiro com um tapa. Esse foi o único livro que poupei quando nós queimamos tudo o que havia na casa para nos aquecer. Não faz sentido que eu o tenha salvo da fogueira. Tinha Isaac para me tirar eventuais dúvidas sobre questões médicas. Tinha Isaac para me costurar. Guardei o livro para mim mesma. Porque, de algum modo, sabia que o guarda do zoológico havia colocado o livro ali para mim. Sinto um nó me apertar o estômago. Folheio o índice. Página 546. *Febre*.

A parte que estou procurando aparece em destaque, grifada com marca-texto cor-de-rosa. É uma coincidência, eu julgo. Um velho livro técnico comprado numa ponta de estoque ou coisa parecida. Essa pessoa não poderia saber que Isaac teria uma febre que talvez o matasse. Ou poderia? De repente sinto calafrios. Olho para cima, e ao fazer isso encaro diretamente o cavalo preto, olhos nos olhos. Deixo cair o livro.

Isso é um jogo. Essa jogada é minha. Vou para o depósito de madeira. Não há mais cabana do lado de fora; Isaac começou a guardar as ferramentas no depósito de madeira do Capítulo Nove. Tiro o machado do lugar onde ele está apoiado, ignorando as páginas que estão nas paredes por todo lado. Toco a lâmina com a ponta do dedo. Isaac a manteve afiada. *Só para garantir. Só para o caso de Senna perder o juízo e precisar disso,* eu penso. Subo as escadas novamente e vou direto para o quarto do carrossel. O livro está virado para baixo sobre o carpete, onde eu o deixei cair. Eu o chuto para o lado e olho para o meu cavalo. Bem nos olhos. Nós criamos um vínculo um dia, por causa da flecha que atravessava nossos corações. Eu me sentia como se ele tivesse me traído depois de me fazer amá-lo com sua sela de ossos, seus símbolos da morte e obesidade mórbida. Engordando-me para o abate.

— Me dê o que ele precisa — digo. — Eu faço o que você quiser. Apenas me dê o que ele precisa ter. Xeque-mate — disse, por fim.

Eu levanto o machado, levanto-o até não poder mais, e meus dentes estão tão cerrados que chegam a doer... Depois que termino, resta apenas um monte de metal rasgado e amassado do que, poucos instantes atrás, fora o cavalo. Ficou parecido com o interior de uma lata de Coca-Cola que certa vez eu abri com uma faca.

Agora ele não pode mais nos ver. Por que demorei tanto tempo para descobrir isso?

36

EU ME DEITO AO LADO DE ISAAC, IMÓVEL COMO uma pedra. Posso ouvir o vento açoitando a neve que cobre a paisagem lá fora. Não há janela no quarto. Ele fica no lado da casa que é voltado para o precipício e para o galpão do gerador que o guarda do zoológico não queria que nós víssemos. Mas, do outro lado do corredor fica o quarto do carrossel, e é de lá que vem o som. Parece ser uma nevasca. Para mim não importa. Já estou com frio. Já estou com fome. Já estou desesperada. Houve um tempo em que eu tentava sobreviver, mas, agora, estou sempre tentando não morrer.

Abaixo a cabeça para checar a respiração dele. Fraca. Ele precisa de líquidos. Levo um copo de neve derretida aos lábios de Isaac, mas o líquido acaba escorrendo de sua boca quando tento fazê-lo beber.

Leio a parte em destaque no livro e faço tudo o que o texto me instrui a fazer. Mas a verdade é que não há muito que possa ser feito. Pano úmido na cabeça? Estamos em uma região gelada. Manter o quarto em uma temperatura baixa? Estamos em uma região gelada. Cobri-lo com um cobertor leve, mesmo que seja feito de pele? Estamos em uma região gelada. Líquidos. O mais importante são os líquidos, mas eu não consigo fazê-lo engolir nada do que lhe dou. Não há nada que eu possa fazer.

Isaac começa a murmurar coisas, e suas pálpebras tremem devido à turbulência do seu sonho. São apenas palavras que se esvaem antes que ele possa terminá-las. Lamentos atormentados e ruídos de engasgo misturados à trepidação dos seus dentes. Aproximo o ouvido dos lábios dele e tento entender o que está dizendo, mas ele para de falar assim que faço isso. Eu fico assustada. Assustada pra caralho. Isaac provavelmente está chamando a sua esposa. Mas eu sou tudo o que ele tem.

— Calma — digo a ele. — Poupe as suas forças. — Entretanto, tenho a sensação de que estou falando sozinha.

Pego no sono por um momento. Quando acordo, meu corpo está comprimido contra o de Isaac. Busquei o contato do seu calor enquanto dormia. Não tenho coragem nem de me mexer. Se ele está quente, então, continua vivo. Um ruído escapa do fundo de sua garganta. A sensação de alívio desaparece. Eu me levanto e acendo o fogo na lareira. Tento concentrar o calor nas palmas das mãos enquanto balanço os dedos diante das chamas. De cinco em cinco minutos eu olho para trás e verifico se o peito dele está se movendo para cima e para baixo. Não chega a ser um movimento de subida e descida, está mais para uma ligeira oscilação.

Então, uma ideia me ocorre. Eu me levanto e pego um copo de água da mesa de cabeceira. Sinto que o copo está frio quando o seguro. Volto para a cama e passo uma perna sobre a cintura de Isaac, sentando-me sobre ele com as pernas abertas. Suspendo o corpo, apoiada nos joelhos, para não soltar meu peso sobre ele. Só preciso me posicionar de maneira a ter acesso mais fácil aos seus lábios. Olho para seu rosto abatido e esquelético e tomo um grande gole de água. Essa é provavelmente uma ideia estúpida, mas não há ninguém para testemunhar isso. Abaixo a cabeça até meus lábios tocarem os de Isaac. É como encostar a boca num motor de carro superaquecido. Os lábios dele se abrem instantaneamente. Então, empurro a água para dentro de sua boca, mantendo meus lábios firmemente pressionados contra os dele a fim de evitar que a água escape para fora. Sinto sua garganta se mover, empurrando a água na direção do esôfago. Imagino que vou escutar um tinido quando o líquido cair no estômago vazio dele.

Repito o processo. Na segunda vez as coisas ficam mais difíceis do que na primeira; a água escorre pelo lado do rosto e ele expele um pouco do líquido, mas eu continuo tentando. Depois que Isaac ingere o equivalente a um copo de gelo derretido, saio de cima dele e me deito de costas, olhando para o teto. Depois de passar horas sem conseguir fazer nada realmente útil para ajudar, sinto-me como se tivesse realizado uma façanha. Uma façanha de proporções épicas.

Em outros tempos, me sentia realizada ao terminar de escrever um livro. Se eu entrasse na lista de mais vendidos do *New York Times,* me sentia mais realizada ainda. Se meu livro virasse filme, me sentia a pessoa mais realizada do mundo. Agora, tenho vontade de sair pulando de alegria se o homem com quem compartilho o cárcere engole a água que despejo em sua boca.

Meus braços, pernas e cérebro estão frouxos. Repito o processo com Isaac a cada vinte minutos. Ele engasga quando tento realizar a ação com muita frequência. Tenho tanto medo de que o coração dele pare que mantenho a palma da mão pressionada contra seu peito para sentir seus batimentos lentos.

— Ele depende de você para viver — digo. — Continue batendo.

Ugh. Meus canais lacrimais estão queimando. Cerro meus punhos e esfrego os olhos como uma criança. Preciso colocar mais água no copo. Eu poderia reabastecer o copo no banheiro, mas a água da torneira é marrom e tem gosto de cobre. Isaac e eu geralmente bebemos neve. Minha boca está seca e minha garganta parece áspera; não queria beber a água no copo. Não quero deixar Isaac, mas sou arrancada da cama pela necessidade de beber, de urinar e de ir buscar mais neve.

Caminho até as escadas e pego minha blusa de moletom no corrimão. As botas de borracha de Isaac estão na porta da frente. Enfio os pés nelas e ando com dificuldade até a cozinha a fim de pegar um jarro para recolher a neve. O jarro está debaixo da pia e abaixo-me para apanhá-lo. Quando levanto o corpo novamente, dou uma espiada pela janela para avaliar a nevasca. E é nesse momento que o vejo.

37

O GUARDA DO ZOOLÓGICO ESTÁ ME CHAMANDO lá fora, sob a nevasca. Eu sabia que mais cedo ou mais tarde ele iria aparecer. Você não monta um espetáculo desses sem esperar aplausos. Eu o vejo do lado de fora, pela janela da cozinha; uma sombra negra contra a neve branca. Ele está me encarando, mas a tempestade é forte, e neve e ventania giram em um caos gelado. É como se eu estivesse olhando para uma imagem de televisão granulada. Ele fica parado no lugar por um bom minuto pelo menos, até ter certeza de que eu o vi. Então, se volta e caminha na direção do penhasco. Agarro a beirada da pia e a aperto com força, até sentir dor nas mãos. Não tenho escolha a não ser sair e ir atrás dele.

Isaac está inconsciente, com o corpo muito quente. Largo o jarro na bancada, coloco um inalador no bolso e pego uma faca. A faca pequena, a mesma que o sequestrador me deixou no primeiro dia em que acordei neste inferno. Foi um presente dele. Eu quero agradecer por isso. Enfio a faca no bolso e saio pela porta, tomando o caminho da direita. Cinco passos sobre as elevações de neve e minha perna começa a doer. Estou tremendo, meu nariz está escorrendo. Olho para a janela da cozinha, temendo que Isaac acorde e chame por mim. E se o coração dele parar na minha ausência? Afasto esses pensamentos e me concentro na minha dor. A dor me manterá viva; a dor me ajudará a seguir em frente e me dará foco e determinação.

Só consigo enxergar as costas dele e nada mais; a silhueta contra a neve branca, branca demais. Um casaco preto cobre seu corpo de ombros estreitos e vai até a parte de trás dos seus joelhos. Ele está diante do precipício enquanto caminho na sua direção. Se estivesse perto o suficiente, seria possível empurrá-lo e observá-lo cair e se despedaçar lá embaixo. Tento descobrir de que direção ele veio: um carro, outra pessoa, uma abertura na cerca por onde pudesse ter passado. Nada. Minhas pernas querem parar quando me encontro a alguns passos de distância dele. Essa é uma coisa terrivelmente difícil: conhecer o seu sequestrador. Estou com medo. Medo de que meu osso volte a se partir enquanto eu luto para vencer os últimos metros de neve. Quando, por fim, dou meu último passo, me posiciono ao lado dele, sem olhar na sua direção. Meu capuz está abaixado sobre o meu rosto e, por isso, não consigo enxergar nem à direita nem à esquerda, a não ser que vire a minha cabeça. Está nevando no despenhadeiro diante de nós. São flocos de neve pesados e densos. Eles caem rapidamente. A faca está fora do meu bolso e a lâmina apontada na direção do corpo à minha esquerda.

— Por quê? — pergunto.

A neve se acumula nos meus olhos, na minha boca e no meu nariz, e tenho a impressão de que vou sufocar.

Não recebo nenhuma resposta e viro o rosto na direção do meu sequestrador, pronta para enfiar a lâmina na garganta dele.

Na garganta *dela*.

Deixo cair a faca e cambaleio para trás. Quando estou quase caindo, ela se adianta e me segura.

Eu grito e me desvencilho dela com movimentos bruscos.

— Não me toque!

Minha perna. Ah, meu Deus, a minha perna! Como dói.

— Não me toque — repito, dessa vez com mais calma.

Começo a chorar. Sinto-me como uma criancinha, tão hesitante, tão perdida. Queria poder me sentar e tentar digerir tudo isso.

— Doutora — digo. — O que significa isso?

Saphira Elgin se volta para o despenhadeiro.

— Você não se lembra? — Ela parece decepcionada. Não consigo respirar. Tiro o inalador do meu bolso, olhando para os lábios vermelhos dela. Ela parece mais alta do que me lembrava, mas é possível que eu tenha me curvado sob o peso da minha provação.

— Por que você fez isso, Saphira? — Estou tremendo violentamente, e me sinto zonza.

A Dra. Elgin balança a cabeça numa negativa.

— Não posso dizer o que você já sabe, Senna.

As palavras dela não fazem sentido. Ela está obviamente louca.

— Você pode salvar Isaac. Pode devolvê-lo à esposa e ao bebê — ela diz.

Estou imóvel. Não consigo sentir os dedos dos pés.

— Como?

— Diga a palavra. É sua escolha. Mas você vai ter de ficar.

Uma dor atinge o meu peito em cheio. Saphira vê o olhar no meu rosto. E ri. Eu me lembro do dragão que vive nela, do modo como parece avaliar a minha alma.

— É capaz de fazer isso, Senna? Vai ser doloroso se separar dele.

— Cale a boca! Cale a boca! — Cubro os ouvidos com as mãos.

Sinto algo estranho na minha pele. Estou fervendo. Quero atacá-la. Quero gritar. Quero chorar. Quero morrer. Tudo ao mesmo tempo.

— Você é doente — ralho com raiva. Levanto a faca, mas Saphira não faz nenhum movimento para me deter nem para se afastar de mim. Deixo a arma cair ao meu lado. Salvar Isaac e morrer aqui. — Sim. Se essa é a única escolha que tenho, sim. Tire Isaac daqui. Ele está doente e nós não temos mais remédios. — Eu agarro o braço dela. Preciso que ela o leve daqui. — Agora! Leve Isaac para um hospital.

De onde ela tinha vindo? Se conseguir dominá-la, talvez possa chegar ao carro dela. Pedir ajuda. Mas desisto dessa ideia quase imediatamente, pois estou fraca demais e sei que essa mulher não veio sozinha.

Ela observa com interesse o meu martírio. Estou com muito frio. Tenho muitas coisas para perguntar: a caixa, a minha mãe... Preciso saber. *Por quê? Por quê? Por quê?* Mas estou com frio demais para falar.

— Por quê? — Volto a perguntar.

Ela ri. O ar que sai da sua boca sopra a neve para longe dela. Observo os flocos de neve disparando horizontalmente, e depois prosseguindo com sua dança no chão.

— Senna. Você está apaixonada pelo Isaac.

Eu não tinha me dado conta disso até que essas palavras saíssem da boca de Saphira. Então eu entendo... é como se alguém tivesse me acertado um murro no estômago.

Estou apaixonada por Isaac.

Estou apaixonada por Isaac.

Estou apaixonada por Isaac.

E o que aconteceu com os meus sentimentos por Nick? Tento me lembrar da importância que Nick teve na minha vida. Dos sentimentos que me aprisionaram por uma década, acorrentando-me ao cadáver apodrecido de um relacionamento. Tudo o que fiz durante anos foi punir a mim mesma por não ser a pessoa que ele queria que eu fosse. Por decepcionar a pessoa que eu amava mais do que tudo. Mas, nesse momento, congelando aqui fora, no meio de uma tempestade de neve e com os olhos úmidos da minha sequestradora sondando meu rosto, não consigo me lembrar da última vez que pensei em Nick.

O que aconteceu com meus sentimentos por Nick? Isaac aconteceu. Mas quando? Como? Por que eu não percebi o que estava acontecendo? Como é possível que meu coração mudasse o foco da sua adoração sem que eu me desse conta?

A doutora parece... não, não vou chamar essa mulher de doutora depois do que ela fez. Saphira parece confiante.

Estou com tanto frio que não posso aparentar nada além de frieza. Não tenho energia nem para sentir raiva.

Encosto a mão no lado de fora do bolso, onde guardei meu inalador. Não quero ter que usá-lo novamente.

— Leve-o com você — insisto. — Por favor. Ele está muito doente. Leve-o agora. — O desespero é evidente na minha voz. O vento está aumentando. Quando viro a cabeça na direção da casa, não consigo mais enxergá-la. Eu farei tudo o que ela me pedir, contanto que salve a vida de Isaac.

Ela tira uma seringa do bolso e me entrega.

— Vá dizer adeus a ele. E depois use isso.

Pego a seringa e faço um aceno afirmativo com a cabeça, embora acredite que Saphira não tenha conseguido ver meu gesto através da neve.

— E se eu enfiasse essa coisa no seu pescoço agora mesmo?

Posso perceber que ela está sorrindo.

— Então todos nós vamos morrer. Está pronta para isso?

Não estou. Quero que Isaac viva, porque ele merece viver. Gostaria que ele pudesse me dizer o que fazer. Eu estava errada sobre o guarda do zoológico. Não esperava isso. Tracei um perfil do meu sequestrador, mas nunca vislumbrei o rosto de Saphira Elgin nele. O envolvimento dela muda tudo; ela sabe muito a meu respeito, e por isso não lhe faltam recursos para me superar.

Seguro a seringa firmemente. Não consigo enxergar a casa, mas sei em que direção fica. Então começo a andar. Ando até avistar a estrutura de madeira. Então, passo as mãos ao longo das toras de madeira enquanto caminho, até alcançar a porta. Eu a escancaro e desabo ao pé da escadaria. Está mais quente aqui dentro, mas não quente o suficiente. Subo as escadas. Isaac está no quarto dele, no lugar onde o deixei. Coloco mais um pouco de lenha no minguado fogo da lareira e me instalo na cama com ele. Ele está pegando fogo, sua pele tem o calor que eu desejo desesperadamente sentir. Pressiono meus lábios em sua testa. Há bastante cabelo grisalho aqui agora. Nós combinamos.

— Ei — digo. — Você se lembra daquele tempo em que você ia todos os dias tomar conta de uma perfeita desconhecida? Eu nunca cheguei a agradecer a você de verdade por isso. E também não vou agradecer a você agora, porque esse não é o meu estilo. — Aperto ainda mais o corpo contra o dele e levo a mão ao seu rosto. Seu cabelo espeta a minha palma. — Dessa vez quem vai tomar conta de você sou eu. Vá ver o seu bebê. Eu amo você. — Inclino-me e o beijo na boca, depois rolo para fora da cama e subo para o quarto do sótão.

Não sinto nada...

Não sinto nada...

Eu sinto tudo.

Olho para a seringa por um longo tempo, balançando-a na palma da mão. Não sei o que vai acontecer quando eu fizer isso. Saphira pode ter mentido para mim. Ela pode ter um plano ainda mais sinistro agora que Isaac está fora de combate. A substância no interior da seringa pode me matar, ou então me fazer dormir para que Saphira me abandone aqui até morrer. Eu seria grata por isso. Eu poderia resistir e lutar. Poderia esperar e, na primeira oportunidade, enterrar essa agulha no pescoço dela e tentar por conta própria fugir desse lugar, levando Isaac comigo. Mas não quero arriscar a vida dele. Isaac não faz ideia de que Saphira é a responsável por estarmos presos aqui. Ela vai correr o risco de ser descoberta quando tirá-lo daqui e levá-lo para um hospital. Enfio a agulha numa veia da minha mão. Sinto dor. Então, pressiono a parte de trás dos joelhos contra o colchão, abrindo bem os braços. *Isso é o que acontece quando se ama*, eu reflito. É torturante. Ou, talvez, a responsabilidade associada ao amor é que seja torturante.

Eu caio para trás. Pela primeira vez sinto a presença da minha mãe enquanto caio. Ela escolhe salvar a si mesma. Ela não é capaz de suportar o peso do amor — nem mesmo pela filha, carne da sua própria carne, sangue do seu próprio sangue. E, nessa queda, sinto a decisão dela de me abandonar. Isso abala o meu coração e o despedaça mais uma vez. A primeira pessoa com a qual você se conecta no mundo é a sua mãe. Por um cordão composto de duas artérias e uma veia. Sua mãe o mantém vivo, compartilhando seu sangue, seu calor e sua vida com você. Quando você nasce e o médico corta o cordão, um novo cordão é formado. Um cordão emocional.

Minha mãe cuidou de mim e me alimentou. Ela penteava o meu cabelo gentilmente e me contava histórias sobre fadas que viviam em macieiras. Cantava canções para mim e me preparava bolos de limão com glacê. Beijava o meu rosto quando eu chorava e me afagava, traçando pequenos círculos na minha pele com a ponta dos seus dedos. E, então, ela me abandonou. Saiu pela porta e se foi, como se todas essas coisas não tivessem significado absolutamente nada. Como se a nossa ligação estabelecida por um cordão com duas artérias e uma veia jamais tivesse existido. Como se os nossos corações não estivessem ligados desde o princípio. Eu era descartável. Podia ser deixada para trás. Era uma garotinha com o coração partido. Isaac quebrou o feitiço que ela lançou sobre mim. Ele me ensinou o que era *não ser* deixada para trás. Um estranho que lutou para me manter viva.

Eu grito bem alto. Rolo para o lado e pego a minha camisa; ponho o tecido no rosto e o pressiono contra os meus olhos, meu nariz e minha boca. Choro descontroladamente e meu coração dói tão intensamente que eu não consigo conter os ruídos horríveis que saem da minha garganta.

Certa vez, li que existe um fio invisível conectando aqueles que são destinados a se encontrar, independentemente de tempo, lugar ou circunstância. O fio pode se estender ou se enrolar, mas jamais se rompe. Enquanto as drogas embotam os meus sentidos, eu posso sentir esse fio. Fecho os olhos, sufocando com minha própria saliva, com minhas próprias lágrimas, e quase consigo sentir esse fio esticando e puxando quando Saphira leva Isaac.

Por favor, não deixe que se rompa, imploro a ele em silêncio. Eu preciso saber que alguns fios não podem ser cortados.

Então, as drogas me vencem e eu perco a consciência.

38

ACEITAÇÃO

ISAAC NÃO ESTÁ MAIS NA SUA CAMA QUANDO acordo. Não está mais na casa. Verifico cada canto, arrastando atrás de mim a perna quase inútil. Pelas minhas contas, fiquei inconsciente por pelo menos vinte e quatro horas, talvez mais. Saio da casa calçando as botas pesadas de Isaac, grandes demais para mim, e afundo os pés na neve fresca. A tempestade cobriu de neve toda a porção inferior da casa. Montes de neve em graciosas curvas brancas. Branco, branco, branco. Tudo o que eu vejo é branco. É como se tivessem colocado um vestido de noiva na casa. Se havia alguma marca de pneu por perto, a essa altura já tinha desaparecido. Caminho o mais rápido que consigo até chegar à cerca. Fico tentada a tocá-la. Deixar a descarga elétrica sacudir e revirar o meu corpo até meu coração parar abruptamente. Estendo minhas luvas na direção da grade. Minhas luvas de algodão leves, inúteis para isolar o frio. *É praticamente como se eu estivesse com as mãos nuas*, digo a mim mesma pela milésima vez.

    Isaac se foi. Minhas mãos param antes de tocarem na cerca. Será que Elgin vai levá-lo a um hospital? Não faço a menor ideia. Minhas mãos se aproximam ainda mais da cerca. Mas se ela o levar, ele vai viver. E eu poderei vê-lo de novo. Abaixo as mãos por fim, posicionando-as ao lado do corpo. A mulher é louca. É bem provável que o tenha trancafiado em algum outro lugar onde possa continuar praticando seus jogos doentios.

    Não. A Dra. Elgin sempre fazia o que dizia que ia fazer. Mesmo que isso significasse me trancar como um animal para me consertar.

Vi Saphira Elgin pela última vez um ano após eu pedir o mandado de restrição contra Isaac. Fui vê-la uma vez por semana por mais de um ano. No início, ela usou essas consultas para extrair um pedacinho de cada vez do bloqueio que é a minha mente, e, com o tempo, esses encontros se tornaram mais descontraídos. Mais agradáveis. Eu estava falando com uma pessoa que não necessariamente se importava comigo. Ela não estava tentando me salvar, nem me convencer a cuidar melhor da saúde; eu pagava cem dólares a hora para que ela examinasse com imparcialidade minha alma a fim de encontrar os meus grilos. Era assim mesmo que ela os chamava: grilos. Aqueles ruídos finos, trinados, que podiam ser alarmes, ou ecos, ou palavras não ditas que precisavam ser ditas. Ou pelo menos era assim que eu imaginava que as coisas funcionassem. Acontece que Saphira extrapolou os limites das suas atribuições e funções. Ela resolveu se promover ao cargo de Deus e brincar com o destino, as vidas e a sanidade. Mas naquela última vez, a última vez em que a vi, ela disse algo que, olhando em retrospectiva, deve ter sido o indício que me fez perceber a sua insanidade.

Eu tinha dito a ela que estava escrevendo um novo livro. Um livro sobre Nick. Essa revelação a irritou. Não do modo como uma pessoa normal se irrita, ou seja, demonstrando claramente a sua irritação. Nem sei se consigo explicar com clareza de que maneira notei a perturbação dela. Talvez seus braceletes tenham balançado e tilintado um pouco mais naquele dia, enquanto ela rabiscava anotações em seu bloco. Ou talvez ela tivesse repuxado seus lábios rosados um pouco mais que o habitual. Mas eu sabia. Confessei a Saphira que tinha estragado tudo, mas não sabia como. Quando nós terminamos nossa sessão, ela segurou minha mão.

— Senna, você quer outra chance de conhecer a verdade?

— A verdade? — repeti, sem entender direito o que ela quis dizer.

— A verdade que pode libertar você...

Os olhos dela pareciam em brasa. Eu estava perto o suficiente para sentir seu perfume. Era um cheiro exótico, como mirra e madeira queimada.

— Nada pode me libertar, Saphira — respondi. — É por isso que escrevo.

Eu me virei para ir embora. Estava prestes a abrir a porta para sair quando ela me chamou.

— Senna, existem três coisas que não podem ficar escondidas por muito tempo: o sol, a lua e a verdade.

Dei um sorriso forçado, depois fui para casa e acabei esquecendo o que ela disse. Escrevi meu livro um mês após esse nosso encontro. Eu só precisava de trinta dias para escrever um livro. E durante esses trinta dias eu não comia, não dormia nem fazia mais nada além de tamborilar em cima do meu teclado. E, depois de terminar o livro e completar a minha catarse, não marquei mais nenhuma consulta com ela. Recebia ligações do seu consultório e mensagens eram deixadas no meu telefone. Ela mesma chegou a me ligar e deixar uma mensagem. Mas estava terminado para mim.

— Três coisas não podem ficar escondidas por muito tempo: o sol, a lua e a verdade — digo em voz alta, a lembrança ardendo na minha mente. Foi daí que ela tirou a ideia? Me colocar neste lugar onde o sol e a lua ficam escondidos durante um bom tempo? Onde vou descobrir os grilos da verdade no meu coração enquanto apodreço lentamente?

A guarda do zoológico achou legal ser a minha salvadora. E agora, o que vai ser? Vou morrer de fome e de frio aqui, sozinha? Qual é o sentido disso tudo? Como odeio essa mulher. Tenho vontade de dizer a ela que os seus joguinhos dementes não funcionaram e que eu continuo a mesma pessoa que sempre fui: destroçada, amarga e autodestrutiva. Algo me ocorre então, uma frase de Martin Luther King Jr. *Eu acredito que a verdade desarmada e o amor incondicional terão a palavra final na realidade.*

— Vá se foder, Saphira! — eu grito.

Então, levanto as mãos desafiadoramente e agarro a cerca.

Solto um grito quando penso no que vai acontecer ao meu corpo. Mas nada acontece. Nesse instante eu me dou conta de que não há ruído; não se ouvia o zumbido que sempre escutamos da eletricidade passando pela cerca. Minhas cordas vocais estão congeladas, e minha língua está presa no céu da boca. Eu solto a língua e tento passá-la nos lábios, buscando umedecê-los. Mas não é possível fazer isso, minha boca está seca demais. Solto as grades da cerca, viro a cabeça e olho na direção da casa. Deixei a porta da frente aberta, escancarada; é o único ponto escuro na paisagem toda tomada pela neve. Eu não quero voltar. A coisa mais inteligente a fazer seria ter mais roupas, mais proteção. Mais meias. Antes de sair, vesti uma blusa de moletom de Isaac por cima de uma que eu já estava vestindo, mas o ar gelado penetra facilmente nessas duas camadas de roupa. Volto para a casa com a perna doendo. Rapidamente visto mais roupas e encho os bolsos de comida. Antes de ir embora, subo as escadas e vou até o quarto do carrossel. Ajoelhando-me diante da caixa sob a cama, procuro a única peça do quebra-cabeça que escapou do fogo. Ela está lá, no canto, coberta de poeira.

Eu a coloco no bolso, e caminho uma última vez através da minha prisão, rumo à porta de saída.

A cerca. Enfio os dedos entre os fios de arame e puxo para cima. Quando foi embora com Isaac, é possível que a Saphira tenha se esquecido de religar a eletricidade da cerca. Eu não pretendo estar aqui se ela voltar. Prefiro mil vezes morrer de frio na floresta, livre, do que morrer aprisionada atrás de uma cerca elétrica, lentamente me transformando em um cubo de gelo humano dentro daquela casa.

As botas de Isaac são grandes. Não consigo encaixar as pontas das botas nos vãos da estrutura da cerca. Escorrego duas vezes, e o meu queixo bate com força no metal, pateticamente. Sinto o sangue correndo sob o meu pescoço, mas não dou atenção para isso e não me dou ao trabalho de limpá-lo. Estou desesperada... surtando. Quero sair de qualquer maneira. Agarro-me na cerca de arame com força, e minhas luvas são pressionadas contra as partes de metal trançado. Quando elas se rasgam, o metal atinge a pele das palmas, rasgando minha carne. Mesmo assim, sigo em frente. Há uma estrutura espiral de arame farpado no topo da cerca, em toda sua extensão. Eu nem mesmo sinto as pontas da espiral quando seguro nela e passo uma perna para o outro lado. Consigo apoiar os pés no lado externo da cerca de maneira precária. O arame farpado cede com o meu peso. Eu me inclino, e então... caio.

Sinto a presença da minha mãe durante a minha queda, talvez por estar tão próxima do Anjo da Morte. Eu me pergunto se a minha mãe está morta e se eu vou vê-la quando morrer. Tudo isso se passa na minha mente durante os três segundos que levo até atingir o solo.

Um.

Dois.

Três.

Eu engasgo. É como se todo o ar do mundo tivesse sido bombeado para dentro dos meus pulmões e, então, sugado para fora de uma vez, num piscar de olhos.

Imediatamente começo a me apalpar, procurando saber se estou bem. Mal consigo respirar, mas mesmo assim corro as mãos pelos membros à procura de alguma fratura ou coisa assim. Quando fico suficientemente segura de que *nessa queda* não quebrei nada, me sento, gemendo, com a mão colada à parte de trás da cabeça, como se o cérebro estivesse se desprendendo. A neve amenizou a queda, mas minha cabeça bateu em alguma coisa. Demoro algum tempo para conseguir me levantar completamente. Vou ficar com um belo inchaço... talvez uma concussão. A boa notícia é que vou acabar perdendo a consciência se eu tiver sofrido uma concussão. Então, não vou sentir quando os animais selvagens me despedaçarem. Não vou sentir quando congelar até a morte. Não vou ter que comer casca de árvore e sofrer nas garras da fome. Só uma bela hemorragia cerebral e... fim de história. Os pacotes de amendoim que coloquei nos bolsos estão espalhados pela neve. Eu os apanho um por um enquanto inclino a cabeça para trás e olho para o topo da cerca. Quero ver de que altura eu caí. Qual é a altura disso — quatro metros? Eu me volto para a floresta. Minha perna ruim está afundando nas camadas macias de neve. É difícil movê-la para cima de novo. Abro uma pequena trilha até as árvores e subitamente paro e olho para trás. São apenas uns três metros de distância até a cerca, mas é um percurso árduo. Contemplo a propriedade uma última vez. Eu odeio esse lugar. Odeio aquela casa. Porém, foi nela que Isaac me fez conhecer um amor que não espera nada em retribuição. Por esse motivo não posso odiá-la demais.

Por favor, deixe-o viver. Por favor.

E, então, me vou.

39

ESCUTO O SOM DE HÉLICES DE HELICÓPTERO.
Whump-Whump
Whump-Whump
Whump
Whump

Eu me esforço para abrir os olhos. Tenho que usar os dedos para abri-los, mas mesmo assim não consigo enxergar direito.

Whump-Whump

O som parece estar cada vez mais próximo. Preciso me levantar, ir para fora da casa. Eu já estou fora da casa. Sinto a neve sob a ponta dos meus dedos. Levanto a cabeça. A dor está me matando. É a cabeça? *É mesmo, eu caí. Quando pulei a cerca.*

Whump-Whump
Whump-Whump

Você precisa ir até uma clareira. Algum lugar onde possam vê-la. Mas eu estou cercada de árvores por todos os lados. Eu caminhei uma longa distância. Devo estar na parte mais fechada do bosque. Basta estender um dos braços para conseguir tocar o tronco de árvore mais próximo com o dedo mindinho. Por que parei aqui? Achei que esse lugar seria mais quente? Ou simplesmente desmaiei aqui? Não consigo me lembrar. Mas ouvi um helicóptero cruzando o ar e preciso tomar alguma providência para que me vejam. Uso o tronco de árvore ao meu alcance para me apoiar e me levantar.

Tropeço para a frente, deslocando-me na direção de onde vim. Posso ver minhas pegadas na neve. Acho que me lembro de um matagal mais à frente. Um de onde eu possa ver o céu. É mais distante do que pensava, e quando o alcanço e inclino a cabeça para trás, não consigo ouvir o *Whump-Whump* tão claramente quanto ouvia antes. Não tenho tempo para acender uma fogueira. Eu me imagino agachada em meio à neve mexendo em uma pilha de lenha, e dou risada. Tarde demais para voltar para a casa... Quanto tempo faz que já saí de lá? Perdi completamente a noção do tempo. Dois dias? Três? Então algo me ocorre. Isaac está vivo! Ele os enviou. Não há nada a fazer a não ser permanecer na clareira, olhando para cima, e esperar.

Sou levada de helicóptero até o hospital mais próximo, em Anchorage. Vejo que os veículos de imprensa já chegaram ao local. Vejo o pipocar de flashes e escuto portas batendo antes de ser conduzida em uma maca por uma entrada lateral do hospital, para o interior de um quarto privativo. Enfermeiras e médicos em uniformes de cor salmão vêm correndo na minha direção. Meu primeiro impulso é de rolar para fora da maca e me esconder. Há pessoas demais. Quero dizer a elas que estou bem. Sou mestre em escapar da morte. Não há necessidade de tantos profissionais nem de uma bateria de exames. Os semblantes estão sérios; eles estão concentrados em me salvar. Só que, na verdade, não resta muita coisapara ser salva.

Agulhas penetram meus braços diversas vezes, e não demora para que eu não consiga mais senti-las. Eles me deixam confortavelmente instalada num quarto privativo, com apenas um dispositivo intravenoso para me fazer companhia. As enfermeiras me perguntam como me sinto, mas não sei o que dizer a elas. Sei que meu coração está batendo e que não sinto mais frio. Elas me dizem que estou desidratada e desnutrida. Quero responder "jura?", mas ainda não consigo articular as palavras. Depois de algumas horas, elas me alimentam, ou ao menos tentam fazê-lo. Comida simples, coisas que meu estômago oco pode suportar: pão e uma mistura mole e branca. Recuso essa comida e peço café. Elas dizem "não". Quando tento me levantar e lhes digo que eu mesma vou buscar o que quero, elas me trazem café.

A polícia chega em seguida. Mais semblantes sérios e preocupados. Digo que quero falar com Saphira antes de falar com eles. Os policiais querem meu depoimento; apertam os botõezinhos na extremidade das suas canetas e aproximam gravadores de mim, mas eu insisto em ficar de boca fechada até que me deixem conversar com Saphira.

— Você pode falar com ela quando estiver bem o suficiente para ir até a delegacia — eles me dizem. Sinto um calafrio percorrer a minha espinha. Eles estão com Saphira. Aqui.

— Então, vou falar com vocês quando isso acontecer — respondo.

Um dia antes de receber alta sou visitada por dois médicos: uma é oncologista, e o outro é cirurgião ortopedista. O ortopedista está segurando os raios-X que foram tirados da minha perna.

— O osso não está bem curado e é por isso que você sente dor quando coloca pressão demais sobre ele. Vou agendar pra você uma...

— Não — digo a ele.

O homem me olha com surpresa.

— Não?

— Não estou interessada em reparar isso. Vou deixar como está. — Abro a revista no meu colo para indicar que a conversa terminou.

— Com todo o respeito, sra. Richards, mas a colagem irregular do seu osso vai causar dores pelo resto da sua vida. Você vai querer fazer as cirurgias necessárias para reparar isso.

Fecho a minha revista.

— Eu gosto da dor. Gosto quando a dor é contínua. Esse tipo de coisa não deixa uma pessoa esquecer o que passou.

— Essa é uma perspectiva bastante incomum — ele responde. — Mas nada prática.

Eu arremesso a revista para longe com uma força surpreendente. Ela atravessa o quarto voando e bate na porta com um grande baque. Então levanto a roupa de hospital — levanto até em cima — e exponho as cicatrizes no meu peito. O médico me olha como se fosse desmaiar.

— Eu gosto das minhas cicatrizes — digo. — Ganhei cada uma delas. Agora, dê o fora daqui.

Assim que ele sai e a porta se fecha, eu grito. As enfermeiras entram correndo, mas eu jogo meu jarro de água nelas. Do jeito que estou indo, não vai demorar muito para que me internem num hospício.

— Fora! — grito para elas. — Parem de me dizer como devo viver a minha vida!

Acabo me dando muito melhor com a oncologista. Ela conseguiu o meu arquivo do hospital em Seattle e realizou os exames anuais que eu perdi durante o tempo em que passei aprisionada. Ela se senta na beirada da minha cama para me dar os resultados. É algo muito parecido com o que Isaac fazia, e isso me deixa encantada. Quando termina, a oncologista me diz que eu sou uma verdadeira guerreira; tanto do ponto de vista emocional quanto físico. Eu sorrio com vontade.

Sou levada à delegacia de polícia poucos dias mais tarde, no banco traseiro de uma viatura. O carro fede a bolor e suor. Estou usando roupas que me deram no hospital: calça jeans, um suéter marrom horroroso e sapatilhas verdes. As enfermeiras tentaram pentear meu cabelo, mas acabaram desistindo. Estava um caos; enorme, todo emaranhado, cheio de nós. Pedi uma tesoura e o cortei sem piedade. Agora ele mal chega ao meu pescoço. Eu pareço uma idiota, mas quem liga? Fiquei trancafiada em uma casa por mais de um ano comendo grãos de café e tentando não morrer de hipotermia.

Quando chegamos à delegacia, eles me colocam em uma sala com um copo de café e uma rosca. Dois detetives entram e tentam tomar meu depoimento.

— Só depois que eu falar com a Saphira — aviso. Não sei por que acho tão importante conversar com ela primeiro. Talvez eu receie que os policiais descumpram sua parte no acordo e não me permitam conversar com ela se eu falar com eles antes. Por fim, um dos detetives, um homem alto que cheira a cigarro e pronuncia a letra "s" de modo estranho, com delicadeza exagerada, me conduz pelo braço até a sala onde a estão mantendo. Ele se identifica como detetive Garrison. Está no comando desse caso. Me pergunto se alguma vez ele já lidou com um crime como esse.

— Dez minutos — ele diz.

Aceno que sim com a cabeça. Espero até que ele feche a porta antes de olhar para Saphira. Ela está desarrumada. Não vejo o habitual batom vermelho em seus lábios, e seu cabelo está desleixadamente preso num rabo de cavalo. Seus cotovelos estão apoiados na mesa, e as mãos, entrelaçadas diante do rosto. É sua pose típica de psicanalista.

— O que há de errado, Saphira? Você está com cara de experimento que deu errado.

Ela não parece surpresa ao me ver. Na verdade, ela parece absolutamente tranquila. *Saphira sabia que seria apanhada. Ela quis isso. Planejou isso, provavelmente.* Essa constatação me deixa confusa. Por um momento chego a esquecer o que vim fazer aqui. Ando até uma cadeira vaga que está na frente dela e a arrasto no chão ao puxá-la.

Meu coração está acelerado. Não é assim que eu imaginava que as coisas fossem acontecer. Olho para o rosto dela; está embaçado, fora de foco. Ouço gritos. Não. É só a minha imaginação. Nós estamos em uma sala silenciosa, pintada de branco, sentadas uma de cada lado numa mesa de metal. Tudo o que se escuta é o silêncio enquanto contemplamos uma à outra; então por que essa vontade de tapar meus ouvidos com as mãos?

— Saphira — murmuro. Ela sorri para mim. O sorriso de um dragão.

— Por que você fez isso?

— Senna Richards. A grande *escritorrra* de ficção — ela diz com sua fala ronronante, inclinando-se para a frente, apoiada nos cotovelos. — Você não se *lembrrra* de Westwick.

Westwick.

— Do que você está falando?

— Você estava internada, querida. Três anos atrás. Na Clínica Psiquiátrica Westwick.

— Você está mentindo. — Sinto a minha pele se arrepiar.

— É mesmo?

Minha boca está seca. Minha língua fica paralisada. Tento movimentá-la até o céu da boca, na direção das bochechas, mas ela está presa, presa, presa.

— Você teve um surto psicótico. Tentou se matar.

— Eu jamais faria isso — respondo. Eu amo a morte. Penso nela o tempo todo, mas tentar cometer suicídio não parece ser algo que eu faria, jamais.

— Você me ligou da sua casa às *trrrês* da manhã. Em estado delirante. Estava se *prrrivando* de comida e tomando comprimidos para se manter *acorrrdada*. Como consequência disso, você ficou nove dias sem *dormirrr*. Então experimentou alucinações, paranoia e lapsos de memória.

Isso não é suicídio, eu penso. Mas já não tenho tanta certeza. Tiro as mãos de cima da mesa, onde elas estavam pousadas, e as escondo entre as minhas coxas.

— Você ficava repetindo uma coisa sem *pararrr* quando a levaram para a clínica. Está *lembrrrada*?

Um ruído áspero escapa do fundo da minha garganta.

Se eu perguntar o que era que eu repetia sem parar, estarei confirmando que acredito nela. E eu não acredito nela. Ainda assim, eu continuo escutando gritos na minha cabeça.

— Hipo cor-de-rosa — ela diz.

Minha garganta se aperta. Os gritos ficam mais altos. Tenho vontade de erguer os braços e tapar os ouvidos com as mãos para sufocar o som.

— Não —respondo.

— Sim, Senna. Você estava repetindo isso sem parar.

— Não! — Bato com o punho cerrado no tampo da mesa. Os olhos de Saphira se arregalam. — Não "Hipo". Eu estava dizendo "Zippo".

O silêncio cai entre nós. Um silêncio intenso, de arrepiar. Percebo que mordi a isca.

Os cantos da boca de Saphira se curvam em um sorriso.

— Ah, claro — ela diz. — Eu me enganei, troquei as letras.

É como se eu tivesse acabado de acordar de um sonho — não de um sonho bom —, um sonho que ocultava uma realidade que, de alguma maneira, eu havia esquecido. Eu não estou surtando, não estou entrando em pânico. Sinto como se estivesse acordando de um longo sono.

Fico tentada a me levantar e alongar minha musculatura. Escuto os gritos novamente, mas agora estão conectados a uma lembrança. *Estou numa sala trancada. Não estou tentando sair dela. Isso não me preocupa. Estou deitada em uma cama portátil, toda curvada, gritando. Eles não conseguem me fazer parar. Grito por horas, sem parar. Só paro quando eles me sedam, mas assim que as drogas perdem o efeito eu começo a gritar de novo.*

— O que me fez parar de gritar? — pergunto a ela. Há tranquilidade no meu tom de voz. Não consigo me lembrar de nada. Tudo está fragmentado; cheiros, sons e emoções esmagadoras surgem de uma só vez, fazendo com que eu me sinta como se estivesse prestes a implodir.

— Isaac.

Eu estremeço ao ouvir o nome dele.

— Do que você está falando?

— Eu chamei Isaac — ela responde. — E ele foi até lá.

— Meu Deus... Meu Deus! — Eu me inclino para a frente na cadeira, com as mãos na cabeça. *Eu me lembro.* Estava caindo e, agora, finalmente cheguei ao chão.

Vejo flashes dele entrando no quarto e subindo na cama portátil atrás de mim. Ele passou os braços em torno do meu corpo e ficou assim até que parei de chorar.

Eu deixo escapar um gemido. É um som feio, gutural.

— Por que eu esqueci tudo isso? —Ainda a trato como se Saphira fosse minha analista, fazendo perguntas como se ela fosse sã o suficiente para saber as respostas. *Ela é a guarda do zoológico que sequestrou você. Ela tentou matar você.*

— Isso acontece. Nós bloqueamos as coisas que ameaçam nos *abaterrr*. É o melhor mecanismo de defesa do cérebro.

Respirar se tornou uma tarefa impossível para mim.

— Tudo isso não passou de um experimento pra você. Você tirou vantagem da nossa situação. Se aproveitou das coisas que contei para você. — Todo meu entusiasmo sumiu. Só preciso das minhas respostas para poder dar o fora daqui. *Dar o fora daqui e ir para onde? Para casa,* digo a mim mesma. Seja lá o que for isso.

— Está lembrada do que me perguntou na nossa na nossa última sessão, Senna?

Apenas olho para ela com o semblante impassível.

— Você perguntou o seguinte: "Se existisse um Deus, por que ele deixaria essas coisas terríveis acontecerem às pessoas?".

Eu me lembrava disso.

— O livre-arbítrio traz consigo decisões ruins; decidir beber e dirigir e matar o filho de alguém. Decidir assassinar. Decidir escolher a quem amar, com quem passaremos a nossa vida. Se Deus decidisse jamais permitir que coisas ruins acontecessem às pessoas, ele retiraria o nosso livre-arbítrio. Ele se tornaria o ditador e, as pessoas, os seus fantoches.

— Por que está falando em Deus? Eu quero falar sobre o que você fez comigo!

Foi então que eu soube. Saphira me trancou naquela casa com Isaac, o homem que ela via como o meu salvador e protetor. Controlou os remédios, a comida, o que nós víamos, como nós víamos... tudo isso fazia parte dos seus experimentos com livre-arbítrio. Ela se tornou Deus. Certa vez, numa das nossas sessões, ela disse algo mais ou menos assim: "Imagine-se de pé diante de um despenhadeiro, não apenas com medo de cair, mas também apavorada com a possibilidade de se atirar lá embaixo. Nada a impede e você experimenta a liberdade".

O despenhadeiro! Como foi que isso me escapou?

— Sabia que existem muitas pessoas como você, Senna? Eu ouvia isso todos os dias: dor, tristeza, arrependimento. Você queria uma segunda chance. Então, dei essa chance a você. Não dei a pessoa que você queria, mas sim a pessoa que você precisava.

Não sei o que dizer. Meus dez minutos já estão quase terminando.

— Não faça parecer que você fez isso por mim. Você é doente, Saphira. Você é...

— *Você* é que é doente, querida — ela me interrompe. — Você era autodestrutiva. Estava pronta para morrer. Eu simplesmente dei alguma perspectiva. Ajudei a fazer com que você enxergasse a verdade.

— E qual é a verdade?

— Isaac é a sua verdade. Você estava mergulhada demais no seu passado para enxergar.

Fico boquiaberta ao ouvir isso. Literalmente com a boca aberta, encarando-a.

— Isaac tem uma mulher. Tem um bebê. Você age como se ligasse pra gente, mas você também causou mal para ele. Fez Isaac sofrer sem nenhum motivo. Ele quase morreu!

O detetive Garrison escolhe esse exato momento para retornar. Eu queria ter mais tempo com ela. Preciso de mais respostas, porém sei que o meu tempo acabou. O detetive me conduz até a porta com a mão no meu cotovelo. Me viro mais uma vez na direção de Saphira. Ela está olhando para o nada, com expressão serena.

— Sem você, ele também teria morrido — ela diz antes que a porta se feche. Quero perguntar o que ela quis dizer com isso, mas agora é tarde demais.

E essa é a última vez que vejo Saphira Elgin viva.

O detetive Garrison é gentil. Acho que este caso é um pouco demais para ele. Ele não sabe muito bem o que fazer comigo e, então, tenta me dar *donuts* e sanduíches para comer. Eu recuso a comida, mas aprecio a consideração. Há seis pessoas na sala comigo; duas delas estão de pé com o rosto voltado para a parede, e as outras estão sentadas. Eu lhes dou o meu depoimento. Com um gravador ligado diante de mim, conto o que nos aconteceu nos últimos catorze meses; cada dia, os momentos de fome, as ocasiões em que pensei que um de nós iria morrer. Quando termino, noto que todos estão em silêncio na sala. O detetive Garrison é o primeiro a se manifestar; ele pigarreia. Então, eu decido perguntar sobre Isaac. Tive medo de fazer isso até agora. Tudo o que eu tenho agora é o nome dele, e isso me magoa. Ouvir outras pessoas falarem sobre ele parece... errado. Ele esteve tão perto de mim durante todo esse tempo. E, agora, não está mais.

— A dra. Elgin passou com ele pela fronteira do Canadá e o levou até um hospital em Victoria. Quer dizer, "levou" não é bem a palavra exata nesse caso — ele diz. — Ela o largou no lado de fora da sala de emergência e foi embora. Ele ficou inconsciente por vinte e quatro horas antes de começar a despertar. Agarrou uma enfermeira pelo braço e conseguiu dizer o seu nome; a enfermeira reconheceu o nome instantaneamente, devido à enorme repercussão que seu desaparecimento teve na mídia. Então, ela avisou à polícia. Isaac já tinha recuperado a capacidade de falar quando eles chegaram lá e contou que você estava em uma cabana em algum lugar perto de um despenhadeiro. Mas não conseguiu informar muito mais que isso aos policiais.

Eu engulo em seco.

— Então ele está bem?

— Sim, está. Ele está com a família em Seattle.

Isso me fere e me traz alívio ao mesmo tempo. Eu me pergunto como foi para Isaac a experiência de ver o seu bebê pela primeira vez.

— Como essa mulher conseguiu fazer isso? — indago. — Como conseguiu nos levar até aquela casa? Atravessou fronteiras? Ela deve ter recebido ajuda.

Ele balança a cabeça numa negativa.

— Nós ainda estamos interrogando Saphira. Ela estava em um trailer quando deixou Isaac no hospital. Estava no mesmo trailer quando tentou cruzar a fronteira de volta para o Alasca. Encontramos um chão falso no veículo dela com espaço suficiente para comportar dois corpos. Não sabemos se a Elgin recebeu algum tipo de ajuda, mas ela continua sendo interrogada.

— De volta para o Alasca? — pergunto. — Então ela ia voltar para o lugar onde eu estava?

— Bem... — Ele respira fundo. — Nós não sabemos.

Frustrada, dou um murro na mesa.

— Mas o que é que vocês *sabem*, afinal?

Ele parece ofendido. Tento suavizar a expressão no meu rosto. A culpa não é dele. Ou talvez seja.

— Como foi que vocês me encontraram?

— A polícia canadense emitiu um alerta para o veículo da dra. Elgin. Ela foi apanhada na fronteira. Então, ela nos deu as coordenadas da casa onde estava mantendo vocês cativos.

— Simples assim?

Ele faz que sim com a cabeça.

— Eu não entendo.

— A casa fica em uma grande porção de terra que pertence a ela. Na verdade, grande porção é um eufemismo. Ela é dona de quarenta mil acres. Seu falecido marido tinha poços de petróleo. Ele também era um teórico da conspiração e publicou alguns livros a respeito de sobrevivência no Armagedon. Nós acreditamos que ele construiu a casa lá em decorrência dessas teorias.

— Você sabe disso tudo, mas não sabe dizer o que ela pretendia fazer comigo?

— É fácil obter uma informação que já existe, sra. Richards. Extrair informação guardada na mente humana é um processo um pouco mais difícil.

Bem... Talvez eu tenha subestimado a inteligência do detetive Garrison.

— Minha mãe...? — pergunto. O detetive inclina a cabeça para o lado e ergue as sobrancelhas. — Não importa, deixe pra lá. — Talvez ela não tenha tomado parte nisso. Talvez Saphira tenha lido o seu livro sem ter entrado em contato com ela. — Quero ir para casa — digo, subitamente.

Ele faz que sim com a cabeça.

— Vai demorar apenas mais alguns dias. Só mais um pouco de paciência.

40

QUANDO O MEU AVIÃO ATERRISSA EM SEATTLE, Nick está esperando por mim. Eu sabia que ele viria. Ele entrou em contato comigo por e-mail para perguntar quando eu voltaria para casa. E me perguntou se poderia me esperar quando eu chegasse. Respondi rapidamente seu e-mail para informar o dia, a hora e o número do voo. Quando eu desço pela escada rolante rumo à esteira de bagagem, ele não me vê de imediato. Aparenta estar nervoso, o que é incomum nele. Eu me escondo atrás de um enorme vaso de plantas e o observo atrás das folhas. Nick, a fonte da minha inspiração. Meus dez anos jogados fora. Antigamente, bastava vê-lo para que minhas emoções entrassem em ebulição. Eu me sentia como se estivesse afundando, afundando, afundando... Mas agora, ele parece apenas um cara vestindo um sobretudo e com gel demais no cabelo. Não, isso não é justo. Ele parece uma confusa mistura de lembranças; suas mãos são lembranças, seus lábios são lembranças, seu corpo é uma lembrança. Mas elas não me afetam como costumavam me afetar. Das duas, uma: ou o tempo que passei encarcerada me deixou mais letárgica, ou eu havia superado o amor da minha vida.

— Onde foi parar o seu brilho, Nick? — digo no meio da planta. Estou curiosa para saber se esse brilho ainda existe. Se vai se revelar no instante em que fizermos contato, como em uma história de amor perfeita.

Nick está sentado; um homem sozinho numa cadeira de aeroporto, com uma expressão apreensiva no rosto, observando as pessoas passarem. É uma ótima imagem mental. Ele me vê assim que saio de trás do meu esconderijo. Quando caminho em sua direção, Nick se levanta rapidamente. Ele me abraça sem hesitação e com tanta familiaridade que o meu coração se agita. Talvez essa seja a faísca.

Ele me conhece. Sabe o que dizer e o que não dizer. Ele fala a linguagem do meu rosto e espera que minha expressão determine os rumos da conversa. Isso é o que o tempo faz. Concede o espaço necessário para que um aprenda sobre o outro. Eu relaxo enquanto recebo o abraço. Não faz sentido lutar contra algo assim.

— Brenna — ele sussurra o meu nome com a boca colada ao meu cabelo.

Quero dizer o nome dele, quero retribuir, mas as palavras ficam presas na garganta.

— Está pronta? — ele pergunta. — Tem alguma bagagem?

— Não, não tenho nenhuma.

Ele segura a minha mão e me leva até o estacionamento. Está usando um carro alugado. Eu me acomodo no banco do passageiro e olho para Nick. Ele é a única pessoa para quem eu posso olhar assim sem me sentir totalmente constrangida.

Durante todo o trajeto para casa eu fico à espera de que Nick me pergunte alguma coisa. Qualquer coisa, uma pergunta qualquer. Por que ele não me pergunta nada? Não é justo que eu tenha de esperar. Nick jamais foi curioso. Ele espera, e sabe que comigo pode esperar para sempre. Só que eu me acostumei a uma coisa diferente agora. Engraçado que isso tenha acontecido. Agora, estou mentalmente implorando para que ele me pergunte alguma coisa. Seja lá o que for. Sinto a mudança em mim enquanto as rodas do carro deslizam pela rodovia, levantando a água da chuva em sua passagem. Quando isso aconteceu comigo? Nem eu mesma sei dizer ao certo. Provavelmente em uma casa no meio da neve. Onde um cirurgião me abriu e me operou emocionalmente, e um músico me trouxe mais cor do que eu seria capaz de suportar.

É verão em Washington. Infelizmente. Quando chegamos à minha casa, repórteres esperam do lado de fora. Eles parecem quietos até que veem o nosso carro entrando no acesso à garagem. Me pergunto há quanto tempo estão acampados aqui. Eu voei para Seattle usando meu nome verdadeiro para evitar isso. Mergulho as mãos no cabelo, bagunçando-o todo e depois voltando a ajeitá-lo. Viro meu corpo para Isaac e aponto na direção em que fica a garagem da minha entrada de carros circular. Isaac não: *Nick*. Aponto para Nick a direção da garagem. Esfrego a testa. As chaves não estão comigo. Teremos que entrar pela garagem para chegar ao interior da casa. Digo a ele o código para o portão e ele pula do carro e digita a senha. Os repórteres não podem chegar à minha garagem, mas isso não os impede de ficar por perto, chamando-me sem parar.

"Senna!"

"Senna Richards!"

"Você sabia que a dra. Elgin estava por trás do seu sequestro?"

"Senna, como você conseguiu sobreviver e passar por essa situação?"

"Senna, você se encontrou com Isaac Asterholder depois do que aconteceu?"

"Senna, você chegou a pensar que fosse morrer?"

Então a porta da garagem se fecha, silenciando todos esses sons desagradáveis.

Mas outro som repercute bem alto nos meus ouvidos.

Boom!

Boom!

Boom!

Faz o meu coração...

Nick abre a porta para mim e nós entramos na minha casa. Sinto a poeira chegar à minha boca e ao meu nariz, ao respirar catorze meses de ambiente fechado. Toco a mão de Nick com a ponta do dedo. Ele estende os dedos e os entrelaça nos meus. Caminha comigo de um cômodo para outro e eu me sinto como um fantasma. Nick nunca esteve em minha casa. Sim, um coração partido pode ser um negócio lucrativo. Quando chegamos ao quarto branco, eu paro abruptamente à porta. Não quero entrar. Isaac me olha confuso. *Nick.* Nick me olha confuso.

— O que há de errado?

Absolutamente tudo.

— Isso — respondo, olhando para a cor branca que toma conta do quarto. — Mas me diga uma coisa, Nick... Por que você veio?

Estamos parados na entrada do quarto branco. Tecnicamente é um espaço que ele criou, dentro e fora de mim.

Ele se mostra surpreso.

— Você leu o meu livro?

— O que você *pretendia* com o livro? — retruco.

— Será que podemos falar disso uma outra hora? — Ele faz menção de entrar no quarto branco, como se quisesse dar uma olhada no lugar. Eu seguro seu braço.

— A gente vai falar disso agora mesmo.

Quero que ele reconheça que há questões pendentes entre nós, questões que precisam ser abordadas. Quero saber o que está acontecendo aqui antes de seguir em frente e transpor mais limites.

Ele se encosta em um dos lados da porta e eu, no outro.

— Eu estava errado. Era jovem e idealista. Não percebi... — Ele faz uma careta de constrangimento. — Não percebi seu valor até que fosse tarde demais.

— Meu valor?

— O seu valor para mim, Brenna. Você desperta coisas em mim. Sempre despertou. Eu amo você. Nunca deixei de amar. Acontece que eu era...

— Jovem e idealista — repito.

Ele faz que sim com a cabeça.

— E estúpido — ele acrescenta.

Eu o observo com atenção. Olho para o branco do quarto. Olho para ele.

— Você tem bloqueio de escritor, Nick. Você escreveu o último livro, e todos ficaram doidos por ele. E agora você não tem mais nada.

Ele parece espantado com as minhas palavras.

— Diga que isso não é verdade. — Eu afasto o cacho de cabelo grisalho que cai bem na frente dos meus olhos. Então eu penso melhor e o deixo cair entre os meus olhos de novo.

— Não é bem assim — ele responde. — Você sabe que nós dois somos bons juntos. Nós inspiramos um ao outro. O céu é o limite quando estamos juntos.

Pensando bem, o que ele diz faz sentido. Claro que faz. Éramos incríveis quando estávamos juntos. Havia dias em que eu acordava na maior alegria. Queria rir, namorar, viver uma história de amor. Imediatamente no dia seguinte eu não suportava que olhassem para mim nem que falassem comigo. Isso não era um problema para Nick. Ele não entrava em rota de colisão comigo. Falava comigo nos dias em que eu estava disposta a falar. E me deixava sozinha quando eu olhava feio para ele. A nossa convivência foi harmoniosa e fácil. Com Nick eu posso ter companheirismo e amor, sem jamais ter o receio de ser questionada. Nós éramos incríveis juntos. Até que Isaac me mostrou um novo caminho.

Eu não queria que me deixassem sozinha. Queria que me questionassem. Na verdade, eu precisava disso.

Eu não sabia que precisava de alguém que cavasse fundo no meu coração e descobrisse por que havia dias em que eu queria diversão e havia dias em que eu implorava para ficar só. Eu não gostava quando ele fazia isso. É doloroso olhar para dentro de você mesmo e ver como e por que você faz o que faz. Você constata que é muito mais feio do que pensava, e bem mais egoísta do que seria capaz de admitir. Por isso, você ignora o que existe dentro de si, na esperança de que, se você não tomar conhecimento dessas coisas, elas passarão despercebidas. Até que alguém improvável aparece e rompe a sua blindagem. E enxerga cada canto escuro, e os reconhece. E lhe diz que está tudo bem; em vez de fazer você se sentir envergonhado por ter esses cantos escuros, ele diz que não é culpa sua. Isaac não teve medo da minha feiura. Esteve ao meu lado nos momentos bons e nos ruins. Não houve julgamento no amor dele. E, a certa altura, me dei conta de que os momentos bons haviam superado os ruins.

Nick me amava o bastante para me deixar sozinha. Isaac me conhecia melhor do que eu mesma. Eu dizia que gostaria que me deixasse sozinha, mas ele sabia que não. Eu dizia que queria branco, mas ele sabia que não. Ele me dava ânimo. Ele me entendia. Porque Isaac era a minha alma gêmea. Não Nick. Nick era apenas um grande amor. Isaac sabia como curar a minha alma.

— Nós éramos bons juntos — eu digo a Nick. — Mas eu não sou mais ela.

— Não entendo — ele responde. — Você não é mais o quê, Brenna?

— Exatamente.

— Brenna, o que você está dizendo não faz sentido.

— Alguma vez já fez?

Ele hesita. E eu balanço a cabeça numa negativa.

— Eu não faço sentido pra você, Nick. Foi por isso que me deixou.

— Vou me esforçar mais.

— Eu tenho câncer. Você pode se esforçar até não aguentar mais, mas eu tenho câncer, e não estarei mais aqui dentro de um ano.

A expressão no rosto dele é um misto de tristeza e choque.

— Mas... E-eu pensei... Pensei que você tivesse passado por uma cirurgia.

Eu nunca contei a Nick que havia me submetido a uma cirurgia para remover os meus seios, mas a minha agente literária sabia. As notícias voam no mundo editorial.

Eu estava manchando o idealismo puro e perfeito de Nick. Claro que o câncer podia atingir qualquer um. Mas no mundo de Nick, você derrotava o câncer. E então, você vivia feliz e saltitante para todo o sempre.

— Estou com câncer outra vez. Ele voltou. Estágio quatro.

Ele começa a balbuciar palavras confusamente, sem terminar as frases. Ouço as palavras "tratamento" e "quimioterapia" e "lutar", e em dado momento a minha paciência se esgota.

— Cala a boca — digo.

A animação de Nick é um fenômeno efêmero. Ele já está agindo novamente como aquele babaca de merda que achava que eu levaria escuridão demais para o seu quarto branco.

— É tarde demais para isso, Nick. O câncer se espalhou, houve metástase. A doença voltou enquanto eu estava lá. Ela está nos meus ossos.

— Mas tem de haver alguma coisa que...

Ele parece tão terrivelmente perdido.

— Você está tentando me salvar. Mas eu não vou continuar vivendo para ser a sua musa.

— Por que está sendo tão cruel?

Eu rio. Uma boa e sonora gargalhada.

— Os narcisistas podem usar e abusar do charme, sabia? E agora, dê o fora da minha casa.

— Brenna...

— Fora! — Bato os punhos no peito dele. — E esse não é mais o meu nome!

— Você está agindo como uma louca — ele insiste. — Você não está raciocinando. Não pode fazer isso sozinha. Por favor, deixe eu ajudar você.

Eu grito. Nick criou um monstro, e agora vai ter que sofrer as consequências e encará-lo.

— Eu sou louca! Por sua causa! Eu *posso* fazer isso sozinha. Fiz tudo sozinha até agora. Como você ousa pensar que eu não posso?

Ele agarra os meus pulsos, tentando me dominar. Não vou permitir isso. Eu me desvencilho dele e vou até o centro do quarto branco, sentindo a raiva crescer cada vez mais. Eu posso controlá-la, mas alguém vai acabar se machucando.

— Viu só como são as coisas? — digo, agitando os braços no ar. — Esse é você. Você faz com que eu me sinta tão bem em um momento, e no momento seguinte me faz sentir tão mal. Por isso, eu decidi simplesmente parar de sentir.

Ele é artista o suficiente para me compreender.

— O que você quer que eu diga? Estou aqui com você agora.

É isso. Isso é tudo o que ele tem a dizer, e a verdade me atinge como uma rajada de vento gelado. Os pelos do meu pescoço se eriçam. Sinto-me envergonhada e despojada.

Aperto as têmporas com a palma das mãos. Estou petrificada. Nunca senti um medo tão profundo em toda a minha vida. Nem do câncer, nem de ficar sozinha, nem do meu futuro ou do meu passado. Tenho medo de não voltar a ver Isaac nunca mais. Medo de não ter Isaac nunca mais comigo, quando a vida se mostra tão absolutamente injusta que tudo o que eu posso fazer é gritar. Eu me volto para Nick, que é quem está aqui agora.

— Agora? — eu murmuro, indignada. — Agora? Onde você estava quando fui estuprada, ou quando meus seios foram removidos? Onde você estava quando alguém me sequestrou no meio da noite e me obrigou a passar fome, presa no meio de uma maldita montanha de gelo? — Vou direto até ele e pressiono um dedo acusador contra o seu peito. — ONDE É QUE VOCÊ ESTAVA?

Nick está trêmulo. Estou descarregando coisas nele como uma tempestade de neve, mas não dou a mínima para isso. A verdade é que eu não quero perder nem mais um segundo dentro do enorme quarto branco que foi a minha vida. Nick está aqui agora. Mas Isaac estava aqui antes. E sempre, sempre, sempre.

— Eu gostava tanto de você que acabei perdendo — digo. Estou tremendo tanto. Estou tremendo mais do que Nick, que parece a mesma pétala frágil e trêmula que sempre foi. Tenho vontade de esmagá-lo entre os meus dedos.

— O que foi que você perdeu, Brenna?

Eu não gosto do modo como ele diz o meu nome.

— Ahhh... Ugh... — O meu corpo se dobra para a frente. Lágrimas pesadas e polpudas jorram dos meus olhos e deslizam para o chão. *Ploft.*

Agora estou até chorando, penso. O tempo todo. E isso não deixa de ser muito engraçado.

— Eu perdi a minha chance — respondo, endireitando o corpo e esmagando as lágrimas com a ponta do meu sapato. — Com a minha alma gêmea.

Nick parece confuso, mas então compreende. Ele percebe o seu substituto, o cara que ficou preso em uma casa com sua ex-musa.

— O médico? — ele pergunta, estreitando os olhos.

— Isaac. O nome dele é Isaac.

— *Eu* sou a sua alma gêmea. Escrevi aquele livro para você. — Ele parece tentar convencer a si mesmo enquanto fala, engolindo em seco várias vezes.

— Você não reconheceria a sua alma gêmea nem que ela caísse em cima da sua cabeça.

Eu sinto tão fortemente a presença de Isaac que me pergunto se ele teve essa mesma discussão com a Daphne.

— Você precisa ir embora agora — digo. E dizer isso me traz uma sensação muito boa. Porque dessa vez eu nem mesmo vou chorar.

41

ANTES DE TOMAR BANHO, ANTES DE COMER, ANTES de me arrastar até a cama para dormir e sonhar com o meu inferno de catorze meses, eu chamo um táxi. Oriento o motorista a parar na minha garagem e, então, me aproximo da janela do carro e avalio o homem. É um cara pequeno, de cerca de vinte anos, careca por opção. É possível ver as sombras do seu cabelo no local raspado. Ele escolheu raspar a cabeça como modo de combater o início da calvície. Uma atitude desafiadora e até corajosa, porque todos podem ver por que ele faz isso. Seus olhos estão arregalados e inquietos; ou ele está impressionado com os veículos da imprensa ou enfrentando uma ressaca. *Bem, vai servir*, penso.

Entro no carro e me sento no banco do passageiro.

— Com licença — eu peço, mas não ligo se ele vai responder que sim ou que não. Afivelo o cinto de segurança. — Me leve até uma daquelas lojas que vendem madeira e ferramentas.

Ele mostra algumas opções e eu balanço os ombros com desdém.

— Tanto faz — respondo.

Nós passamos pelos carros da imprensa e sorrio para eles. Não sei dizer exatamente por que motivo, mas isso é até engraçado. Eu costumava ser famosa pelos meus livros, e agora sou famosa por outra razão. Não deixa de ser uma coisa bem estranha: ganhar fama por algo que outra pessoa fez com você.

Peço para o motorista esperar enquanto corro até a loja de utilidades domésticas que ele escolheu. É um prédio bem grande. Caminho rapidamente por entre materiais de iluminação e maçanetas de porta até encontrar o que procuro. Leva trinta e cinco minutos para que dois funcionários cuidem do meu pedido. Não trouxe bolsa nem cartões de crédito, apenas um maço de notas de cem dólares que enfiei no bolso de trás antes de sair de casa. Eu havia guardado esse dinheiro numa velha lata de biscoitos na minha despensa, para alguma eventualidade; uma ocasião de vacas magras, de necessidade, ou uma ocasião em que eu simplesmente quisesse torrar dinheiro. Agora faltam apenas alguns dias, então eu resolvi que era hora de gastar. Entrego três notas de cem para o caixa e saio com as minhas compras na direção do táxi. Eu recuso a ajuda do motorista. Coloco tudo no porta-malas do carro e depois tomo o meu lugar no banco da frente.

Eu não paro de mexer as pernas durante todo o caminho de volta. Flashes, portas de carro batendo e perguntas tomam conta da entrada da minha casa. Novamente, eu tenho que ser levada até o interior da garagem. Dessa vez o motorista me ajuda, empilhando tudo bem na porta de entrada, do lado de dentro. Eu dou a ele o restante do maço de notas da lata de biscoitos.

— Guarde o troco — digo.

Os olhos dele se arregalam. Ele deve achar que sou maluca, mas quem poderia culpá-lo? Estou dando um monte de dinheiro a ele. Ele vai embora depressa para não correr o risco de que eu mude de ideia. Eu o vejo sair e fechar rapidamente a porta da garagem. Pego uma parte das coisas que comprei e, então, ando até o aparelho de som e o ligo com o dedo do pé. Começa a tocar a primeira música que Isaac me ofereceu. O som está alto. Eu o aumento ainda mais, até que possa ser ouvido na casa inteira. Tenho certeza de que podem ouvir o som do lado de fora da casa também; é uma verdadeira festa de uma pessoa só.

Levo todas as latas de tinta que comprei até o quarto branco. Usando uma faca de manteiga, abro todas as latas: vermelho, amarelo, azul-cobalto, rosa-chiclete, roxo — como uma contusão — e três tons diferentes de verde para combinar com as cores do verão. Primeiro, enfio a mão na lata de tinta vermelha, e esfrego a tinta na ponta dos dedos. Parece pesada, e espirra nas minhas roupas e no chão onde estou ajoelhada. Mergulho as mãos em forma de concha na lata, até que elas fiquem cheias. Então, atiro tudo na parede — mãos carregadas de tinta vermelha na minha parede muito, muito branca. A cor explode. E se espalha. Desliza. Eu jogo mais tinta, tintas de todas as cores, e pinto o meu quarto branco. Pinto-o com todas as cores de Isaac, enquanto Florence Welch canta sua canção para mim.

Nesse momento o meu telefone toca. Eu não atendo, mas verifico a mensagem mais tarde nessa noite: era o detetive Garrison, do "s" sutil, para me informar que Saphira está morta. Morta por suas próprias mãos. *Que bom*, eu penso a princípio, mas então sinto uma dor no peito. O detetive não me disse de que maneira ela tirou a própria vida, mas algo me diz que ela cortou as próprias veias. E deixou o sangue correr. Ela gostava que seus pacientes deixassem os sentimentos e pensamentos fluírem como uma hemorragia verbal, numa espécie de sangramento. Imagino que teria escolhido morrer do mesmo modo. Com seu complexo de Deus, Saphira jamais toleraria ser julgada num tribunal. Ela achava que todas as pessoas eram estúpidas. Ninguém nunca estaria à altura de julgá-la.

Telefono para o detetive na manhã seguinte. Não vai haver julgamento. Ele parece desapontado ao me informar isso, mas eu me sinto aliviada. É um pesadelo que chega ao fim. Seria bem difícil, para mim, suportar um julgamento que poderia durar meses. Desperdiçar meus últimos dias buscando a justiça dos homens. Acho que posso perdoar Saphira por acreditar que era Deus; só não sei se Deus a perdoará.

Garrison também me informa que está sendo investigada a possibilidade de Saphira ter cúmplices no crime. A investigação está em andamento.

— Todas as pessoas que nós interrogamos estão chocadas. Saphira era muito respeitada na área de saúde mental. Não tinha família no país. Não tinha amigos. Parece que simplesmente enlouqueceu, perdeu o contato com a realidade.

Um pensamento me ocorre: quem tem tempo para perder com amigos quando está realizando experimentos com seres humanos?

— E quanto ao sangue nos livros? — pergunto. — Era humano?

Um longo momento de silêncio se segue.

— Os testes de laboratório indicaram que era sangue de um animal. Não temos cem por cento de certeza, mas deve ser de carneiro ou de cabra. Nós encontramos os seus livros na casa dela, junto com o arquivo do seu caso de...

— Eu imaginava — respondi rapidamente.

— Há mais uma coisa — ele diz. — Também encontramos filmagens de vocês, do tempo que passaram na casa.

Esse dado me enche de apreensão. Estreito os olhos até quase fechá-los.

— O que você vai fazer com esse material?

— Vai se tornar uma evidência para o caso — ele responde.

— Bom. Ninguém vai ver isso?

— A imprensa não verá, se é isso o que quer saber.

— Certo.

— Há mais uma coisa...

O que mais pode haver além de tudo o que já aconteceu?

— Saphira tinha um apartamento em Anchorage. Nós acreditamos que foi assim que ela chegou tão rapidamente até você, depois que Isaac ficou doente. Ela estava assistindo a uma gravação em que você aparecia com o dr. Asterholder. Ela só conseguia ver o que estava acontecendo na casa quando a luz estava ligada, e em alguns quartos podia apenas ouvir sons. Por isso, há lapsos nas gravações. Mas esse vídeo estava pausado. Eu esperava que você pudesse me dizer alguma coisa sobre o contexto do que eu estava assistindo.

— E no que estava pausado? — Sinto-me mal. Abalada. Nunca me ocorreu que havia câmeras espalhadas pela casa inteira.

— No momento em que você segurou uma faca no peito do dr. Asterholder.

Eu passo a língua nos lábios.

— Ele estava segurando uma faca contra o próprio peito — respondo. Minha mente está investigando o que exatamente a Saphira tentou me dizer. — Foi nesse momento que eu mudei — continuo. — Foi a razão pela qual ela fez o que fez.

Eu procuro pelo livro da minha mãe. Vou até a livraria local e descrevo a trama a uma garota de olhos esbugalhados que está atrás do balcão, que não deve ter mais do que dezoito anos. Ela chama um gerente para que venha me ajudar. O gerente olha para mim com ar sério enquanto repito tudo o que acabei de dizer à garota. Quando termino, ele faz um aceno positivo com a cabeça, como se soubesse exatamente do que eu estou falando.

— O livro que eu acho que se encaixa nessa sua descrição teve uma passagem breve pela lista de mais vendidos do *New York Times* — ele diz. Ergo as sobrancelhas, um tanto cética, enquanto sigo o funcionário até a parte dos fundos da loja. Ele retira um livro da prateleira. Não olho para o exemplar quando ele o entrega a mim. Avalio o peso dele nas minhas mãos e olho para o funcionário com uma expressão indiferente. Sinto-me como se estivesse prestes a ficar frente a frente com minha mãe.

— Você é a escritora, aquela que...

— Sim — respondo. — Olhe, eu gostaria de um pouco de privacidade.

O gerente faz que sim com a cabeça e se retira. Algo me diz que ele vai sair contando para a loja inteira que atendeu a escritora que foi sequestrada.

Respiro o mais fundo que consigo, enchendo meus pulmões de ar até não conseguir mais inspirar, e então abaixo a cabeça e olho.

Vejo a capa — as palavras, as cores laranja e verde-azulado formando um desenho de roupa de mulher. É possível ver apenas as costas dela, mas os seus braços estão bem abertos, o cabelo loiro caindo por suas costas. *A queda.*

A queda da minha mãe. Eu me pergunto se ela escreveu isso para mim. Seria talvez pedir demais? Uma explicação para a filha que ela abandonou como se fosse uma boneca de porcelana? Minha mãe é uma narcisista. Ela escreveu isso para si mesma, para se sentir melhor por me deixar para trás. Eu viro a capa e procuro alguma fotografia na parte interna do livro. Não há nada. Será que ela continua bonita? Será que ainda usa vestidos floridos e bandanas? Ela escreve sob o pseudônimo de Cecily Crowe. Eu rio. Seu verdadeiro nome era Sarah Marsh. Ela o odiava, porque o achava muito comum e "certinho".

"Cecily Crowes mora num lugar distante.
Ela não acredita em cães nem em gatos.
Esse é o seu primeiro livro, e provavelmente o seu último."

Fecho o exemplar e o coloco de volta na prateleira de onde foi retirado. Não tenho vontade de ler o livro de novo, nem mesmo com as páginas na ordem correta de numeração. Conheci minha mãe de uma maneira desconcertante. Sou a bonequinha de porcelana dela. Ela chorou por mim, mas não o suficiente. Não posso culpá-la por fugir. Eu mesma passei a vida inteira fugindo; talvez esteja no sangue. Ou talvez alguém a tenha ensinado a ser assim e ela, por sua vez, me ensinou também. Não sei. Nós não podemos culpar nossos pais por tudo. Já não me importo mais com isso, eu acho. É assim que as coisas são. Vou embora da loja. E deixo a minha mãe para trás.

42

TRÊS MESES APÓS TER VOLTADO PARA CASA, DECIDO ir até o hospital para ver Isaac. Não sei se ele quer me ver. Ele não tentou entrar em contato comigo desde que voltei. Isso é doloroso depois da violência emocional que nós vivenciamos juntos. Por outro lado, eu também não entrei em contato com ele até agora. Pergunto-me se ele contou tudo à Daphne.

Não sei o que dizer. Nem o que sentir. Devo sentir alívio porque nós dois sobrevivemos? Devemos falar sobre o que aconteceu? Eu o perdi. Às vezes, eu gostaria que estivéssemos de volta àquele lugar, e sei que isso é simplesmente doentio. É como se tivesse adquirido a Síndrome de Estocolmo, não com relação a uma pessoa, mas sim com relação a uma casa na neve.

Estaciono em uma vaga e fico sentada no carro por pelo menos uma hora, beliscando a borracha que reveste o volante. Eu liguei antes de vir, por isso sei que ele está aqui. Não sei como vou me sentir no momento em que nos encontrarmos. Eu abracei seu corpo enquanto ele estava morrendo. Ele abraçou o meu. Juntos, conseguimos superar tudo e sobreviver. Como você pode se contentar em cumprimentar à distância, no mundo real, uma pessoa com quem você ficou preso no mesmo pesadelo?

Abro a porta do meu carro, e ela bate na lateral de uma minivan bem maltratada.

— Me desculpe — eu digo, e continuo andando.

As portas do hospital se abrem diante de mim, e eu observo o lugar por algum tempo. Nada mudou. Ainda está bem frio aqui dentro; a fonte ainda lança no ar um jato de água curvo que tem um forte cheiro de desinfetante. Enfermeiros e médicos andam de um lado para o outro, com prontuários apertados contra o peito ou pendendo de suas mãos. Tudo continua igual ao que era antes, menos eu. Eu estava diferente. Viro o rosto na direção do estacionamento. Quero ir embora, ficar fora desse mundo. Ninguém além de Isaac sabe como é sentir-se assim. Isso me faz sentir como se eu fosse a única pessoa no planeta. Isso me dá raiva.

Preciso falar com ele. E só com ele. Sigo em frente. Alcanço o elevador e logo começo a subir lentamente até o andar dele. Ele provavelmente está visitando pacientes pelo hospital, mas pretendo esperá-lo em seu consultório. Preciso apenas de alguns minutos. Só uns poucos minutos. Avanço rapidamente quando as portas do elevador se abrem. O consultório dele fica perto do fim do corredor, logo depois da máquina automática de venda.

— Senna?

Eu me volto na direção da voz. Daphne está parada a poucos metros de mim. Está vestindo um uniforme de cor preta e tem um estetoscópio pendurado no pescoço. Parece cansada e linda.

— Olá — eu digo.

Nós ficamos paradas no lugar, olhando uma para a outra por um longo momento, até que eu resolvo quebrar o silêncio. Eu não esperava vê-la. Que estupidez a minha. Que descuido. Eu não vim ao hospital para deixá-la constrangida.

— Eu vim para ver...

— Vou buscá-lo pra você — ela diz rapidamente. Fico surpresa. Acompanho-a com o olhar enquanto ela se vira e sai caminhando pelo corredor. Talvez Isaac não tenha contado tudo a ela.

Ele também não falou com os canais de notícias. A minha agente me telefonou alguns dias depois que voltei, querendo saber se eu poderia escrever um livro contando em detalhes o que aconteceu comigo — o que aconteceu com a gente. A verdade é que não sei dizer se algum dia voltarei a escrever um livro. E jamais vou contar o que aconteceu naquela casa. Essa história morrerá comigo.

Fico emocionada quando o vejo. Ele parece ótimo. Não é mais aquele homem esquelético de quem me despedi. Mas há mais vincos em torno dos olhos dele. Espero que eu tenha colocado alguns ali.

— Olá, Senna — ele diz.

Quero chorar e rir ao mesmo tempo.

— Olá.

Ele se aproxima da porta do seu consultório. Precisa abri-la com uma chave. Isaac entra no recinto e acende a luz. Antes de segui-lo, olho rapidamente atrás de mim para saber se Daphne está nos observando de algum lugar. Felizmente ela não está. Não posso acrescentar o peso das aflições dela ao peso que já estou carregando nas costas.

Nós nos sentamos. O lugar é simples, mas confortável. Isaac se senta atrás da sua mesa, mas depois de alguns instantes ele vem até mim e se senta na cadeira ao meu lado.

— Você voltou ao trabalho — digo. — Não conseguiu ficar longe.

— Eu tentei. — Ele balança a cabeça numa negativa. — Fui ao Havaí ver uma psicanalista.

— Que coragem — respondo, deixando escapar uma risada.

— Eu sei... — Ele sorri. — Durante toda a sessão, eu tomei cuidado para não revelar coisas que pudessem causar o meu sequestro depois.

Nós nos recompomos e ficamos sérios.

— Como você está? — ele pergunta cautelosamente. Eu aprecio a maneira delicada com que ele inicia uma conversa que envolve os meus sentimentos, mas o nosso couro já está gasto demais para perdermos tempo com excesso de zelo.

— Estou um lixo.

O canto da sua boca se curva. Apenas um canto. É a sua marca registrada.

— Melhor do que ficar trancafiado, eu acho — ele comenta.

Sinto a emoção me invadir — a intimidade, a sensualidade. Quero me rebelar contra isso, mas não vou. Você acaba pagando um preço muito alto por lutar contra tudo o que está sentindo. Elgin tentou me dizer isso uma vez. Aquela vaca.

— Fui informado sobre o seu prognóstico...

— Tudo bem pra mim — respondo sem hesitar. — Simplesmente as coisas são... como são.

Isaac me olha como se tivesse um milhão de coisas para dizer, porém não pode dizer.

— Eu quis ir ver você, Senna. Só não sabia como fazer isso.

— Você não sabia como fazer para ir até mim? — pergunto, sentindo uma certa satisfação.

Ele olha direto nos meus olhos, no fundo deles. E seu olhar é tão triste.

— Tudo bem — eu digo calmamente. — Eu entendo.

— O que nós vamos fazer agora? — ele pergunta.

Não sei se ele quer saber como nós viveremos daqui por diante, ou como nós terminaremos essa conversa. Eu não sei o que fazer.

— Bom, nós vivemos um dia de cada vez até o fim — respondo. — Vamos fazer o melhor que pudermos.

Isaac passa a língua pela parte interna do lábio inferior. Ele bufa e, em seguida, respira fundo para se acalmar. Isso me lembra de quando assamos um bolo e abrimos o forno antes da hora. Eu brinco com as pontas irregulares do meu cabelo, olhando para ele de vez em quando.

— As coisas vão bem? Quero dizer, está tudo bem entre você e Daphne? — Eu não tenho o direito de perguntar isso a ele, de jeito nenhum. Principalmente se levar em consideração que tudo o que Elgin fez foi por minha causa.

— Não — ele diz. — Como as coisas poderiam estar bem entre nós? — Ele balança a cabeça, desolado. — Ela tem sido compreensiva, não posso me queixar em relação a isso. Mas eles provavelmente acreditaram que, depois do meu retorno, bastaria que me dessem um mês para que eu voltasse a ser o Isaac de sempre — ele desabafa. — Mas eu não sei mais como ser aquele Isaac. Eu estou diferente.

Isaac sempre foi tão honesto ao falar das suas emoções. Eu gostaria de ser assim também. Sinto que preciso dizer alguma coisa.

— Eu não tenho ninguém para desapontar — confesso. — Não sei se isso torna as coisas mais fáceis ou mais difíceis para mim.

Ele parece surpreso. Vincos se formam em seu jaleco preto quando ele se inclina na minha direção.

— Você é amada, Senna.

O amor é uma forma de posse: é aquilo que você possui e que lhe foi deixado pelas inúmeras pessoas que passaram pela sua vida. Mas se a minha vida fosse um bolo, ele teria apenas uma camada, seria cru e faltariam ingredientes nele. Me isolei demais para ter o amor de alguém.

— Eu amo você — Isaac diz. — Amei você desde o desde o dia em que a vi sair correndo da mata.

Não acredito nele. Ele é um benfeitor por profissão e por convicção pessoal. Ele viu uma pessoa destruída e teve de curá-la. Ele ama o processo.

O que Isaac diz em seguida parece mostrar que ele leu o meu pensamento.

— Você precisa acreditar em alguém pelo menos uma vez na vida, Senna. Não é todo dia que alguém faz uma revelação dessas. Caso contrário, você jamais vai saber como é ser amada. E isso é triste.

— Como você sabe? — pergunto, transbordando de raiva. — Grande coisa dizer essas palavras, isso não é nada. Como você sabe que me ama?

Ele faz silêncio por um longo momento.

— Me ofereceram uma saída — ele diz, de repente.

— Uma saída? Uma saída para o quê? — Mas essas palavras saem muito rápido da minha boca. É como se uma pedra houvesse caído entre nós. Eu fico esperando o baque, mas ele nunca chega porque o meu cérebro vacila e a sala começa a girar. — O que você quer dizer com isso, Isaac?

— Na manhã em que conseguimos abrir a porta, encontrei um bilhete no galpão, com comprimidos para dormir e uma seringa. O bilhete dizia que eu poderia partir. Eu só tinha que colocar você para dormir e injetar o conteúdo da seringa em mim, e então acordaria em casa. A condição era que eu não deveria dizer nada a ninguém sobre você, sob hipótese alguma. Nem à polícia nem a ninguém. Eu deveria dizer a eles que tive um colapso nervoso e fugi de tudo. Se eu contasse a alguém sobre você, ela disse que iria matá-la. Se deixasse você lá, poderia ir para casa. Atirei as pílulas e a seringa no despenhadeiro.

— Meu Deus. — Tento me levantar, mas as minhas pernas não conseguem se manter firmes. Eu me sento novamente, abaixo a cabeça e cubro o rosto com as mãos. *Saphira, o que foi que você fez?*

Quando torno a olhar para Isaac, a minha alma está no meu rosto, contorcendo as minhas feições. Raiva e tristeza se misturam no meu semblante.

— Ah, Isaac... Por que foi fazer isso? — Minha voz soa forte, manifestando revolta. Eu sei por que Saphira fez isso. Ela sabia que ele não me abandonaria. Ela sabia que Isaac acabaria me revelando isso, e que eu veria tudo com clareza quando ele me revelasse essa história. Eu veria...

— Porque eu amo você.

Eu fico sem ação. Totalmente sem ação.

— Senna, eu não deixei você porque não podia. Eu nunca seria capaz de fazer isso. — Ele fez uma breve pausa e então prosseguiu. — A não ser que você me obrigasse a deixá-la, como aconteceu tempos atrás. E mesmo assim, eu não teria deixado você se a conhecesse melhor naquela época. Eu achei que você precisasse daquilo. Mas você não conhecia bem a si mesma. Eu conhecia você. Você precisou de mim, e eu permiti que você me afastasse. E eu sinto muito por isso.

Ele dobra os lábios para dentro, apertando-os, e a veia em sua cabeça salta.

— Eu também tive outra chance — ele diz. — Ela me deu outra chance de não partir. E então eu a agarrei.

— Está dizendo que Saphira...

— Eu não estou dizendo nada sobre Saphira — ele respondeu, interrompendo-me. — O que ela fez está feito. Não podemos mudar isso. São coisas da vida. Há psicopatas por aí sequestrando pessoas para forçá-las a participar de seus experimentos psicológicos pessoais, isso acontece.

O ruído que escapa da minha garganta é uma mistura de risada e de gemido.

— Ela quis descobrir como o amor reagiria se fosse colocado à prova.

"O amor não desiste nem abandona. Ele suporta todas as provações."

Eu não sei se a intenção de Saphira ao testar o amor foi me provar algum ponto ou provar algo a ela mesma. Isso desperta a minha curiosidade. Saber quem ela era. Saber quem era para Saphira o homem que lhe construiu a casa. Mas ela brincou com as nossas vidas, e eu a odeio por isso. Isaac perdeu o nascimento da sua filha e perdeu meses da vida da menina devido às ações de Saphira. Os atos dela quase causaram a nossa morte. Mas isso me modificou. A mudança que Isaac iniciou — antes que eu pedisse um mandado de restrição para mantê-lo longe de mim — foi terminada por Saphira Elgin naquela casa na neve.

Parte de mim sente-se grata por Saphira ter feito o que fez, e admitir isso me causa desgosto.

43

NO DIA EM QUE EU HAVIA PLANEJADO PARTIR, encontro um envelope marrom no para-brisa do meu carro. Por um momento, penso que se tratava de uma multa por estacionar em local proibido, algo que me passou despercebido. Mas quando levanto o limpador de para-brisa e retiro o papel, ele parece estar em perfeito estado, o que não seria possível para um papel que tenha ficado ao relento, sofrendo a ação da umidade do clima de Seattle. É também mais pesado do que eu imaginava. A surpresa me deixa atônita. Giro o corpo para tentar avistá-lo entre as árvores e nas imediações da garagem. Sei que ele não está aqui. Sei disso. Mas ele esteve, e eu posso senti-lo.

Tudo está encaixotado na minha casa, incluindo o meu aparelho de som; por isso, eu ligo o carro e coloco o CD prateado no rádio. Está começando a nevar, então eu abro todas as janelas e ligo o aquecimento no máximo para poder ter o melhor dos dois mundos. Ligo a música e ponho as mãos no volante. Estou prestes a tombar em um despenhadeiro. Eu sei disso.

Mal consigo respirar ao escutar a última música que Isaac me deu na vida. Começo a ouvi-la enquanto o meu hálito congela e se torna vapor no ar.

E enquanto a neve pousa nas janelas do carro.

E enquanto o meu coração bate, e então dói, e então bate.

Escuto o coração da minha alma gêmea, e água salgada brota dos meus olhos. Ele está falando comigo por meio de uma canção. Como ele sempre fez. É penoso demais saber que eu nunca mais vou vê-lo novamente nem ouvir sua música, que me despertou de um longo e agitado sono. A escuridão ainda me persegue. E eu sei que quando acordar no meio da noite gritando, Isaac não vai estar lá, com sua estranha maneira de me amar, para subir na cama atrás de mim e afugentar as sombras. A canção me esmaga. Nosso amor cósmico, nossa conexão cósmica.

Nick estava errado a meu respeito. Ter uma veia ruim não me matou; na verdade, foi isso que me salvou. A minha veia atraiu Isaac. Ele era a luz, e ele me seguiu dentro da escuridão. Ele se tornou escuridão, e então carregou o meu fardo para que eu não precisasse fazer isso. Isaac me salvou de mim mesma, mas, no final das contas, ninguém pode me salvar do câncer.

A minha doença é terminal. Que palavra engraçada. O câncer pode matar o meu corpo, mas não pode me matar. Eu tenho uma alma. Eu tenho uma alma gêmea. Nós somos fumaça... hoje estamos aqui, e amanhã não estamos mais. Mas antes que o amanhã chegue, eu quero ver cores: as cores espalhadas pela Itália, pela França e pela Suécia. Quero ver a aurora boreal. E quando eu morrer, sei que haverá um fio vermelho invisível conectando-me à minha alma gêmea. Esse fio poderá se enrolar, ou se esticar, mas nunca vai se partir. Quando morrer, eu estarei na luz. E algum dia Isaac irá me encontrar, porque Isaac é isso — ele é luz.

Agora, só preciso colocar a carta na caixa de correio.

Querido Isaac,

Eu finalmente consigo compreender as suas tatuagens. Eu nunca disse a você o quanto elas me irritavam, mas algumas vezes, naquela casa na neve, você percebia que eu estava olhando para elas e eu notava o sorriso disfarçado no seu rosto. Você sabia que eu estava tentando conversar sobre isso. Quando lhe perguntei você me disse que todos nós estávamos ligados por alguma coisa, porque precisávamos de alguma coisa para nos manter juntos. As vestimentas da sua alma, o que você enrola em torno dela, determina o resultado que você obterá. Foi isso que você me disse, mas eu não entendi. Achei que fosse bobagem ou loucura, até o dia em que você agarrou a minha mão, me fez segurar o cabo de uma faca e a apontou para o seu próprio corpo: nós dois cortamos a sua pele.

Quando fez isso, você tirou o fardo das minhas costas e o colocou nas suas próprias costas. Você pegou minha baixa autoestima e a minha amargura, a minha promessa de me vingar do mundo, e apontou tudo isso para si mesmo. Nesse momento você ganhou o meu amor. Porque você me viu. Foi como se uma venda fosse tirada, de repente, de cima dos meus olhos e eu ficasse cara a cara com a minha alma gêmea. Eu não acreditava no conceito de alma gêmea até que a sua alma curou a minha. A escuridão que antes me controlava se rendeu à sua luz. Foi desse modo que eu compreendi as suas tatuagens. As cordas que me envolviam já não eram mais a da baixa autoestima e a da amargura. De repente e de uma maneira positiva, elas se tornaram você. Eu preciso dessas cordas para manter a tranquilidade. Eu não quero me ferir nunca mais, porque isso fere você.

Ah, meu Deus. Eu estou divagando. Só queria que você soubesse...

Cada minuto que você passou me conhecendo fez com que eu conhecesse mais a mim mesma. Desculpe-me por demorar a reconhecer que nós somos almas gêmeas, por não ter notado isso quando nós ainda tínhamos tempo. A natureza do amor é a superação. Superação do ódio. Superação até mesmo da amargura. É principalmente a superação da baixa autoestima. Eu estava sentada em uma sala branca odiando a mim mesma, até que você surgiu e soprou a vida de volta para dentro de mim. Você me amou tanto que eu comecei a me amar.

Quem poderia imaginar que no dia em que eu estava correndo da mata em busca de socorro após ter sido violentada, acabaria correndo direto para os braços do meu salvador? Imediatamente para fora de uma vida feia que me mantinha cativa. Eu não escolhi você, e você não me escolheu. Essa escolha foi feita em nosso lugar; e quem a fez foge à nossa compreensão. A neve me cobriu, e você me cobriu, e naquela casa — em meio à dor, ao frio e à fome — eu aceitei o amor incondicional. Você é a minha verdade, Isaac, e você me libertou.

Nós vamos todos morrer, mas eu vou morrer primeiro. No instante em que der meu último suspiro eu vou pensar em você.

Senna

AGRADECIMENTOS

Acho melhor começar pelo começo. Em 2012, Nate Sabin e eu nos encontramos pela primeira vez, e ele me chamou de "Veia Ruim". Passado o meu espanto inicial, percebi que Nate estava certo; eu tinha uma veia ruim. Essa é a característica que me define. Este livro é dedicado à mulher dele, e quero aproveitar a oportunidade e agradecer aos Sabin por serem pessoas que me inspiram e me animam quando estou na pior.

Ao meu falecido pai: devo a você o gene da coragem; obrigado por isso. (Me desculpe por ter tantas tatuagens. Espero que mesmo assim eu possa ir para o Céu).

À Cindy Fisher, a melhor mãe do mundo. Nossas moradas no céu ficarão todas à sombra da sua.

A Stephen King; obrigada por me ensinar a escrever. Você não é menos do que um gênio.

À minha amiga e assistente, Serena Knautz; você é esperta como uma cobra e inofensiva como um pombo. Você faz as coisas com amor. Eu adoro você.

À Sarah Hansen, da Okay Creations; você é uma verdadeira artista.

À Christine Estevez, por sempre estar na minha equipe.

Aos incansáveis blogueiros: Molly Harper, da Tough Critic Book Reviews; blogs literários Aestas Book Blog, Maryse's Book Blog, Vilma's Book Blog, Sinfully Sexy Book Reviews, Madison Says Book Blog e Shh Mom's Reading Book Blog. Cada um de vocês deu um sabor diferente ao universo blogueiro. Eu aprecio cada uma das suas vozes e o tempo que vocês dedicam a promover os meus livros. Vilma, aquela foi a resenha mais linda que eu já li.

Eu também gostaria de agradecer à Madison Seidler, Luisa Hansen, Yvette Huerta, Rebecca Espinoza e à minha pequena Nina Gomez por suas opiniões e por sua amizade. E ao Jonathan Rodriguez, por me afirmar todos os dias, com convicção, que eu sou um gênio (mas eu acho que ainda não cheguei lá).

À Tosha Khoury; sou tão abençoada por poder contar com você. Você me entende. Entende o que eu escrevo. Eu não conheço ninguém que acredite nos meus livros mais do que você.

À Amy Tannenbaum, minha pequena agente durona.

À bestial turma da minha rede de apoio, eu amo vocês! Sundae Coletti, Jennifer Stiltner, Robin Stranahan, Dyann Tufts, Robin Segnitz, Amy Holloway, Krystle Zion, Sandra Cortez, Nelly Martinez de Iraheta, Monica Martinez, Sarah Kaiser, Chelsea Peden McCrory, Dawnita Kiefer, Miranda Howard, Courtney Mazal, Yoss, Kristin McNally, Tre Hathaway, Shelly Ford, Maribel Zamora, Maria Milano, Fizza Hussain, Brooke Higgins, Paula Roper, Joanna Hoffman Dursi, Marivett Villafane, Amy Miller Sayler e a minha favorita, Kristy Garner. Queria poder incluir todos vocês na lista.

Desde que publiquei o meu primeiro livro, já conheci muitas pessoas que me fizeram enxergar o mundo de maneira diferente. Nenhuma foi mais rara e preciosa do que Colleen Hoover. Ela é uma luz brilhando na escuridão. Obrigada por tudo, e por reconhecer o tênue fio que nos conecta. Você não tem coração, mas o seu coração é do tamanho do mundo.

Por fim, sou grata ao Deus que diz: "Vinde a mim, vós todos que estais aflitos sob o fardo, e eu vos aliviarei." Eu vivo para vocês, com veia ruim e tudo.

CONHEÇA OUTROS LIVROS DA AUTORA:

Ela não quer ser igual a você.
Ela quer a sua vida.

Algumas vezes,
o seu pior inimigo será você.
Outras, alguém para quem
você abriu o coração.

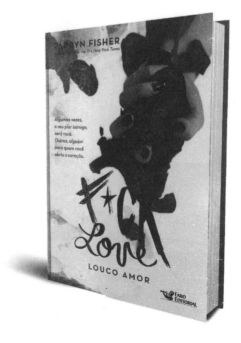

ASSINE NOSSA NEWSLETTER E RECEBA INFORMAÇÕES DE TODOS OS LANÇAMENTOS

www.faroeditorial.com.br